PROJETO
GEMINI

PROJETO GEMINI

UM ROMANCE DE **TITAN BOOKS**

BASEADO NO FILME DE **ANG LEE**

HISTÓRIA DE **DARREN LEMKE** E **DAVID BENIOFF**

FILME DE **DAVID BENIOFF, BILLY RAY** E **DARREN LEMKE**

São Paulo
2019

EXCELSIOR

BOOK ONE

CAPÍTULO 1

A rota ferroviária entre Liège, na Bélgica, e Budapeste, na Hungria, é uma linha tortuosa que passa pela Alemanha e pela Áustria e depois rodeia a fronteira sudoeste da Eslováquia antes de finalmente chegar a seu destino, no centro-norte da Hungria. As viagens podem durar de treze horas a um dia inteiro, a depender do número de paradas e de quantas baldeações entre trens o passageiro precisa fazer. Não há como chegar de Liège a Budapeste sem trocar de trem. O mais comum é fazer quatro ou cinco baldeações, embora alguns itinerários exijam sete ou até dez transferências.

Dito isso, o itinerário de Valery Dormov era um pequeno milagre. Apenas duas baldeações seriam necessárias – a primeira em Frankfurt, a segunda em Viena, e com um total de onze paradas, doze contando com Budapeste –, o que levaria a um tempo de viagem estimado em pouco menos de treze horas.

Esse cronograma extraordinário não tinha sido identificado por Dormov, mas sim por algum *rabotnik* sem rosto com um dom especial de ver tabelas de horários em três dimensões, em vez de meras colunas de números que a maioria das pessoas acharia impossível sincronizar. Quando o *rabotnik* surgiu do escritório que ficava no porão e apresentou tal trabalho fantástico aos superiores, Dormov imaginou que teriam que aguentar uma choradeira coletiva sobre o número de paradas, em vez de aplausos ou mesmo um tapinha nas costas. Mas as paradas eram inevitáveis – não havia trens direto. Nas ferrovias europeias, não existem coisas como cidades de passagem.

Valery Dormov não se importava com o número de paradas, mas seus guarda-costas, sim. Cada parada os expunha a um possível ataque, ou pelo menos criava uma oportunidade para que um assassino embarcasse no trem, e baldeações eram ainda mais perigosas. Os guarda-costas haviam repassado minuciosamente com ele como fariam para mantê-lo vivo nas estações de Frankfurt e Viena, enfatizando como era importante que ele fizesse *exatamente* conforme o mandassem fazer.

Dormov ficara tentado a dizer que qualquer suposto assassino provavelmente embarcara com eles em Liège, mas sabia que não receberiam bem as sugestões de como deviam fazer seu trabalho, e por isso só confirmou com a cabeça. Era um russo com seus sessenta anos de idade e estava grato pelo fato de serem necessárias apenas duas transferências, o que significava que não precisaria se levantar a cada intervalo de algumas horas para correr por estações de trem com três guarda-costas grandes e tensos. Não porque tivesse qualquer problema de locomoção – em seu último check-up nos Estados Unidos, o médico de quarenta anos havia dito mesmo que invejava a pressão e o tônus muscular de Dormov –, mas simplesmente porque estava viajando sem parar havia dias e sentia-se cansado. Era capaz de passar as próximas treze horas sentado. Qualquer coisa que pudesse fazer sentado não seria nenhuma inconveniência.

A ideia de ir de trem tinha sido de Dormov. Voar o levaria para casa mais rápido, mas argumentou aos seus contatos que, se os americanos estivessem procurando por ele, já estariam a postos nos aeroportos e talvez tivessem até recrutado a equipe de segurança para ajudar. Sem dúvida também estavam observando as estações de trem, mas seria mais fácil para ele se misturar aos outros viajantes, mesmo com os guarda-costas. Na verdade, Dormov sempre odiara viagens aéreas; em um trem, era possível se levantar e ir ao banheiro sempre que necessário, um fator importante a se considerar na idade dele.

Ele suspeitava que, se *tivesse desejado* voar a Moscou, os burocratas o teriam impedido. Não porque os passageiros aéreos eram mais fáceis de rastrear, mas para colocá-lo em seu devido lugar – a Rússia estava feliz com o fato de que ele voltava para casa, mas não significava que poderia estalar os dedos e conseguir o que bem quisesse. Os burocratas precisavam fazer pose para compensar seus empregos, que em tudo o mais eram sem graça. Dormov não estava nem aí. Também era capaz de fazer pose, provando a eles que, mesmo depois de trinta e cinco anos nos Estados Unidos, não era mimado e exigente.

De fato, Dormov havia amolecido em relação a muitas coisas à medida que envelhecia. Não mais de vinte anos antes, teria ficado extremamente irritado com a menininha correndo para cima e para baixo pelo corredor, tagarelando em um francês com leve sotaque belga. Agora, ficava feliz em deixar as crianças serem crianças e fazerem coisas que crianças faziam, como se empolgar com um passeio de trem. Elas logo cresceriam e seriam oprimidas pela chatice e a mediocridade que eram consideradas sinais de boa cidadania em lugares demais. Ou se tornariam pessoas cínicas e mal-humoradas, ofendendo-se com tudo e com todos sob a crença errônea de que isso os faria distintos ou perspicazes.

O trem ainda não havia deixado a estação, mas o guarda-costas ao lado dele já perguntara pelo que parecia a milésima vez se ele queria café, chá ou alguma coisa para comer. Dormov fez um sinal com a mão, negando com a cabeça enquanto se virava para olhar pela janela. Os outros dois guarda-costas, sentados do outro lado da pequena mesa, eram o tipo usual de russo musculoso – estoicos, com a expressão fechada, e muito mais alerta do que pareceriam aos olhos dos demais passageiros.

Seu companheiro de assento, porém, era um tanto mais novo e menos experiente. Dormov se perguntava se aquela seria sua primeira missão, porque ele não parecia entender que supostamente deveria ficar ali sentado em silêncio, parecendo intimidador, ou pelo menos alguém menos aproximável. Ele insistia em perguntar a Dormov se este queria algo para beber, comer ou ler, se estava confortável ou se queria uma coberta.

Bom, Yuri havia dito que uma boa quantidade de pessoas esperava ansiosamente a volta do cientista prodígio aos braços da Mãe Rússia. Algo típico de Yuri – não havia frase que não pudesse tornar rebuscada. Dormov achava que isso tinha algo a ver com o fato de que o trabalho de Yuri o fizera passar muitos anos oscilando entre o Ocidente e o Oriente. Esse tipo de experiência fazia os agentes se tornarem pessoas peculiares.

O Ocidente e o Oriente tinham muitas semelhanças, mas suas diferenças não se complementavam: o top de Madonna não cabia bem nos seios da Mãe Rússia. Dormov sempre acreditara secretamente que a queda do Muro de Berlim e o subsequente fim do regime soviético eram responsáveis diretos por três coisas: Madonna, MTV e papel higiênico com cheirinho. E a internet garantira que ninguém olhasse para trás.

Ele havia previsto aquilo no sugestivo ano de 1984, quando os americanos o atraíram pela primeira vez com a promessa de um paraíso de alta tecnologia, livre da ameaça da polícia secreta observando-o com o intuito de garantir que não pisasse fora da linha. Dormov achara aquilo ótimo. Ao longo das próximas três décadas e meia, porém, aprendera que a polícia secreta vinha em diferentes formas, e que não estar em um *gulag* na Sibéria não significa necessariamente não estar em uma prisão (embora com papel higiênico mais macio).

E então havia a questão da ética. *Bozhe moy!*

Ele sempre tentara ser um homem ético e moral, um homem íntegro. Essas eram questões complexas em um mundo superpopuloso. Nascera no ano da morte de Joseph Stalin, e naqueles tempos havia menos ambiguidade sobre tais questões. Stalin havia matado mais do que Hitler, todos vítimas russas. Sobreviver ao regime soviético era complexo, mas a ética e a moral eram bastante claras.

Dormov havia se mudado para os Estados Unidos não por causa da MTV ou do papel higiênico, mas porque tinha certeza de que, cedo ou tarde, sua pesquisa científica conflitaria de algum modo com o governo. Não queria amanhecer um belo dia em um *gulag*, onde a melhor perspectiva era acabar com uma boa tatuagem de catedral nas costas.[1]

A decisão de deixar os Estados Unidos fora muito mais difícil.

Mais uma vez, o guarda-costas jovem e ansioso por agradar que estava à sua esquerda perguntou se ele queria um travesseiro, e mais uma vez Dormov negou com a cabeça. Os dois outros homens sentados diante de si não mudaram de expressão, mas Dormov os pegou trocando olhadelas furtivas. Talvez se perguntassem por que ele tolerava tanta pentelhação. Dormov deu uma risadinha por dentro. O rapaz era só um moleque; aquela era a versão dele de correr pelo corredor, tagarelando. Depois de trinta e cinco anos de exílio, Dormov gostava de ouvir a própria língua sendo dita por outro russo, em vez de um americano com belo sotaque.

Os outros dois guarda-costas mal falavam com ele, exceto para explicar os planos de baldeação ou para conferir se ninguém havia colocado escutas ou rastreadores GPS em Dormov. Faziam aqueles

---

1 Nos *gulags* soviéticos, as tatuagens eram usadas para diferenciar os tipos de presos. Tatuagens de igrejas ortodoxas, especificamente, designavam os ladrões – tipo de criminoso que se distinguia claramente dos presos políticos. (N. T.)

apetrechos tão pequenos ultimamente que qualquer pessoa poderia prender um deles ao passar a esmo por alguém na rua – ou na estação de trem, ou mesmo enquanto o alvo permanecia em seu assento no trem –, e esse alguém nem notaria.

Dormov conhecia todos os truques – os americanos haviam lhe dado um bom treinamento em vigilância, embora nem sempre de maneira intencional. De tempos em tempos, alguém que com certeza, sem sombra de dúvida, *não* era um espião tentava grampear seu laboratório, ou até mesmo sua casa. Ele sempre sabia que esse era o caso porque as pessoas diziam vir de departamentos do governo mencionados só de passagem, sobre os quais nunca ouvira falar. Quando aquilo acontecia, ele se negava a trabalhar até que seu laboratório fosse limpo – o laboratório *inteirinho*, inclusive os banheiros. Qualquer pessoa curiosa sobre o que ele e seus assistentes faziam poderia assistir às gravações dos grampos que já estavam instalados.

A vigilância não foi a razão pela qual Dormov decidira voltar para casa. Ele sabia bem demais que seria monitorado mais de perto ainda em Moscou – o Estado soviético não existia mais, mas velhos hábitos nunca mudam. Mesmo assim, o governo russo nunca fora tão tímido em relação à vigilância quanto os americanos. Na Rússia, era preciso presumir que alguém, em algum lugar, estava observando. Nos Estados Unidos, faziam um escândalo sobre privacidade, sobre como todo o mundo tinha direito a ela e como o governo não tinha o direito de violá-la, então produziam dispositivos menores e os escondiam melhor.

Mas então os ataques de Onze de Setembro aconteceram, e até o cidadão médio americano sofreu com o conflito da escolha entre privacidade pessoal ou segurança pública. Não que o governo americano já não estivesse grampeando, ouvindo conversas e enfiando o nariz de maneira geral nos assuntos privados de pessoas só por as considerar segurança nacional. "Segurança nacional" era um daqueles termos vagos que as agências de inteligência achavam muito úteis na hora de evitar ter que explicar suas ações, ou mesmo admiti-las.

Ainda assim, vigilância por parte do governo era uma coisa; aquele último pedido feito a ele era outra, completamente diferente, totalmente inaceitável. Dormov nunca fora grande fã do comunismo soviético, mas deixar o capitalismo correr solto era tão ruim quanto, talvez até pior. Sempre suspeitara que algum dia chegaria a seu limite e teria que deixar o Ocidente de uma vez por todas. Por fim, havia entendido que os americanos nunca o deixariam se aposentar, não com tamanho conhecimento dentro da cabeça – ele era um risco para a segurança nacional. Soubera, então, que teria que dar no pé e voltar para casa.

A Rússia não era uma utopia esclarecida, e ele não tinha ilusões sobre o porquê de o aceitarem de volta com tanta alegria – conseguir todo o conhecimento que tinha em sua cabeça seria um belo golpe. Além do mais, isso chatearia os americanos. Não era nada pessoal, mas pelo menos poderia consumir uma boa tigela de *solyanka*.[2] Que poderia saborear com uma caneca de *kvass*[3] – a bebida de verdade, não a água com açúcar engarrafada que era vendida nas lojas chiques dos Estados Unidos.

Dormov olhou pela janela e viu surgir o teto curvado. A estação de Liège era de cair o queixo. Quando a viu pela primeira vez, pensou que parecia uma enorme onda esbranquiçada que, de algum modo, fora capturada e congelada no meio do caminho, uma onda esbranquiçada com ranhuras. Era toda feita de aço, vidro e cimento branco, e não tinha fachada nem um portal de entrada grandioso, só aquele teto curvo. As ranhuras eram, na verdade,

---

2 *Solyanka* é um prato russo tradicional, uma sopa que leva pepinos em conserva, carne, peixe ou cogumelos e outros vegetais. (N. T.)

3 Bebida fermentada russa. (N. T.)

colunas de concreto branco que emitiam sombras em um padrão geométrico quando iluminadas pela luz solar.

De acordo com o guarda-costas prestativo, aquela era a marca registrada do arquiteto da construção, Santiago Calatrava Valls. Dormov admirou o design – achava que adoraria conhecer alguém que pudesse imaginar uma coisa daquelas em sua mente. Ao mesmo tempo, no entanto, a estação parecia extremamente *estranha*, como se de outro planeta. Exceto pelo fato de que não era; a estação de trem estava bem ali, onde deveria estar. Era *ele* quem estava fora do lugar.

Mas aquilo eram só saudades de casa, pensou Dormov. Conforme sua jornada na direção leste progredia, percebia que sentia saudades havia trinta anos; e, quanto mais perto do seio da Mãe Rússia chegava, mais intenso o sentimento se tornava.

Seria um alívio chegar a Budapeste e entrar em contato com Yuri. A Hungria ainda não era sua casa, mas tampouco era o Ocidente. Mesmo que não conseguisse sua *solyanka* e seu *kvass*, aceitaria de bom grado um *goulash*[4] feito em uma típica chaleira húngara e uma vodca.

IN

Vários quilômetros a sudeste da cidade, no topo desolado de uma colina com vista para um vale intocado pelo desenvolvimento, um homem chamado Henry Brogan estava sentado em uma suv. Um dos braços musculosos de pele negra estava esticado, a mão apoiada no volante enquanto mirava algo ao longe. Um observador qualquer poderia pensar que ele fora àquele espaço deserto em busca de alguma introspecção solitária, talvez para fazer um balanço da vida e considerar as circunstâncias que o haviam levado até aquele momento, com um olho na decisão do que faria a seguir.

---

4   Cozido húngaro que leva carne, farinha e especiarias. (N. T.)

Um observador mais cuidadoso, porém, notaria como se sentava empertigado no banco do motorista, e atribuiria a postura à prestação de serviços militares. Henry fora fuzileiro naval, mas aquela época já tinha ficado para trás havia muito tempo. A única característica que ainda levava daquele tempo, além de uma série de habilidades que melhorara e aprimorara consideravelmente, era a pequena tatuagem no pulso direito, um símbolo verde do naipe de espadas. Ele poderia ter se livrado dela junto de seus uniformes e com o resto de seus apetrechos militares, porém ela significava mais do que todas as condecorações e medalhas que havia recebido juntas. Era um ícone; quando olhava para ela, via a parte mais profunda e significativa de si mesmo, o que outras pessoas chamariam de alma, sobre cujo conceito nunca se sentira à vontade para falar. Felizmente, não precisava; tudo estava contido no pequeno símbolo verde, alinhado e agradável, como gostava que as coisas fossem em sua vida.

Naquele exato momento, sua atenção se focava nos trilhos a cerca de setecentos e cinquenta metros dali, esperando pelo trem de Liège que faria a primeira parte da longa viagem até Budapeste. Vez ou outra, olhava a foto presa ao retrovisor; estava um pouco desfocada, copiada de um passaporte, de uma carteira de motorista ou talvez de algum crachá de funcionário, mas era clara o suficiente para ser reconhecível. O nome VALERY DORMOV estava impresso na base da foto em nítidas letras maiúsculas.

IN

Monroe Reed gostava de pegar trens em qualquer lugar do continente. Os europeus realmente sabiam como viajar pelo solo. Era algo que ele aprendera a apreciar conforme viajar de avião se tornava mais complicado e menos confortável. Já era ruim o suficiente ter que esperar em uma fila por um tempo desgraçado para passar por um detector de metal e talvez ser apalpado por alguma abelha operária entediada e vestida em um uniforme. E, para piorar, as companhias aéreas agora tinham dois ou *três* tipos de assento, e todos eles eram uma grande merda.

Geralmente, não tinha que encarar viagens comerciais de avião quando trabalhava com Henry. Mas de tempos em tempos a DIA[5] o mandava em missões extra ou lhe pedia que ficasse para trás e resolvesse pontas soltas. A agência não mandava jatinhos para ninguém tão baixo na hierarquia como ele. Então, ficava preso à vida de ouvir bebês chorões dando escândalo enquanto a criança na fileira de trás chutava seu assento ao longo de seis horas – criança esta que ele considerava muito parecida com a que não parava de correr para cima e para baixo no corredor naquele mesmo instante, falando na velocidade da luz. Monroe não tinha certeza da idade dela – seis, talvez sete anos? Nova demais para viajar sozinha, mas nem ferrando ele seria capaz de apontar a qual dos outros adultos no vagão ela pertencia; nenhum deles parecia muito disposto a colocá-la nas rédeas. Os pais de Monroe não eram muito de infligir castigos físicos, mas, se ele fosse como aquela criança na mesma idade, não teria conseguido se sentar direito por uma semana.

Ele só precisava pegar um pouco mais leve, pensou Monroe; ninguém mais parecia irritado com aquilo, nem mesmo Dormov, e ele havia imaginado que o velho seria um rabugento pé no saco. Não que tivesse ocorrido a Monroe pensar que um desertor pudesse ser bondoso ou fácil de se gostar. Por outro lado, Dormov era originário da Rússia, então talvez o velho não estivesse se sentindo exatamente como um desertor, já que estava simplesmente

---

5   Sigla para *Defense Intelligence Agency*, ou Agência de Inteligência de Defesa dos Estados Unidos. Enquanto a CIA (*Central Intelligence Agency*, ou Agência de Inteligência Central) foca nas necessidades gerais de inteligência do presidente, a DIA se concentra em tópicos militares relacionados à defesa dos Estados Unidos em âmbito nacional. (N. T.)

voltando para casa a fim de se aposentar. Talvez ainda sentisse falta do lugar, mesmo depois de trinta e cinco anos nos Estados Unidos. Dado que não havia mais regime soviético, não precisava se preocupar com o risco de ser levado no meio da noite pela KGB e enviado a um *gulag* na Sibéria.

Ainda assim, Monroe duvidava que Dormov fosse achar a aposentadoria na Rússia tão confortável quanto seria nos Estados Unidos. E, se ele não estivesse se aposentando, mas carregando consigo o que chamava de "trabalho", logo descobriria que, apesar de toda a informação confidencial que levava dos Estados Unidos, os russos jamais seriam capazes de lhe dar um laboratório com instalações e equipamentos tão top de linha como o que era garantido nos Estados Unidos. Caramba, ele teria sorte se fosse capaz de encontrar uma cadeira com um bom apoio para a lombar. Gente idosa estava sempre reclamando das cadeiras que não tinham um bom apoio para a lombar, ou pelo menos era o que faziam todas as pessoas idosas que Monroe conhecia.

Bom, Dormov não precisaria se preocupar com isso nem teria a oportunidade de chorar as pitangas. E Monroe só tinha que suportar aquela criança hiperativa até a próxima parada, onde desceria se tudo corresse segundo os planos. E ele tinha certeza de que iria. Estava trabalhando com Henry Brogan, e Henry nunca o deixava na mão. Quando Henry estava em uma missão, era como uma máquina. Nada o perturbava ou o distraía; tinha um foco preciso como laser e uma sincronia quase sobrenatural. O nervoso que Monroe sempre sentia no começo de uma missão era, na verdade, pura ansiedade.

Naquele dia, no entanto, a criança que corria para cima e para baixo no corredor e tagarelava enquanto seus cachinhos infantis voavam ao redor do rosto o estava deixando louco. *Será* que ela tinha uns seis anos? Ele não era muito bom naquilo de adivinhar a idade das crianças.

Ou a idade de qualquer pessoa, pensou ele, lembrando de como havia suposto que Henry tinha trinta e tantos anos. Quando Henry lhe contara que tinha cinquenta e um, ficara de boca aberta. Como *alguém* podia estar tão bem aos *cinquenta*?

Que inferno, onde estavam os pais daquela menina? O trem sairia a qualquer instante, por que não a tinham enjaulado ainda? Ah, tá bom – tudo era diferente na Europa, incluindo os métodos de criação dos filhos. Monroe ouvira que alguns franceses começavam a dar vinho para os filhos durante o jantar logo aos três anos de idade. A prática provavelmente se estendia a todos os países em que se falava francês, como ali na província de Liège. Ele mirou o relógio quando a criança passou por ele pela milionésima vez, a boca funcionando tal qual um motor. Para azar dele, ainda faltavam algumas horas para o jantar – um pouco de vinho a acalmaria. Talvez ela até dormisse pelo restante da viagem até sabe-se lá onde. O que, agora que ele parava para pensar a respeito, devia ser o motivo pelo qual os franceses davam vinho para seus filhos, para início de conversa.

Do outro lado do corredor, e três fileiras à frente de si, um dos guarda-costas de Valery Dormov estava enchendo o saco dele, como fora desde o embarque. Talvez ele tivesse sido uma criada na encarnação passada. Não desistia nem quando Dormov continuava sinalizando que não, afirmando que estava bem.

O comportamento solícito incessante do guarda-costas de Valery Dormov estava dando nos nervos de Monroe tanto quanto a menininha. Era um tormento só ter que o ouvir perguntar de novo e de novo se Dormov queria algo para comer, beber ou ler, se precisava de um travesseiro extra, se o assento estava bom. *Nyet, nyet, nyet*, dizia o velho, chacoalhando a mão. Se fosse qualquer outra pessoa, Monroe talvez tivesse levantado para pedir a ele que deixasse o pobre homem em paz. Dormov dificilmente poderia ser classificado como um *pobre homem*, e logo descansaria em paz. O pensamento fez Monroe sorrir.

A menininha passou correndo por Monroe de novo, indo na direção oposta. Se o trem não saísse logo, ele próprio teria que andar pelo corredor em busca de esfriar um pouco a cabeça. De qualquer forma, não teria problema se eles se atrasassem, contanto que Henry fosse pontual. E ele seria.

Como se em resposta a seus pensamentos, o trem deu um solavanco e começou a avançar. No mesmo instante, uma voz feminina saiu pelos alto-falantes, anunciando os tempos de viagem, destinos, regras de segurança para os passageiros e, como falava em francês, soava encantadora e um tanto sedutora. Haviam dito a Monroe que os belgas tinham um sotaque mais leve do que os franceses. Não tinha um ouvido tão bom para notar a diferença. Henry provavelmente sim, pensou ele; era esse tipo de pessoa precisa.

Ele olhou pela janela.

– Vagão número seis – disse, com a voz calma e clara. – Estamos nos movendo. Quatro alfa. Repetindo: quatro alfa. Assento da janela, com sua equipe toda ao redor.

N

A alguns quilômetros a sul e leste, Henry respondeu:

– Entendido.

Seus olhos ainda estavam nos trilhos distantes, especificamente no ponto onde sumiam para dentro de um túnel escavado em uma colina. A entrada do túnel ficava um pouco abaixo de seu esconderijo. Movendo-se rápido, mas sem pressa, Henry saiu do banco do motorista e foi até a parte de trás do carro para abrir o porta-malas antes de parar por um instante e conferir a hora em seu relógio de pulso, que fora comprado no acampamento quando ainda estava em treinamento porque parecia feito para ele, o tipo de relógio que um fuzileiro naval usaria. Ainda funcionava, e ele gostava de vê-lo no pulso. Então, abriu a caixa rígida na parte de trás da suv.

O fuzil de precisão Remington 700 era velho e resistente, assim como o relógio e ele mesmo, e todos os três ainda estavam ativos. Assim que começou a montar o Remington, uma sensação de controle calmo brotou dentro dele e fluiu para fora, de seu cerne para a cabeça e as mãos, indo para o ar que o cercava de modo que respirasse o mesmo equilíbrio imperturbável e perfeito que tomava sua mente e seu corpo. E o Remington.

Henry calibrou a mira telescópica do Remington, prendeu-a no suporte sobre o cano e se deitou de barriga para baixo apreciando o jeito com que seu corpo respondia ao movimento. Era como voltar para casa; era sempre assim.

– Velocidade? – perguntou.

– Duzentos e trinta e oito quilômetros por hora, estável – informou a voz de Monroe em seu ouvido.

Henry sorriu.

N

Monroe se ajeitou no assento, era como se sua pele estivesse justa demais. Ele trocou o livro que lia – ou fingia ler – de uma mão para a outra, e depois de volta para a primeira.

– Você parece empolgado – disse Henry, calmo e objetivo como sempre.

– Amo dar fim nos caras do mal – respondeu Monroe, ajeitando-se de novo.

Se Henry o visse, bateria nele com a coronha do Remington. *Tive que fazer isso*, justificaria depois, quando Monroe reclamasse. *Você acabaria denunciando tudo.*

Monroe se forçou a mirar o livro em vez de olhar de novo na direção de Dormov e seus guarda-costas. Ele não era novato no assunto; sabia bem demais que precisava ter o cuidado de não olhar muito para o alvo, que notaria e desconfiaria de algo errado. Então, olhou para o velho mesmo assim.

Dormov estava finalmente começando a demonstrar uma leve impaciência com o guarda-costas solícito, dispensando-o sem se preocupar em olhar pela janela. Não demoraria muito agora. Saber disso deixava Monroe ainda mais nervoso.

IN

O trem surgiu nos trilhos a quase setecentos e cinquenta metros do topo da colina onde Henry estava deitado de barriga para baixo. Ele carregou a Remington com uma única bala. Um tiro era tudo o que teria. Se não pudesse resolver aquilo com um tiro… mas sempre podia. Deu dois tapinhas na coronha e mirou.

IN

— Espera aí. *Espera.*

Henry podia praticamente *ouvir* os nós dos dedos de Monroe ficando brancos. Estava prestes a falar para ele sossegar a periquita quando Monroe disse as palavras mágicas:

— Civil na trajetória.

Henry congelou, e o universo congelou com ele. Exceto pelo maldito trem, que disparava na direção do túnel como se estivesse desesperado para alcançar um porto seguro.

IN

A boa notícia era que a menininha enfim parara de correr para cima e para baixo no corredor. A má notícia era que agora ela estava de pé no corredor, bem ao lado de Dormov e sua turma, olhando para eles como se estivesse hipnotizada; Dormov olhava de volta, aparentemente desconcertado pela curiosidade sincera.

Ela vai ficar de pé ali e salvar a vida dele, pensou Monroe, horrorizado. *Essa merdinha vai salvar a vida do desgraçado. Vai mandar pelos ares nossa única chance de impedir que um poder estrangeiro coloque as garras em material confidencial, e vai fazer isso só por ser uma criancinha maldita.*

Monroe estava prestes a se levantar e achar alguma desculpa para fazê-la se mover, nem que tivesse que empurrá-la, quando a mãe enfim surgiu do nada para dar um jeito nela. Havia grande semelhança entre a menina e a bela jovem vestida com blusa branca e saia azul, mas de algum modo a mãe tinha conseguido a proeza de parecer invisível até o momento. Ela pegou a filha pelos ombros e a arrebanhou para longe, orientando-a gentilmente em um francês que soava musical a Monroe.

O suspiro de alívio de Monroe saiu cortante quando as duas se sentaram na fileira seguinte, a menina logo atrás de Dormov. Ela estava perto demais para o gosto de Monroe – mas não importava, contanto que estivesse fora dos limites mortais.

– Limpo – disse Monroe, junto a uma expiração.

Olhando pela mira, Henry se permitiu voltar a respirar.

– Confirme – pediu, assim que o primeiro vagão entrou no túnel. *E faça isso nessa porra desse instante*, acrescentou em silêncio.

– Confirmado. Tudo limpo. Sinal verde – disse Monroe, a voz severa e urgente.

– Entendido. – O dedo de Henry se posicionou sobre o gatilho e apertou.

O momento do tiro era sempre *o momento*, o Momento da Verdade em que o universo enfim entrava em ordem, quando enfim fazia sentido. Todas as causas se alinhavam às consequências, tudo entrava no lugar certo, e todo lugar estava na posição correta em relação aos outros. Ele soube quando a bala deixou o cano e visualizou a trajetória através do ar levemente ensolarado até o trem – onde, como todas as outras coisas no universo, ele deveria estar.

Só que não estava.

⫼

Henry afastou o olho da mira. A calma, a clareza e a convicção inabaláveis que sempre o envolviam durante um trabalho haviam sumido. Tudo no universo perfeitamente ordenado perdeu alinhamento; o Momento da Verdade não havia chegado. Não havia calma ao seu redor. Ele era só um cara portando um fuzil, deitado na poeira sob o céu inclemente do noroeste da Europa.

Havia errado o tiro.

Não sabia como, mas errara.

⫼

Monroe estava alheio aos pensamentos de Henry. O vagão inteiro estava em polvorosa. A mãe da menininha berrava, segurando a filha no colo, uma mão cobrindo-lhe os olhos, embora a menina não pudesse ver nada, nem mesmo o buraco na janela ao lado de Dormov. O próprio Dormov estava sentado com a cabeça inclinada em um ângulo não muito elegante enquanto sangue escorria da ferida em sua garganta para a camisa.

Os guarda-costas estavam congelados no lugar, como se o tiro os tivesse transformado em estátuas, até mesmo o mais atencioso – e assim ficaram até depois de o trem sair do túnel. Estariam ferrados quando se reportassem aos superiores. Tinham uma única missão, e haviam falhado de maneira espetacular.

Tant pis – para eles. Tinham dado fim em um cara do mal. Agora, Dormov jamais choraria as pitangas sobre tudo o que havia recebido em troca depois de trinta e cinco anos de pesquisa nos Estados Unidos. Tudo o que Dormov sabia sobre a guerra química e biológica havia morrido com ele. Um desastre evitado, tudo como deveria ser. Tudo estava certo com o mundo.

– *Alpha, mike, foxtrot*[6] – disse Monroe, alegremente.

Ⅲ

Henry tirou o pequeno fone do ouvido sem responder. Em geral, a despedida de Monroe era a cereja do bolo, mas ele não estava a fim naquele dia. Estava no piloto automático enquanto desmontava o fuzil, sem a satisfação que costumava sentir quando eliminava um terrorista – e um terrorista biológico naquele caso, fazendo do mundo um lugar mais seguro. Algo havia dado errado e, por ora, Monroe não tinha mais o que dizer.

---

6   Na linguagem militar de comunicação via rádio, esse termo equivale à sigla AMF, usada para representar a expressão *"Adiós, Mother Fucker!"* ("Adeus, filho da mãe!"). (N. T.)

CAPÍTULO 2

Henry tinha viajado pelo mundo mais vezes do que era capaz de contar, primeiro como fuzileiro naval e depois trabalhando para seu empregador atual – mas, ao contrário da maioria das outras pessoas viajadas, não era adepto da crença de que todos os lugares eram muito parecidos. Qualquer um que acreditasse nisso, na opinião dele, não estava prestando atenção. Cada lugar que visitara tinha características e aspectos que não podiam ser encontrados em nenhum outro lugar, com uma única exceção: prédios abandonados.

Se alguém o vendasse e o colocasse em um prédio abandonado em qualquer lugar do mundo, então colocasse uma arma na cabeça dele e o mandasse adivinhar onde estava sem olhar por uma janela (quebrada), ele estaria morto. Era como se houvesse sempre o mesmo tipo de entulho no chão, sempre os mesmos fragmentos de madeira das escadas ou corrimãos, sempre o mesmo tipo de cacos de vidro espalhados, e sempre o mesmo lixo indicando que ali fora o lugar da festinha de mais de um adolescente menor de idade ou o abrigo de alguém em trânsito entre nenhum lugar e lugar nenhum. O prédio abandonado onde se encontrava não era uma exceção.

Compreendeu abruptamente que estava sobre um contêiner com ÓLEO DE PEIXE escrito, tal qual um homem saindo do transe, agarrado aos componentes do Remington como se não soubesse o que fazer com eles. Talvez devesse levar umas latas daquilo consigo, incrementar o poder do cérebro com ômega-3 em vez de simplesmente as usar como camuflagem para a arma. Provavelmente não ajudasse a melhorar a mira, contudo, pensou com pesar enquanto enfiava as partes do Remington nas embalagens.

— Enviando para o mesmo lugar? – perguntou Monroe, alegre, de algum lugar atrás dele.

— É. – Apesar de tudo, Henry foi incapaz de não sorrir. Monroe tinha aquele efeito sobre ele.

O cara era tipo um beagle – sempre feliz em vê-lo, cheio de bom humor. Era jovem, claro, mas não *tão* jovem assim. A maioria dos agentes da DIA daquela idade já tinham começado a perder aquele brilho empolgado, mas não Monroe – não ainda. Henry queria crer que Monroe era mais resistente do que os outros indivíduos de vinte e tantos anos no que dizia respeito àquilo. Nesse caso, a agência só daria mais duro ainda para acabar com aquele espírito. Não dava para ganhar sempre.

— Vou te falar: essa foi a melhor *de todas*. – Monroe tinha um olhar de alegria inevitável em seu jovem rosto quando se sentou junto a Henry, próximo ao contêiner aberto. É, beagle humano. – Consideração da interferência do vento, cálculo do ângulo, redirecionamento da janela. Eu fiquei…

Henry odiava acabar com a graça, mas precisava.

— Onde eu acertei?

— Pescoço. Em um trem em movimento. – Monroe lhe mostrou seu iPhone.

Henry se afastou, horrorizado.

– Você tirou uma *foto*?

– Eu e todo o mundo – garantiu Monroe.

A mente de Henry foi tomada pela imagem de uma multidão ocupada em encontrar uma boa visão do corpo do homem morto enquanto ninguém, nem mesmo o condutor, chamava ajuda, e se sentiu ainda mais revoltado. Qual era o *problema* daquela gente? Bando de *carniceiros*.

– Deleta essa merda – ordenou a Monroe. – Meu Deus do céu.

– Henry, *quatro* atiradores tentaram acabar com esse cara antes que você assumisse, e todos eram foda. E aí, você acabou com ele na primeira tentativa. – Ele colocou a mão sobre o coração, fingindo fungar e limpar uma lágrima. – Eu até fico emocionadinho.

– *Deleta essa merda*! – repetiu Henry, grunhindo.

– Tá bom, tá bom, vou deletar. – Monroe mostrou para ele a tela do iPhone, onde agora havia a foto de um gato com um balãozinho sobre a cabeça. Lá estava escrito, todo errado, o pedido de um cheeseburguer. – Pronto, apaguei. Tá feliz agora?

Feliz não era exatamente a palavra que Henry escolheria – nem de longe –, mas saber que Monroe não andaria por aí com imagens pornograficamente mórbidas em seu celular não o fazia *infeliz*. Já era ruim demais estar prestes a acabar completamente com o barato do cara. Ele não queria, mas não podia evitar. Quando se sabe a verdade, se sabe a verdade, e não faz bem tentar negar.

Henry estendeu a mão. Parecendo surpreso, Monroe hesitou, mas então a apertou.

– Só queria dizer que foi ótimo trabalhar com você, e desejar boa sorte.

Ele voltou a atenção para a mochila apoiada ao lado do contêiner e fechou o zíper enquanto o beagle ia de um estado de ah-cara-ah-cara-tô-tão-felizão para um de apreensão confusa.

– Espera um pouquinho – disse Monroe. – Boa sorte? Tipo, um "tchau"?

Henry pendurou a mochila em um dos ombros.

– Sim. Tô me aposentando.

Por um segundo ou dois, Monroe ficou realmente sem fala.

– Mas *por quê*?

A imagem de Dormov largado em seu assento com um buraco no pescoço piscou na mente de Henry.

– Porque eu estava mirando na *cabeça*.

Era quase como se Henry pudesse sentir o olhar estupefato de Monroe em suas costas enquanto se afastava. Odiava de verdade fazer aquilo ao beagle, mas não tinha escolha. Assim que apertou o gatilho, sentiu no fundo do peito que algo tinha dado errado, e a foto revoltante de Monroe provara que não havia sido um tipo de devaneio mental neurótico, do tipo estou-ficando-velho. Lá atrás, no começo de tudo, tinha prometido a si mesmo que o dia em que errasse um tiro seria o dia em que se aposentaria, e que não poderia – e não iria – quebrar tal promessa. O próximo erro poderia não ser perto o suficiente para alguém que trabalha para o governo.

Mas, porra, sentiria uma puta saudade daquele beagle.

CAPÍTULO 3

Se nenhum lugar era igual ao outro (exceto pelos prédios abandonados), então era certo como dois e dois são quatro que não havia nenhum lugar como o lar. E, mesmo que estivesse errado sobre todo o resto, Henry tinha certeza de que não havia um lugar como o Estreito de Buttermilk, nos estuários da Geórgia.

Henry caminhou devagar pelo longo deque que levava à casa de barcos, tomando o cuidado de sempre se manter no centro das tábuas desgastadas pelo tempo. Agora que não trabalhava mais na agência, passaria muito mais tempo aproveitando os prazeres de viver perto da água. Naquele momento, no entanto, havia uma última coisa que precisava fazer antes de dar a missão em Liège realmente por encerrada.

Na casa de barcos, tirou a foto de Valery Dormov de um dos bolsos e um Zippo do outro. O isqueiro forneceu uma chama a Henry assim que ele girou o acendedor com o dedão. Encostou o fogo na foto, parando um instante para assistir enquanto consumia a imagem do russo antes de jogar o papel em chamas num aquário em uma prateleira, onde se juntou às cinzas das fotos das missões anteriores.

E era isso. *Agora sim* ele estava aposentado.

Henry se virou para ir embora da construção e então parou. Um aquário de peixinho dourado cheio de cinzas até pouco mais da metade. Era *àquilo* que sua vida inteira se resumia?

Em algum lugar, um zé-mané qualquer se aposentando de um trabalho de escritório estaria ganhando um relógio de ouro de presente – ou, mais provavelmente, um relógio *dourado* – para comemorar as décadas passadas mantendo a inércia enquanto estava à sua mesa. Ele levaria o objeto para casa e teria um ataque cardíaco diante da tv, deixando de existir para o mundo como se jamais tivesse existido nele. Pelo menos deixaria um relógio para trás, algo funcional; em contraste, as cinzas naquele aquário não serviriam nem para fazer confete.

Henry chacoalhou a cabeça como se quisesse limpá-la. No que estava *pensando*? Que aquilo fosse à merda – ele *tinha* um relógio, que ainda funcionava depois de uma vida inteira de uso. E o relógio *dele* não estava só contando as horas até sua morte.

Voltou pelo deque até sua casa. Que merda, errar aquele tiro tinha feito tudo perder o brilho.

IN

A luz cintilante do sol preenchendo a sala de estar alegrou o espírito de Henry e espantou boa parte do pessimismo residual depois de Liège. O ambiente era aberto e arejado, com muito mais área de janela do que de parede. Ele gostava do fato de poder ver bastante da área lá fora de dentro da casa; mais do que isso, gostava de deixar entrar tanta luz do sol quanto possível, especialmente depois de um serviço. Ao contrário da missão em Liège, boa parte de seu trabalho se dava sob a cobertura da escuridão, e ele sabia bem demais o que a falta de luz solar podia fazer a alguém.

Aquele era o coração da casa, onde ele passava a maior parte do tempo fora do trabalho, então a sala tinha algumas características pouco convencionais. Rente à parede que dividia com a cozinha, montara um armário com quase todas as suas ferramentas, organizadas de um jeito que apelava ao senso estético enquanto ainda satisfazia suas necessidades de ordem e eficiência. Chaves de fenda, chaves de boca, cinzéis, brocas, alicates, buchas, parafusos, pregos e tudo mais eram organizados não só por tamanho, mas também por conveniência, de acordo com a frequência de uso. Tivera um *baita* prazer organizando tudo, usando a regra do 80/20 – vinte por cento das ferramentas eram usadas em oitenta por cento do tempo, e vice-versa. Talvez agora, aposentado da vida de assassino, poderia considerar uma nova carreira esquematizando as vitrines e prateleiras das lojas de ferramentas. Amava lojas de ferramentas – sempre amara, desde criança. Lojas de ferramentas seguiam a regra dos 100 – cem por cento do estoque eram úteis para fazer alguma coisa.

Logo ao lado ficava a bancada de trabalho com a grande lupa de mesa. Havia posicionado a estação de modo que pudesse ver TV facilmente, sem ter que perder nenhum jogo de beisebol dos Phillies enquanto fazia as tarefas. Tinha ficado de olho nos queridos Phillies enquanto trabalhava na casinha de pássaros. Se virou para vê-la pendurada lá fora da janela atrás dele, e seu humor melhorou ainda mais.

Tinha construído a casinha de pássaros por puro capricho. Ou talvez tivesse sido mais como uma piada interna própria, pelo menos no começo. Construir uma casinha de pássaros era como uma criancinha de nove anos ganhava uma insígnia de escotismo, e não como um sniper treinado pelo governo relaxava entre assassinatos. Mas, para sua surpresa, Henry achara o ato de construir – cortar a madeira, colar as partes, polir e aplicar o impermeabilizante e o verniz – surpreendentemente gratificante. Quando terminou, sentiu como se tivesse descoberto algo novo sobre si mesmo. Quem diria... um matador ter aquele tipo de experiência aos cinquenta anos (no *comecinho* dos cinquenta; *praticamente* nos quarenta ainda... Merda, como *aquilo* tinha acontecido?).

Quando Henry enfim pendurou o troço, sua sensação de completude havia se aprofundado. Havia de fato construído uma casa com as próprias mãos. Tá, tudo bem, era uma *casinha*, não uma casa de barcos ou mesmo um pequeno galpão – ele contratara alguém para construir aquele tipo de coisa para ele. Ainda assim, havia criado um abrigo para seres *vivos* que se aproximariam e fariam daquele espaço um lar, pelo menos até a época de migração. Quantos outros atiradores de elite eram construtivos daquele jeito quando estavam de folga? Nenhum, provavelmente.

Ficou olhando a casinha de pássaros girar lentamente com a brisa e então franziu o cenho. Algo não estava certo. Talvez fosse alguma sensação residual de Liège. Depois de errar o tiro, sentira como se o mundo inteiro estivesse deslocado uns dez graus da verdade.

Não, não era isso. *De fato* havia algo errado.

Demorou mais um instante para visualizar o problema – duas farpas brotando do lado esquerdo da junção superior entre a parede e o teto. Henry sabia que a maior parte das pessoas não veriam aquilo; e, mesmo que vissem, não teriam se importado tanto, se é que se importariam.

Mas as pessoas não eram pássaros procurando um lugar para construir seu ninho. Na escala dos pássaros, aquelas farpas pareceriam verdadeiras estacas afiadas. Um potencial residente que fosse pego por uma corrente de vento súbita e não conseguisse aterrissar direito poderia ficar preso. Talvez fosse esse o motivo de a casinha ter ficado vazia desde quando fora pendurada. O diabo estava sempre nos detalhes, mesmo para os pássaros.

Henry foi até a estante de ferramentas e abriu a gaveta na qual mantinha pequenos pedaços de lixa, organizados em ordem de aspereza. Escolheu um pedaço de numeração intermediária, trocou-o pela lixa um grau menos áspera e foi consertar a casinha de pássaros.

Quando terminou, olhou ao redor em busca de potenciais inquilinos e anunciou silenciosamente: *Olha só, eu fiz uma reforminha. Melhor se mudarem logo antes que um martim-pescador bundão tome a casinha e você tenha que criar seus filhotinhos em um ninho descoberto em um arbusto espinhento.* Mas, em vez do canto dos pássaros, ouviu o alarme no celular informando que um carro se aproximava da casa.

Henry sabia quem era. Estava se preparando para aquela visita, inclusive achava que ela aconteceria mais cedo. Talvez o trânsito estivesse especialmente ruim. Começou a contornar a frente da casa, então se lembrou das lixas e voltou para a sala de estar, ignorando as buzinas. Se todo o exército de arcanjos aparecesse na porta para dizer que era o Dia do Juízo Final, que a bunda dele era um gramado e o próprio Senhor era o cortador de grama, teriam que esperar Henry colocar todas as peças no lugar a que pertenciam. Havia um lugar para cada utensílio, e ele fazia uma puta questão de garantir que cada um estivesse em seu lugar antes de fazer qualquer outra coisa. Sua casa, suas regras.

Buzinaram de novo. Ele saiu a tempo de ver Del Patterson terminar de estacionar (mal, como sempre) seu iate terrestre antes de saltar do banco do motorista e correr na direção de Henry brandindo a carta de exoneração que havia enviado no dia anterior.

— Você *não pode* fazer isso! — disse Patterson, à guisa de olá.

— Opa, é bom ver você também, Del — respondeu Henry. — Entra, senta, faz de conta que a casa é sua enquanto pego alguma coisa pra beber.

Momentos depois, Patterson estava apoiado na beira do sofá na sala de estar. Não parecia nem notar a alegre luz do sol. Ainda agarrava a carta quando Henry veio da cozinha com uma cerveja e uma Coca.

– Eu *preciso* sair – afirmou Henry. – Em qualquer outro tipo de trabalho, você pode dar uma mancada. Não nesse.

– *Mesmo assim*, você é o melhor que a gente tem... o melhor que *qualquer um* tem – disse Patterson. – E pode acreditar: eu mantenho um registro.

Henry colocou a Coca na mesinha de café diante dele. Patterson o olhava com a expressão furiosa de alguém que estava sendo empurrado para além dos últimos limites e não levaria mais nenhum desaforo para casa. Os óculos de armação preta fariam outro tipo de homem parecer literato, como um professor distraído; mas davam a Patterson a aparência de uma autoridade que não queria saber de abobrinha, cujas decisões eram definitivas.

– Não quero refrigerante. Não hoje. – Patterson amassou a carta em uma bola de papel, colocou-a na mesinha e então deu um peteleco nela.

As sobrancelhas de Henry se arquearam.

– Tem certeza?

– Você tá mesmo se aposentando? – rebateu Patterson, de maneira equilibrada. Henry concordou com a cabeça. – Então, tenho certeza.

Henry empurrou a Coca para o lado e ofereceu a cerveja a ele. Quando conheceu Patterson, era óbvio que o homem era fã de uma bebida e que, conforme os anos passavam, ficava ainda mais fã. Por um tempo, era como se Patterson fosse aderir à bebedeira como estilo de vida. E então, em um belo dia, sem rufar de tambores, explicação ou pedido de desculpas, sua bebida preferida virou a Coca-Cola.

Todos, incluindo Henry, haviam se perguntado quanto tempo duraria aquilo e esperaram que Patterson fosse se pronunciar a respeito, mas ninguém queria ir em frente e perguntar. Um agente que tinha sofrido do mesmo problema perguntou se ele tinha virado amigo de Bill W.,[7] e depois contou aos outros que Patterson parecera genuinamente intrigado sobre a pergunta.

Henry enfim decidira que precisava saber; a vida do amigo podia depender da questão. Patterson respondera que o trabalho exigia sua disponibilidade vinte e quatro horas por dia, sete dias por semana. Por isso, precisava estar limpo e sóbrio em respeito a seus agentes. Aquilo seria tudo o que falaria sobre o assunto, Patterson acrescentou; palavras são apenas palavras, ações valem mais do que palavras, e ponto-final.

Henry ficara satisfeito. Cada um tinha suas razões para fazer o que quer que fizessem. Era daquele jeito que Patterson evitava tomar um caminho muito sombrio rumo à destruição, então assunto encerrado e Henry ficava grato por não ter que pensar mais sobre aquilo.

Agora, Patterson provavelmente alegaria que ele o faria voltar a beber, pensou Henry. Sentou-se ao lado dele no sofá, recusando-se a evitar o olhar mortal do outro.

– Um monte de gente por aí pode atirar – disse Henry. – Fuzileiros do STA, *rangers* do Exército, os SEALS da Marinha...

– Eles não são você. – Patterson deu àquilo a entonação de uma acusação, como se Henry o decepcionasse também daquela forma. – Não têm o seu histórico.

– Pode crer, acho que o histórico pode ser o problema – disse Henry. – Tenho histórico *demais*. Você e eu sabemos que atiradores não melhoram com a idade, só envelhecem.

– Quem é que vai terminar de treinar o Monroe? – questionou Patterson, com a expressão dolorida. – O cara já me ligou três vezes pedindo pra eu convencer você a voltar.

Henry suspirou e balançou a cabeça de novo.

---

7   Nos Estados Unidos, esse termo é usado para indicar membros dos Alcoólicos Anônimos. Bill Wilson, também conhecido como Bill W., foi um dos fundadores do programa de recuperação para alcoólatras. (N. T.)

– Queria que ele não tivesse feito isso.

Patterson se sentou mais para a frente, o rosto tomado pela urgência.

– Henry, a gente passou por muita coisa juntos, você e eu. A gente tornou o mundo um lugar mais seguro. Se a gente não tivesse feito o que fez, pessoas boas teriam sofrido e pessoas ruins teriam se dado bem, e a merda que já era ruim teria sido jogada no ventilador. O que a gente faz é *relevante*; o que a gente faz *importa*. Mas não posso fazer nada, a menos que esteja trabalhando com alguém em quem confio, e não vou confiar em ninguém do jeito que confio em você.

Henry balançou a cabeça de novo, com mais ênfase do que antes.

– Tô falando, Del, alguma coisa pareceu *diferente* dessa vez. Por isso que o tiro não foi no alvo... Até o chão debaixo de mim não parecia certo.

Patterson olhou em volta como se pudesse haver algo no cômodo que apoiasse seus contra-argumentos, então viu a casinha de pássaros do lado de fora da janela.

– Tá, mas e agora? Vai ficar por aqui construindo *casinhas de pássaro*? – perguntou a Henry.

– *Del*. Tinha uma criança perto dele. Se eu erro quinze centímetros, mato a menina – interrompeu-o Henry. – *Tô fora*.

A expressão de Patterson mostrava que ele enfim ouvira o outro e que estava desolado. Henry já sabia que não seria uma conversa fácil. No tipo de trabalho deles, não havia espaço para manobra ou tempo para socialização. O foco devia estar no trabalho, no trabalho como um todo, e em nada além de no trabalho, nem mesmo nas pessoas da equipe. Qualquer um tinha que poder ter certeza de que todo o mundo estaria no lugar certo, na hora certa, fazendo a coisa certa. Era tudo questão de planejamento, nada dependia da sorte; não havia espaço para desperdício de movimentos, baboseiras ou escorregões, e assim ninguém morria exceto aqueles cujas mortes estavam no plano. Toda vez que Henry pensava como fora por uma mera questão de sorte que não havia matado uma criança – uma *criança* –, sentia um tremor dentro do peito.

– Sabe, quando comecei na corporação, tudo fazia sentido o tempo todo – Henry prosseguiu. – Meu trabalho era liquidar os caras do mal. A Arte da Morte… qualquer coisa funcionava. Mas em Liège… – Ele balançou a cabeça. – O fato é: em Liège, *não* houve Arte da Morte alguma. Eu só tive sorte. Não *senti* o tiro, não do jeito que deveria.

Ele parou e respirou fundo.

Patterson começava a parecer mais resignado do que ferido. Ele era um profissional; entendia aquilo.

– Não é só uma questão de estar mais velho. Eu matei setenta e duas vezes – continuou Henry. – Tanto assim… acaba mexendo com você, lá dentro. É como se minha alma doesse. Acho que cheguei no limite de vidas que posso tirar. Agora, só quero paz.

Patterson suspirou profundamente.

– Tá, e o que *eu* faço agora?

A questão desestabilizou Henry por completo. *Patterson* era o cara que cuidava de tudo – *ele* fazia os planos e dava as ordens para os tiros. Patterson devia dizer *a ele* o que fazer, não o inverso.

Henry espalmou as mãos e deu de ombros.

– Você me deseja boa sorte?

CAPÍTULO 4

Havia barcos maiores, mais chiques e mais poderosos atracados na marina do Estreito de Buttermilk; mas, até onde Henry sabia, nenhum deles era mais classudo do que o *Ella Mae*.

Construído em 1959, era uma das menores embarcações da marina, mas o casco era de madeira polida. Na opinião de Henry, isso o colocava muitos níveis acima dos brinquedinhos de fibra de vidro ancorados por ali, independentemente do quão grandes, chiques ou caros fossem. Casco de madeira significava uma manutenção mais cara, também; mas, na experiência de Henry, valia muito a pena. Henry manobrou *Ella Mae* até a doca com as bombas de combustível e encheu o tanque. Quando terminou, ajeitou o boné dos Phillies e seguiu em direção a uma das vagas molhadas em frente ao escritório da marina. Para sua surpresa, havia alguém novo escalado naquele dia – uma mulher simpática e sorridente. Tinha cabelos pretos, bochechas rosadas e uma juventude de doer, e vestia uma camisa polo do Estreito de Buttermilk. Ela tirou os protetores auriculares quando ele se aproximou.

– Bom dia! – cumprimentou com uma voz sincera e animada que fez Henry pensar que ela de fato acreditava ser um dia bom.

– Oi – respondeu Henry. – Cadê o Jerry?

– Se aposentou. – Ela sorriu. – Não aguentava mais a agitação deste lugar. Sou a Danny.

– Henry. – Ele não tinha certeza se algum dia fora jovem daquele jeito, mesmo na época em que tinha sido jovem daquele jeito. – Te devo vinte e três dólares e quarenta e seis centavos.

– E aí, veio atrás do quê? – Os olhos dela se arregalaram quando ele estendeu uma nota de cem dólares.

– Paz e tranquilidade. E umas cavalas.

Ela continuou sorrindo enquanto separava o troco.

– Então, imagino que você tá indo para a Ponta de Beecher?

Jerry não era intrometido daquele jeito. Talvez ela pensasse que se aproximar do cliente fazia parte de um bom serviço.

– É o que *você* recomendaria? – perguntou ele, um tanto provocativo.

– Parece um dia bom pra fazer isso – rebateu ela.

Antes que Henry pudesse responder, uma abelha passou zunindo por ele. Por reflexo, tirou o boné e deu uma chicotada no ar, atingindo a abelha em cheio. Ela caiu no convés.

– Eita – disse Dani, levantando-se para espiar o inseto morto por cima do balcão. – Você não é exatamente um cara do tipo viva-e-deixe-viver, né?

– Sou mortalmente alérgico a abelhas – explicou Henry. – Mas e aí? Você é estudante? Ou só uma amante dos peixes?

Ele apontou o livro sobre o balcão com a cabeça; a foto da capa era um daqueles cliques artísticos que faziam águas-vivas parecerem etereamente belas.

– Batalhando pra me formar – disse ela. – Biologia marinha.

– Na Universidade de Geórgia, lá em Derien?

Ela deu um soquinho no ar.

– Avante, Cães.[8]

– Bom, cuidado... – Henry deu uma risadinha. – Tem alguns cachorrões aqui por essas docas também.

– Nada com que eu não possa lidar – garantiu ela, a voz enérgica enquanto recolocava os protetores auriculares.

Henry trotou de volta para o *Ella Mae*, sentindo-se estúpido. *Tem alguns cachorrões aqui por essas docas também* – que merda tinha sido aquela? Se fosse pra começar a dar conselhos paternais para as jovens por aí, então precisava arrumar uns chinelinhos de quarto, um cardigã com remendos de couro nos cotovelos e uma porra de um cachimbo. Talvez devesse voltar correndo e recomendar que ela olhasse para os dois lados antes de atravessar a rua quando estivesse voltando para casa. Ela podia precisar daquele conselho, já que era tão jovem e coisa e tal.

Olhou para o relógio. Não, não havia tempo para continuar se fazendo de trouxa; ele precisava ir a um lugar.

IN

O período de uma hora e pouco de solidão ao som de Thelonious Monk enquanto o *Ella Mae* deslizava pelas águas calmas suavizou consideravelmente a disposição de Henry. Ali em alto-mar não havia idade para se aposentar, tiros errados ou chance de falar merda para jovens bonitas no escritório da marina. Havia só o ar frio e salgado, o balançar sempre tão gentil da embarcação, e o som único de Monk ao piano. O jeito como Monk tocava não fazia com que a música fosse *ouvida*, mas *sentida*. O cara *atacava* os teclados, e o resultado era mais do que música – era além-música. Só Monk era capaz daquilo.

Ali em alto-mar, Henry era capaz de relaxar de um jeito que nunca fizera em terra. Não ligava muito em estar na água, nem um pouco.

---

8   Os jogadores do time de beisebol da Universidade de Geórgia, o Georgia Bulldogs, são conhecidos como Cães. (N. T.)

Estar *sobre* as águas, porém – já era outra história; Henry acreditava que aquilo era o mais próximo de estar no paraíso do que uma pessoa viva jamais chegaria. Ele puxou seu boné dos Phillies para baixo e se permitiu tirar um cochilo leve – ou o que ele imaginou que seria um cochilo leve. Quando escutou o som dos motores se aproximando e se sentou, viu que o sol já estava um pouco mais alto no céu.

O barulho do motor aumentou, um som profundo e encorpado; algo grande estava por perto. Henry se inclinou sobre o parapeito a estibordo do *Ella Mae* e espirrou um pouco de água salgada no rosto para acordar. Quando se virou para alcançar uma pequena toalha no banco do passageiro, viu o iate se aproximando a bombordo.

Henry era capaz de reconhecer o tipo do barco, se não o modelo exato. Era o favorito dos milionários abençoados tanto com senso de estilo como também com dinheiro. O convés superior onde ficava o timão, pequeno e coberto, era grande o suficiente para comportar apenas o piloto e um acompanhante. Alguns pilotos, no entanto, preferiam ter a cabine só para si, como o homem que Henry podia ver ali, diminuindo a potência dos motores. Ele manobrou a embarcação ao lado do *Ella Mae*, fazendo-o oscilar como uma rolha ao sabor das marés.

O homem desligou os motores e sorriu para Henry, que o reconheceu, embora não o visse havia duas décadas, e sorriu de volta.

N

O convés inferior do *Scratched Eight* era elegante toda vida; era largo e tinha assentos almofadados que se estendiam ao longo das paredes de madeira polida em ambos os lados, o que fez o olhar de Henry recair no bar, também feito de madeira polida. O bar parecia prevalecer sobre todo o resto; próximo a ele, a estibordo, duas escadas em espiral desciam para a cabine sob o convés. Henry pensou que parecia uma mansão convertida em uma casa-longe-de-casa capaz de navegar pelos mares. Até onde sabia, podia muito bem ser aquilo mesmo – era o tipo de coisa que Jack Willis faria.

Jack parecia ser o senhor daquela mansão flutuante dos pés à cabeça, com sua camisa branca aberta, bermuda floral e mocassins. Embora os anos não parecessem ter sido tão inclementes com ele como com outras pessoas que Henry conhecia, Jack definitivamente envelhecera. Ainda tinha o riso fácil de antes, mas as rugas ao redor dos olhos eram de preocupação, não de diversão. A linha do maxilar tinha suavizado e o tronco estava mais parrudo, mas não havia perdido os músculos; se movia com a postura fácil e inconsciente de um homem que não passara a vida toda sentado.

Henry sentiu o surto de uma autoconsciência incômoda, sem saber muito bem o porquê. Jack tinha o mesmo símbolo de espadas verde no pulso, então não era como se precisassem fingir um para o outro. Talvez fosse o fato de saber que Jack também estaria notando como *ele* mudara com os anos.

Havia ficado impressionando ao atender o telefone na noite anterior e ouvir a voz de Jack do outro lado. Ele havia desaparecido do radar de Henry quando decidira entrar para o setor privado. Jack queria que ele tivesse ido junto, mas Henry declinara. De tempos em tempos, Jack mandava um cartão-postal, geralmente de algum resort litorâneo estonteante, com uma mensagem curta rabiscada no verso: QUERIA QUE VOCÊ ESTIVESSE AQUI. VOCÊ NÃO QUERIA TAMBÉM? TEM CERTEZA QUE NÃO QUER RECONSIDERAR?

Depois de um tempo, os postais pararam de chegar e Henry pensou que Jack enfim tinha aceitado o não como resposta. A última coisa que esperava era uma ligação pedindo que se encontrassem. Não que estivesse infeliz com a situação – desde que Jack dera as coordenadas, ansiava por vê-lo de novo. E, do nada, era como se fosse um recruta fresco que não sabia o que fazer com as mãos ou para onde olhar.

— Bom, acho que não preciso perguntar como vão os negócios — começou Henry, com uma risada, olhando em volta.

— Poderia ser seu. Só convidei você umas dez vezes, né? — A risada de Jack soou um pouco tímida, e Henry percebeu que ele também estava um pouco nervoso. — É bom ver você, Henry.

— Pode crer. É bom ver você também — Henry respondeu, e era verdade.

Eles se abraçaram, e foi um momento incômodo para os dois. Mas, depois de tudo pelo que haviam passado juntos, um pouco de incômodo não era lá grande coisa.

— Mas e aí, o que você tá fazendo agora? Sendo sexy? — Henry fez um gesto de cabeça na direção da camisa desabotoada.

Jack riu de novo enquanto se dirigiam até a cabine.

— Valeu por ter vindo tão rápido.

— Casado ainda? — perguntou Henry.

— Sim — disse Jack. — Minha esposa foi fazer compras em Paris e meu filho foi pra um internato suíço. E você?

Henry balançou a cabeça.

— Nada de esposa. Nada de filhos. Nada de Paris.

Jack foi para trás do balcão polido do bar e pegou duas pequenas cervejas de um frigobar. Abriu as duas, entregou uma para Henry e ergueu as garrafas para propor um brinde familiar.

— À próxima guerra — disse Jack. — Que não é guerra nenhuma.

— Guerra nenhuma — Henry concordou. Bateram as garrafas e beberam. Fazia vinte anos desde que haviam feito aquilo pela última vez. Henry queria ter mais tempo para aproveitar o momento, mas nenhum dos dois estava ali para se atualizar sobre o status familiar um do outro. — Tá, mas e aí? Qual é a proposta?

Jack riu.

— Continua não sendo o tipo de cara que aproveita a viagem, né?

Henry fez um gesto neutro com a cabeça.

— Tô tentando, parceiro. Mas você *disse* que era urgente.

Jack concordou com a cabeça e o encaminhou até a popa, pegando um laptop de uma prateleira embutida no meio do caminho. Sentaram-se com as costas apoiadas na cabine e Jack abriu o computador. A tela se iluminou imediatamente.

— Conhece ele? — perguntou.

Henry conhecia; tinha visto a foto ainda no dia anterior, quando colocara fogo nela e adicionara as cinzas ao aquário. Teve o cuidado de manter a expressão neutra enquanto olhava da tela para Jack.

— Quem quer saber?

— Seu velho amigo aqui, que tá com medo de que você esteja metido em confusão. — O rosto desgastado de Jack ostentava uma expressão séria com que Henry não deparava havia muitos anos, e esperava não ter que ver nunca mais. — E aí? Conhece o cara?

— Sim. Mandei um AMF pra ele em Liège alguns dias atrás.

— Eles te contaram quem era?

Henry franziu o cenho. Claro que tinham contado — a agência sempre contava sobre o alvo. Jack sabia disso.

— Valery Dormov, um terrorista.

A expressão de Jack era de dor.

— Não. Valery Dormov, um biólogo molecular — disse, a voz densa. — Que trabalhou aqui, *nos Estados Unidos*, por mais de trinta anos. — Ele tocou no touchpad com um dedo; a imagem encolheu e se transformou na foto da carteira de habilitação de Dormov, emitida na Geórgia e ainda dentro da validade.

— Mas eu *li* o documento — disse Henry. Era como se houvesse um caroço grande e gelado em seu estômago. — Dizia que ele era um bioterrorista.

— O documento foi adulterado — revelou Jack. — Não sei por quem.

O iate mal se movia nas águas plácidas do Estreito de Buttermilk, mas para Henry era como se o mundo estivesse se inclinando.

Não se surpreenderia se descobrisse que o horizonte agora era uma diagonal, mas tudo parecia normal. Exceto pelo fato de que não estava – não se Del Patterson tivesse mentido para ele.

Por duas décadas e meia, Henry havia colocado sua vida nas mãos de Patterson sem pensar duas vezes, nunca menos do que cem por cento certo de que poderia confiar nele; de que a informação que Patterson dava era sólida, de que ele e Patterson e todo o restante das pessoas da equipe faziam o mesmo trabalho, lutando do mesmo lado.

Se o tivesse ouvido de qualquer outra pessoa que não Jack Willis, Henry nem sequer consideraria a possibilidade de se tratar da verdade. Mas Jack era como um irmão; não teria procurado Henry tantos anos depois para jogar aquilo no colo dele a menos que estivesse totalmente certo sobre os fatos.

– Por quê? – Henry conseguiu dizer, depois de alguns instantes.

Jack deu de ombros, como se pedisse desculpas.

– Sinto dizer que também não sei. Mas vários alarmes dispararam pra mim quando Dormov mudou de lado.

Os pensamentos de Henry estavam a toda. E se Patterson *não tivesse* mentido? Talvez ele pudesse ter sido enganado por alguém acima dele. Patterson era um traidor astuto ou um boboca enganado? Nenhuma das opções condizia com o homem que Henry conhecia.

– Quem te disse isso? – perguntou ele.

Jack hesitou, como se estivesse escolhendo as palavras com cuidado.

– Um amigo do outro lado.

Um "amigo". Henry tinha uma bela ideia da identidade dessa pessoa e, infelizmente, não era alguém com quem já tivesse tido contato direto. Teria que corrigir aquilo se quisesse ir até o fundo daquela confusão. Além de eliminar a possibilidade de que *Jack* tivesse sido enganado. Não parecia muito provável – Jack sempre fora capaz de identificar um mentiroso a quilômetros de distância, mesmo com o tempo fechado –, mas a única maneira de Henry ter absoluta certeza era se encontrar cara a cara com a fonte de Jack, que entenderia; se estivesse no lugar dele, Jack sentiria a mesma coisa.

– Quero falar com esse seu amigo – anunciou ele.

Jack deu um golinho na cerveja.

– Claro, sem problemas! O que você prefere: Skype ou FaceTime?

Henry manteve a expressão neutra.

– Quero *falar* com ele. Eu *preciso*.

Ele quase podia ver a mente de Jack engatando a milésima marcha, acelerando com todas as razões pelas quais a sugestão seria completamente impossível, contrabalanceando tudo com o conhecimento de que Henry jamais deixaria aquilo passar.

– Mas que porra… o cara me deve – disse Jack.

Ele colocou a cerveja na bolacha à esquerda e digitou rapidamente no teclado do laptop. Então virou a tela na direção de Henry, para que pudesse ver as grandes letras pretas contra um fundo branco:

YURI KOVAC
BUDAPESTE

Henry estava prestes a agradecer quando ouviu algo atrás dele. Virou-se para ver uma mulher extraordinariamente bonita surgindo das escadas que iam para a área sob o convés. Assim que pisou na cabine, Henry notou que ela exibia uma cabeleira com fios milagrosamente grossos, cor de mel, e um corpo igualmente milagroso que não era nem um pouco disfarçado pela saída de praia fininha que usava sobre o biquíni cujo corte parecia feito sob medida.

Ela parou por um instante e espiou Jack por cima dos óculos de sol, com a expressão de alguém capaz de ser ao mesmo tempo friamente reservada e possessiva. Então, virou-se e flutuou com graciosidade pela escada até o convés superior, uma ação que Henry não achava ser possível. Ele olhou para Jack; qualquer que fosse a história dela, deveria ser fascinante.

Jack sorriu e fez um pequeno gesto com os ombros.

– É a Kitty. Pra compensar todas as coisas que *não fiz* na minha época de DIA.

– Tá me dizendo que não fez isso nos seus tempos de DIA?

Henry riu. Considerou pontuar que, quando Jack e ele começaram a trabalhar juntos, aquela visão do paraíso provavelmente ainda estava na escolinha, aprendendo a pintar dentro da linha com o seu primeiro conjunto de giz de cera, mas decidiu não se pronunciar. Não tinha nada que pudesse contar a Jack que ele ainda não soubesse.

N

Jack apresentou-lhe sua mansão flutuante, que era muito mais chique do que a maioria das mansões terrestres em que Henry já estivera. A bela Kitty não voltou a aparecer nem se juntou a eles para um drinque. Até onde Henry sabia, ela havia desaparecido sem deixar nenhum rastro, algo que as mulheres belas faziam com frequência. Parecia ser o superpoder delas. Jack não a mencionou de novo, então Henry também não tocou no assunto. Quando se derramava sangue junto a alguém, não se problematizavam os métodos de superar os traumas da outra pessoa, mesmo que já fizesse mais de duas décadas desde o fim do derramamento de sangue.

Eles voltaram à popa a fim de tomar mais uma cerveja juntos, olhando para a água e curtindo o fato de que não havia mais ninguém ao seu redor até onde a vista alcançava; Henry certamente gostava daquilo, pelo menos. Olhou para cima, para a cúpula de um azul limpo que era o céu.

Exceto pelo fato de que não estava completamente limpo. Henry viu uma pequena faísca, o brilho da luz do sol contra metal.

Era como uma farpa arruinando o azul que seria indefectível de outra forma, e por alguma razão a imagem lhe causou um mau pressentimento. Mas, depois do que Jack havia dito, pensou, não tinha muito como se sentir bem.

— Você assumiu um baita risco ao me contatar – disse Henry, afastando o olhar do brilho lá em cima. – Gostaria que não tivesse feito isso.

— Eu sei, mas o que mais eu poderia fazer? Eu te amo, parceiro. – A voz de Jack vacilou nas últimas quatro palavras.

— Também te amo, cara – Henry respondeu, agora definitivamente desconcertado. Às vezes, quando se estava no campo de batalha com alguém, as emoções podiam cegar. Mas Jack sempre fora um dos caras mais estáveis, bom em manter os sentimentos dentro da caixinha e continuar focado na situação imediata.

Mas não estavam no campo de batalha. Ou melhor, não deveriam estar. Aquele brilho do céu, no entanto, sugeria o contrário.

CAPÍTULO 5

— Eles te contaram quem ele era? — disse a voz de Jack.

— Valery Dormov, um terrorista — disse Henry.

— Não. Valery Dormov, um biólogo molecular. Que trabalhou aqui, *nos Estados Unidos*, por mais de trinta anos.

A voz de Jack Willis era clara como se estivesse bem ali, no escritório de Janet Lassiter, junto dela e de Clay Verris, e não vindo de uma transmissão ao vivo gravada por um drone pairando mil e duzentos metros acima do iate e do pequeno barco amarrado nele ali, no meio do Estreito de Buttermilk. A câmera estava com zoom suficiente para dar a Lassiter e Verris uma vista perfeita do que acontecia no convés.

Willis e Brogan ainda conversavam quando a mulher apareceu. Lassiter fez uma careta; havia quase esquecido que Willis não fora ver Brogan sozinho. Provavelmente, era pedir demais que a senhorita amiga dele decidisse passar a tarde fazendo compras em Savannah e a arrematasse com um jantar tranquilo e caro.

A mulher subiu até o convés superior, tirou a parte de cima do biquíni e se acomodou em uma pequena banheira de hidromassagem, próximo à borda, dobrando as pernas longas e espalhando o cabelo no convés para mantê-lo glamurosamente seco. A própria Lassiter estava embasbacada com a razão que faria alguém querer colocar uma banheira de hidromassagem justamente ali.

Bom, para exibir o que o dinheiro podia comprar, claro. Qualquer pessoa com dinheiro suficiente poderia comprar um barco grande e caro, mas qual seria a graça se ele se parecesse com qualquer outro barco grande e caro do catálogo? Não era questão de comprar um barco grande e caro – era questão de comprar uma demonstração grande e cara. Pessoas normais tinham que se contentar com adesivos para o carro ou tatuagens.

De qualquer forma, Lassiter sentiu pena da mulher. Ela provavelmente vira Jack naquele iate pela primeira vez e já achara que sabia com exatidão no que estava se metendo. Mas era provável que pensasse saber quem era Jack Willis. Ela não tinha ideia daquilo em que estava se metendo, o que Lassiter acreditava ser uma experiência comum a muitas mulheres, se não à maioria delas. Lassiter, no entanto, não se considerava uma delas.

Ela não tinha ilusões sobre o ramo de trabalho que escolhera. Agências de inteligência sempre foram clubes do bolinha, e a DIA não era uma exceção. Desde o princípio, Lassiter sabia que, se quisesse chegar a qualquer lugar, precisaria arranhar, empurrar e abrir seu caminho até o topo da hierarquia no soco, e passara a careira fazendo exatamente isso. Não havia *um* teto invisível para pessoas como ela – e sim uma *série* inteira deles, um depois do outro. A única coisa que alguém podia fazer era bater a cabeça neles até que se quebrassem – ou até que a própria cabeça se quebrasse.

Quanto mais alto chegava, mais grosso era o vidro. E mais dura a cabeça precisava ser, porque ninguém viria ajudar. Nenhuma pessoa – ou seja, nenhum *homem* – enfraqueceria o vidro para ela dando um par de porradas nele, ou lhe passaria um cortador de vidro clandestino, ou mostraria uma passagem secreta para desviar dele; nem mesmo o próprio pai. Melhor assim – de outro jeito, ela seria para sempre a Garotinha do Papai.

Se algum de seus colegas homens realmente chegasse a abrir espaço, é claro que todo o mundo diria que tinha dormido com alguém para subir até o topo. O que era ridículo – Lassiter vira com os próprios olhos que nenhuma mulher poderia dar até chegar ao topo na agência. Algumas davam até chegar no meio do caminho, mas os objetivos de Lassiter sempre foram muito mais grandiosos.

Depois de muito bater, arranhar e empurrar, ela enfim estava na estratosfera, onde o ar era muito mais gélido e rarefeito. Mas nem ferrando deixaria que a vissem tremendo ou lutando por um pouco de ar. Toda manhã ela se levantava, vestia a expressão de quem estava pronta para o jogo e ia para o trabalho uma hora antes de todo o mundo, falando para si mesma que sim, aquilo certamente, absolutamente e sem nenhuma dúvida valia a pena; ela não tinha nenhuma hesitação, nenhum sentimento de decepção ou de desânimo, absolutamente nenhum. Lassiter tinha chegado lá. Ela era *diretora*. Aquilo ali era a *divindade*, não o fim da linha, uma vaga de sinecura ou uma rodinha de hamster planejada para fazer com que a abelha operária mediana, limitada e sem inspiração achasse que estava chegando a algum lugar até enfim tombar e morrer.

E, mesmo que ela de fato fosse uma "puta sem alma do diabo, vinda do nono círculo do inferno", como alguém a descrevera para uma colega de trabalho em um banheiro feminino que não estava tão vazio quanto imaginavam, aquilo ainda seria melhor do que ser uma secretária fofoqueira e glorificada que chamava a si mesma de assistente executiva.

Mas uma vantagem dos escravos do proletariado de baixo escalão era que eles não tinham que lidar com o homem que estava sentado ali no escritório dela, respirando seu ar.

Quando Lassiter conheceu Clay Verris, foi ódio à primeira vista. O contato contínuo ao longo dos anos havia aprofundado a animosidade até que ela virasse uma aversão profunda e inabalável. Mas ela não tinha que gostar dele. Clay Verris amava a si mesmo, sem dúvida muito mais do que ela o detestava. Ele se achava um visionário – tipo um Steve Jobs militar. Um Steve Jobs *armamentista*, carregado e pronto para atirar, e sem toda a excentricidade.

As pessoas nas agências de inteligência tendiam a ser desapaixonadas, mas Clay Verris tinha um sangue tão frio que faria uma cobra píton parecer um filhotinho de cachorro. Também era capaz de ativar e desativar esse modo a seu bel-prazer; em um ramo cheio de pessoas perigosas, tal característica o fazia ser letal. Lassiter sabia que ela precisava se mover com cuidado perto de Verris, mas se negava a ter medo.

– Uma pena – disse Verris de forma abrupta, mas casual, como se estivesse em uma conversa que só ele podia ouvir. Lassiter não se surpreenderia; imaginava que as vozes na cabeça dele falavam bem alto. Esperou para ver se ele falaria mais alguma coisa. Ele acrescentou: – Sempre gostei do Henry.

Por um momento, Lassiter teve dúvidas se tinha escutado direito, então percebeu que ela apenas desejava que não tivesse.

– O Henry é da DIA, Clay – respondeu, afiada. – Ele é um *dos meus*.

Verris olhou para ela, incomodado.

– Ele sabe que você mentiu pra ele.

– A gente tá de olho nele – respondeu Lassiter. – É o protocolo padrão para um agente que se aposenta. Ele vai ser contido.

– *Contido*? – Verris soltou um risinho sarcástico. – *Henry Brogan*? Será que a gente ouviu a mesma conversa? Ele tem o contato do Dormov, e agora vai puxar esse fio solto até acabar apontando uma arma na nossa cara.

Lassiter chacoalhou a cabeça.

– Mesmo assim…

– E quanto ao superior dele, o cara careca? – perguntou Verris.

– O Patterson? – Lassiter franziu o cenho. – Ele não vai ficar feliz, mas não vai se meter no meu caminho. Vai se comportar.

Ela não tinha certeza, mas aquilo manteria Verris longe de planejar a morte de Patterson por um tempo. Pelo menos, assim esperava.

– *Eu* vou passar a régua nisso – informou Verris. – Posso fazer parecer uma operação russa.

Lassiter sentiu uma onda de raiva.

– *Você* não vai fazer é *nada* – retrucou. – Posso resolver isso. Vou falar pro meu time que Henry se revoltou.

Verris bufou de desdém.

– Depois de ter falhado em pegar o Dormov quatro vezes? Esquece. Você precisa do Gemini pra isso.

Ela sentiu a raiva bater de novo, mais intensa dessa vez.

– Eu *não vou* deixar você fazer o que quiser em solo americano...

– Você não tem ninguém capaz de encarar Henry Brogan – disse Verris, aumentando a voz para falar por cima dela. – *Eu tenho*.

Aquele era um dos momentos em que Lassiter entendia o impulso atávico que determinadas pessoas sentiam de dar uma porrada em alguém. Verris tinha o dom especial de despertar essa reação nela.

– Vamos limpar a nossa própria bagunça, muito obrigada – disse ela, ativando totalmente o modo puta-do-diabo-vinda-do-inferno.

O rosto de Verris ficou totalmente sem expressão enquanto caminhava até a mesa dela e apoiava os punhos fechados sobre o tampo.

– Tudo aquilo pelo que trabalhamos está ameaçado. Graças aos *seus* erros. – O olhar dele encontrou o dela como se ele quisesse fazê-la murchar, mas a puta-do-diabo manteve a posição. – Você tem *uma* chance de não fazer merda. Me surpreenda, por favor.

Ele se aprumou, ainda a mirando com seu olhar de raio mortal, e partiu. Ela observou enquanto ele ia embora. A puta-do-diabo não tinha medo dele – não por enquanto, pelo menos. Mas Janet Lassiter estava nervosa.

IVI

Depois de amarrar o *Ella Mae* na estrutura da doca, Henry decidiu deixar Monk terminar seu solo antes de pisar em terra firme de novo. Em algum ponto entre o momento em que desamarrou o próprio barco do *Scratched Eight*, onde Jack Willis sorria desesperançoso enquanto acenava tchau, e o momento em que alcançou a marina, o brilho no céu havia sumido, mas aquilo nem de longe era bom sinal. Por mais que Henry estivesse feliz em ver seu velho amigo, a visita de Jack era como aquele brilho – um mau presságio da turbulência que tinha pela frente, depois da qual nada seria igual. Era só mais uma razão para que usufruísse ao máximo quaisquer momentos calmos enquanto pudesse.

Henry se inclinou para trás, esticando as pernas longas no assento a seu lado. Monk mandava ver na parte final de "Misterioso" quando o olhar de Henry pousou no painel.

O indicador de ângulo do leme estava ligeiramente fora de posição, como se alguém o tivesse arrancado e depois o colocado de volta no lugar de forma apressada. Henry sentiu uma onda de raiva. Seu painel era personalizado – não era para ninguém sair arrancando as peças como se fosse um Lego. O *Ella Mae* era como uma dama elegante que nunca tinha um fio de cabelo – ou peça – fora do lugar, e Henry sempre cuidara dele com o respeito que merecia, garantindo que estivesse sempre bonitão. Sendo assim, quem tinha assumido tais liberdades com ele, e por quê?

Ele removeu a peça do painel de madeira polida, tomando cuidado para não arrancar as conexões, e viu o problema imediatamente. Filho de uma *mãe*, pensou, enquanto desentrelaçava o cabo de fibra ótica do meio dos outros cabos.

Que merda, ele devia saber que, depois de vinte e cinco anos de DIA, não o deixariam ir embora sem instalar algum tipo de merda no barco. Era uma das menores escutas que já vira. Parecia ser do tipo que captava só o áudio, e achou difícil de acreditar que aquilo pudesse registrar mais do que só o som do motor, do vento e da água, mas naqueles dias a tecnologia de vigilância era insanamente boa. Até onde sabia, o treco poderia estar captando até seu pulso e sua respiração – que deveria ser suficiente para informar a quem quer que estivesse ouvindo que ele estava furioso.

A agência provavelmente instalara aquilo enquanto ele voltava de Liège para casa, assim que Monroe lhes contou sobre a aposentadoria. Jerry jamais permitiria que alguém tocasse no *Ella Mae*, então a DIA tinha se livrado dele. Henry desejou ardentemente que tivessem feito uma oferta de aposentadoria boa demais para ser rejeitada. Jerry era um cara do bem que merecia uma vida boa; ênfase em *vida*.

Henry desligou a música e marchou da doca para a vaga molhada diante do escritório da marina. Sim, ainda era turno da Senhorita Bióloga Marinha. Ela provavelmente se achava muito astuta, parecendo nossa-tão-inocente enquanto tirava seus protetores auriculares e sorria como se nada estivesse acontecendo. Talvez fosse tão novinha que realmente não soubesse identificar um assassino aposentado irritado.

– E aí, teve sorte? – indagou ela, resplandecente, quando ele colocou o microfone de fibra ótica no balcão diante dela. Ela fitou o objeto por um instante, então voltou a olhar para ele, com o sorriso meio hesitante agora. – Tá, a maioria dos caras tenta com flores, ou com uma playlist que esperam que eu ache romântica. Mas...

Será que ela havia treinado aquela expressão de "quem, eu?" na frente do espelho?

– Você é da DIA? – disparou ele.

– É... depende – disse ela, ainda parecendo agradável-porém-confusa. – O que é DIA?

– Dançarinos Instrutores da América – disse Henry. – Quem mandou você pra me vigiar? Foi o Patterson?

– Patterson? – disse ela, franzindo um pouco as sobrancelhas, como se ele estivesse falando grego.

Aquela historinha de criança inocente estava começando a dar no saco.

— Olha, você parece ser uma pessoa decente — disse Henry —, mas tá queimada comigo. Seu disfarce já era.

Ela tombou a cabeça para um lado.

— Eu estava no meio de uma música do Marvin Gaye, então acho que vou...

— Me diz o nome de três prédios do campus de Darien — disse Henry. — Vai, bióloga marinha, quaisquer três. Pode ir falando.

— Sério? — Ela olhou para ele, hesitante.

— Seríssimo.

Ela suspirou fundo.

— Rhodes Hall, McWhorter Hall, Rooker Hall.

— Agora *tenho certeza* de que você é da DIA — disse Henry. — Uma *civil* teria mandado eu me ferrar.

— Não uma civil *educada* — replicou ela, sem alterar a voz.

— *Que bosta*, você é boa nisso — disse Henry. — Vai, continua! Continua me seduzindo... Não podia ser mais coisa do DIA. Você mora perto daqui?

Ela arregalou os olhos.

— O quê?

— Porque eu quero checar a sua casa...

— Como é que é? — Ela se afastou dele, alarmada.

— ... onde com certeza não vou encontrar nenhum livro sobre biologia marinha, mas sim um arquivão gigante sobre Henry Brogan — terminou ele, falando por cima dela.

Ela retomou o sorriso de forma súbita, mas não o dirigia para ele. Dois pescadores agora faziam fila atrás de Henry, esperando pacientemente pelo atendimento.

— Olha, isso foi bem divertido, de verdade — disse ela —, mas eu meio que tenho que *trabalhar* agora. Então, se não for muito incômodo...

– Beleza, mas que tal uma bebida então? – disse Henry. – No Pelican Point?

O queixo dela caiu em uma expressão de surpresa genuína.

– Pra quê? Pra você continuar me interrogando?

– Talvez. Ou talvez eu passe o tempo todo pedindo desculpas. De qualquer forma, tem uma banda ótima que se apresenta lá às segundas.

Henry quase podia ver a cabeça dela funcionando, como acontecia com Jack Willis. Ela devia dizer sim e depois dar um bolo nele? Devia parar de fingir e pedir ajuda? Será que aqueles dois pescadores atrás dele começariam a reclamar? Por que diabos ela se levantara da cama naquele dia?

– Às sete – ela respondeu, enfim. O sorriso era hesitante e um tanto cauteloso. – Mas que tal deixar a doideira toda em casa? Por favorzinho?

Henry sorriu, sem concordar com nada.

N

Danny parou rapidamente em seu apartamento a fim de se trocar e vestir um jeans e uma camiseta da UGA Darien antes de ir para o Pelican Point, onde chegou um pouco mais cedo para se sentar no bar do salão com um boilermaker[9] e botar os pensamentos no lugar. Dois caras por ali tentaram a sorte, um depois do outro, no intervalo de alguns minutos; para seu alívio, não quiseram fazê-la mudar de ideia quando deixou claro que não estava interessada. Alguns caras automaticamente chegavam em qualquer mulher que se sentasse sozinha em um bar; pelo menos aqueles dois haviam aceitado um não como resposta.

Ela não tinha tanta certeza sobre o que falaria para Henry quando ele chegasse… *se* ele chegasse. Não, *quando*, definitivamente.

---

9 Um drinque que consiste em uma caneca de cerveja e uma dose de uísque. (N. T.)

Henry não daria um bolo nela, nem que fosse só pra continuar o interrogatório. Ou para se desculpar, embora ela tivesse a sensação de que Henry não era esse tipo de cara. Algumas pessoas não pediam desculpas, outras eram incapazes disso e fariam de tudo para evitar a situação. Até mesmo chamar alguém para tomar alguma coisa.

Por outro lado, ela havia considerado seriamente a possibilidade de dar um toco *nele*. Ainda não tinha certeza se era uma boa ideia sair para beber com ele, não depois de ver o jeito como a tinha tratado. Que tipo de pessoa fala daquele jeito com alguém que acabou de conhecer – especialmente uma universitária que trabalhava ganhando uma merreca? Ela sabia o que o pai teria a dizer sobre aquilo. Os dois pescadores que esperavam na fila atrás de Henry não tinham ouvido a conversa inteira, só o suficiente para lançar um olhar engraçado na direção dele enquanto iam embora. Lançaram um olhar engraçado na direção dela também, que se limitou a dar de ombros e dizer: "O cliente sempre tem razão". Então os distraiu resolvendo logo os problemas deles.

Algumas flores apareceram do nada no bar diante dela, uma mistura colorida de botões pouco elaborada, mas mais do que uma coisa qualquer que você encontraria de última hora em uma loja de conveniência; definitivamente adequado para um pedido de desculpas. Henry Brogan com certeza sabia como fazer as coisas, ela tinha que lhe dar o crédito. Quando se virou para sorrir para ele, sentiu o rubor subir pelo rosto. Meu Deus do céu, ela estava corando como uma garotinha, pensou, morta de vergonha, o que só fez com que seu rosto ficasse ainda mais quente.

– Óin – disse ela, tentando pensar numa forma de disfarçar.

– Desculpa por hoje – anunciou Henry, sentado no banquinho à direita da garota. – Força do hábito. Não costumo confiar com facilidade nas pessoas. Você também não, provavelmente.

O coração dela apertou; pelo jeito, era pedir demais que ele deixasse de ser paranoico.

– Por que acha isso?

Ele colocou uma folha sulfite em branco no balcão, ao lado das flores. Ela olhou da folha para ele, balançando de leve a cabeça.

– Não tô...

Henry virou a folha de papel e lá estava – o rosto dela em uma cópia colorida de seu distintivo da DIA. Tinha sido ampliado umas cinco vezes, então seu nome completo – Danielle Zakarewski – estava bem legível. Assim como sua assinatura.

Danny se encolheu no banquinho enquanto a energia que tinha acumulado para a noite escorria de si. Apoiou um dos cotovelos no balcão do bar e pousou a cabeça na mão por um instante.

– Onde conseguiu isso?

– Depois de vinte e cinco anos de serviços leais, você faz alguns amigos – afirmou Henry. Mas sua voz era gentil, não triunfante. Ele não estava se exibindo. Era só mais uma maneira com que Henry Brogan a surpreendia. Embora talvez não devesse – todas as informações que tinha sobre ele o indicavam como um cara decente.

Danny terminou a bebida com um longo gole e não exatamente bateu a caneca no balcão.

– Bom, *agora sim* tô queimada com você – disse ela, sentindo-se afundar mais um pouquinho. – Que nem uma *torrada*. Uma *torrada queimada*.

– Não foi sua culpa – reassegurou Henry, no mesmo tom de voz gentil. – Você é boa. Posso pagar mais um boilermaker pra você?

Ela concordou com a cabeça, desanimada. Um desenrolar interessante, pensou. Em um dia, a carreira dela tinha ido de ascensão meteórica a algo que se pega com uma pazinha e joga no lixo ao passear com o cachorro.

– Essa é uma bebida *de policial* – disse Henry, enquanto o bartender colocava a caneca e a dose de uísque na frente dela. – Tem algum policial na sua família?

– Meu pai era do FBI. – Apesar dos pesares, ela não conseguia evitar o orgulho na voz. – E um grande fã desse negócio de servir a pátria.

– Era? – perguntou Henry.

Nada passava despercebido *por ele*, pensou Danny. Enquanto *ela* mal tinha percebido quando ele retirara a cópia do distintivo dela do balcão. O dia só melhorava.

– Ele não estava trabalhando quando morreu – respondeu Danny. – Estava tentando impedir um assalto a banco.

– Sinto muito – disse Henry, e ela pôde perceber que ele realmente sentia.

Antes que pudesse fazer qualquer coisa estúpida como começar a chorar, Danny jogou o uísque dentro da cerveja e ergueu a bebida. Henry ergueu a dele e bateu a caneca na dela antes de dar um gole.

– Seu arquivo diz que você era da Marinha – disse ele. – Quatro anos com a Quinta Frota em Bahrain.

– Eu gostava do mar – explicou ela. – O que eu *não gostava* era de viver em uma lata de sardinha espremida com algumas centenas de marinheiros.

– Ainda é melhor do que um *bunker* em Mogadishu – disse Henry, seco.

– É, você tem razão. – Ela deu uma risadinha.

– Depois da Marinha, você escolheu a DIA. Defesa de serviços clandestinos – continuou Henry. – Recrutando e comandando recursos. Nem um único demérito. E depois, o Departamento de Assuntos Internos colocou você em uma doca pra vigiar um cara que só quer se aposentar. – Ele a observou de canto do olho. – Isso não te incomodou?

Danny sorriu. Todo agente mudava de status o tempo todo; era tão parte do serviço nas agências de inteligência como no mundo corporativo civil. Ela decidiu mudar de assunto:

– Sabe o que ele mais amava no FBI? Digo, meu pai? – começou ela, dando mais um gole no boilermaker. – Da sigla. F, B e I.

Dizia que significavam Fidelidade, Bravura e Integridade. Falava um monte disso… entre doses de boilermaker. – Ela ergueu a caneca. – Sobre como o próprio nome do lugar o fazia se lembrar todo dia de como deveria se comportar. "Viva segundo estas palavras", ele dizia, "e, independentemente *do que* faça da vida, vou me orgulhar de você." Espero que esteja se orgulhando.

– Não tenho dúvidas – disse Henry, como se tivesse como saber.

Apesar de tudo, Danny se sentiu surpresa e tocada. Por um momento, queria lhe dizer que significava muito ter se aberto com ele, mas então se reprimiu. Ainda estava em serviço, mesmo que queimada com ele, e tinha que agir de acordo. Ela sabia ser queimada *profissionalmente*.

Ⲛ

A noite já tinha caído quando ela e Henry deixaram o Pelican Point. Apesar das circunstâncias não-exatamente-ideais, Danny tinha curtido a noite pra valer, trocado histórias com o cara que era basicamente a grande lenda da DIA. Claro, ela tivera o cuidado de selecionar o que falava para Henry, e sabia que ele provavelmente fizera a mesma coisa. Mesmo assim, ainda tinha se divertido mais do que nos últimos encontros que tivera. Talvez, mais do que na maioria dos encontros que já tivera. Ou mais do que em todos eles.

– Bom, acho que isso é um adeus, Henry – disse Danny, esperando que não tivesse soado tão chateada com a despedida quanto estava. – Foi ótimo vigiar você. E valeu pelas flores. – Ela as ergueu. – Mas provavelmente vou ser transferida pra algum outro lugar amanhã.

– Precisa de uma carona até sua casa? – perguntou ele.

Danny negou com a cabeça.

– Meu prédio é bem aqui.

Ela fez um gesto com a cabeça na direção do prédio residencial que ficava a meros quarenta e cinco metros de onde estavam.

Ela gostava de Savannah, com seu Centro Histórico, os cruzeiros pelo rio e o animado Mercado Municipal, e amava viver perto do mar. Mas tinha certeza de que não ia sentir falta daquele lugar. A agência tinha insistido que morasse ali – tão perto da marina que ela era capaz de ver o estacionamento mesmo estando em sua sala de estar –, mas as paredes eram finas como papel e o wi-fi horrível era um pé no saco.

A garota estendeu a mão e ambos se cumprimentaram numa despedida, mas ela prolongou o aperto por mais alguns instantes.

– Henry... Por que você tá se aposentando?

À hesitação de Henry, ela soube que ele estava decidindo qual mentira contar.

– Percebi que andava evitando os espelhos ultimamente. Decidi assumir que era um sinal.

Aquilo era Integridade, pensou Danny. Combinava com a Fidelidade e a Bravura dele.

– Vê se se cuida por aí – recomendou Henry.

– Você também – disse ela, com uma risadinha, se virando para o prédio.

– Boa noite, Torrada – acrescentou ele.

Ela riu de novo, mas enquanto ia para a portaria não conseguiu não sentir um pouco de melancolia. De tempos em tempos, tinha um daqueles momentos de clareza em que percebia como era solitária a vida que levava. Seu trabalho exigia que estivesse *entre* pessoas, mas nunca que fosse uma delas, nunca *com* elas. Nem mesmo outros agentes, não de fato; sempre tinha que manter uma certa distância entre ela e os colegas de trabalho, não podia se apegar emocionalmente a ninguém. Se eles morressem, virassem a casaca ou fossem descobertos como agentes duplos, uma reação emocional poderia destruir o raciocínio, causar hesitação ou provocar a reação errada. Era uma maneira ótima de acabar matando a si própria, todo o restante do pessoal do trabalho, ou coisa pior.

Quando estava fora de serviço, não era como se conseguisse simplesmente reconstruir o jeito de ser e se relacionar com as pessoas, como faria um civil. E, mesmo que *estivesse* se conectando e aproveitando o tipo de vida social das pessoas normais, não dava para apenas virar uma chavinha e a desligar quando seu superior ligava dizendo que ela ia para Savannah a fim de vigiar um agente lendário porque ele queria deixar de matar pessoas. Então, Danny tinha que viver uma vida isolada, manter-se distante de qualquer outra pessoa. Era como ser um computador desconectado da rede quando todas as outras pessoas eram computadores on-line.

Mas, de vez em quando – não constantemente, quase nunca –, encontrava alguém com quem, apesar de todas as boas intenções, era incapaz de não se conectar. Dava para ter uma ideia de como era ter um relacionamento com outro ser humano – um relacionamento *pessoal* de *qualquer* tipo, romântico ou não. Acontecia com os civis o tempo todo. Eles tinham o luxo de tomar aquilo por certo e garantido; agentes tinham que se livrar daquilo como se fosse uma ressaca.

E era por essa razão que a noite com Henry definitivamente *não* tinha sido um encontro.

IN

– Ei, Jack, você costuma pensar sobre a história? – perguntou Kitty de onde estava, no parapeito lá fora.

Atrás do balcão do bar, Jack Willis levantou os olhos dos drinques que preparava e deu uma risadinha, não de maneira desagradável. Ele era um eterno admirador das belas mulheres; sua esposa era uma das mais belas mulheres que já conhecera. Nos últimos anos, no entanto, havia descoberto que o tipo de mulher que queria conversar com ele mais do que queria ir fazer compras tinha uma graça que superava a dos olhos brilhantes, estrutura óssea perfeita ou corpo estonteante – todos elementos com os quais Kitty também era abençoada.

– É nisso que penso quando olho pras estrelas – continuou Kitty. – Penso que os *homens das cavernas* olharam pra essas estrelas. A *Cleópatra* olhou pra elas. O *Shakespeare*. E eram as *mesmas estrelas*. Tipo, algumas centenas de anos não são *nada* pra uma estrela. Isso me conforta. Não sei o porquê.

Jack também não sabia. Era difícil para ele imaginar por que uma bela mulher precisaria ser confortada, exceto se sofresse um acidente ou estivesse em uma zona de guerra. Fitou-a novamente e se pôs a fatiar um limão.

– As pessoas no passado estavam olhando pro céu justamente como eu – dizia Kitty. – E sentiam exatamente o que estou sentindo: admiração. Que é a mesma coisa que as pessoas daqui a cem anos vão sentir. Isso…

Jack aguardou; o silêncio se alongou e ele soube, antes mesmo de olhar, que Kitty não estava mais diante do parapeito filosofando sobre as estrelas. Ele sacou a arma da parte de trás da cintura e se moveu na direção do convés, tomando o cuidado de não fazer nenhum barulho. Nada de Kitty. Lembrou-se do que Henry Brogan tinha dito certa vez, a respeito de como desaparecer sem deixar nenhum rastro era o superpoder das mulheres belas. *É como elas nos trocam por outros caras ricos.*

Se pelo menos aquilo fosse verdade dessa vez, pensou Jack, sentindo o coração doer. Não achava que alguém ia ousar atacá-lo enquanto ainda estivesse em águas dos Estados Unidos. Ele deveria ter tido tempo suficiente de deixar Kitty em algum porto seguro, que inferno…

Vislumbrou os tanques de ar e as nadadeiras no convés assim que a sombra em sua visão periférica avançou em sua direção, transformando-se em uma figura armada. Jack deu um salto adiante para alcançá-lo e os dois brigaram, cada qual tentando ganhar a vantagem. Fazia alguns anos desde a última vez que Jack brigara corpo a corpo com alguém, e podia sentir que o outro era mais forte e provavelmente mais jovem. Precisava acabar logo com ele ou seria subjugado.

Jack ainda tentava forçar o cano da arma contra o peito do oponente quando um tiro soou atrás da orelha dele. Ensurdecido, lutou mais ainda, sem saber se fora atingido, confiando na adrenalina para mantê-lo em movimento. Quase conseguia apontar a arma para a barriga do oponente quando um braço surgiu por trás e o prendeu em uma chave de pescoço.

Que merda, teria percebido o segundo atacante chegando de fininho por trás se aquela porcaria de arma não tivesse disparado, pensou, e então tudo ficou escuro.

N

A dupla agiu rápido, executando uma coreografia mortal que acabou com os cadáveres do alvo primário e de sua companheira amarrados a pesos e atirados da popa. Nenhum dos dois esperava que o serviço fosse tão fácil; a mulher não era ninguém, mas Willis supostamente deveria ser um fodão das operações secretas. Obviamente, a aposentadoria não fizera tão bem a ele, porque havia caído tão rápido que tinha sido anticlimático – decepcionante, até.

Realmente esperavam que os outros serviços não fossem tão fáceis. Como fariam para manter a performance de alto nível que lhes era exigida se os alvos mal reagiam ao ataque?

CAPÍTULO 6

Henry Brogan estava em uma piscina pública na Filadélfia e estava se afogando.

Ao redor dele, crianças batiam perna, agitavam a água, riam como se aquilo fosse realmente *divertido*. E era – *para eles*. Eles não estavam se afogando? Por quê? Por que ele era o único se afogando, e todos os outros que haviam pulado na água estavam se *divertindo*?

Justamente quando achava que morreria, duas mãos fortes o pegaram por debaixo dos braços e o puxaram da água para um ar brilhante e com cheiro de cloro. Henry piscou para tirar a água dos olhos, engasgando-se e arfando enquanto seu pai sorria. O rosto dele era tão enorme que bloqueava o mundo inteiro, até mesmo o céu. Era tudo o que Henry podia ver, aquela enorme face sorridente e os óculos escuros espelhados que o pai sempre usava; as lentes refletiam a imagem de um Henry de cinco anos aterrorizado, magrelo, em um par de bermudas grandes demais que precisavam de um cordão extra para não escorregar, engasgando e se contorcendo, desesperado para sair dali porque sabia o que vinha em seguida, o que sempre vinha em seguida.

Você precisa melhorar o bater das pernas, dissera o pai, sorrindo, a voz mais alta do que o som das crianças gritando e espirrando água por todo lado. *Se concentra, Henry! Você já tem cinco anos – não é tão difícil! Agora, tenta de novo!*

Os dois Henrys refletidos nas lentes espelhadas murcharam, indefesos, então ficaram menores quando o pai o jogou longe, como se ele fosse um peixe pequeno demais. A sombra oscilante do pai cresceu na superfície da água enquanto Henry afundava e continuava afundando, sempre para baixo, para baixo, para baixo. O som daquela risada retumbante foi ficando abafado.

O pânico tomou Henry como um choque elétrico. Ele tentou gritar, conseguindo apenas um borbulhar esmaecido e agudo que mal dava para ouvir. Acima de si, o retângulo brilhante da superfície ficava cada vez menor. Independentemente do quanto tentasse bater os pés e os braços, não conseguia se içar para cima; a água não deixava. As pernas tinham ficado pesadas, pesadas *demais*, como se houvesse grandes pesos amarrados nelas. Ele podia senti-los nos tornozelos, puxando-o cada vez mais para baixo, ainda mais fundo do que jamais estivera, tão fundo que ele nunca, nunca, nunca mais seria capaz de alcançar a superfície. A escuridão estava se fechando. Os sons da risada do pai, das crianças gritando, espirrando água e brincando morriam, e logo ele morreria também.

Por favor, implorou, erguendo os olhos para a superfície, distante e brilhante. *Por favor.*

De repente, uma silhueta escura surgiu contra o retângulo que sumia lá em cima, alguém que mergulhava até ele. Reconheceu a forma – era sua mãe. Ele se concentrou, desejando que a escuridão se afastasse enquanto ele tentava alcançá-la. Ela sempre vinha para salvá-lo… mas nem sempre conseguia.

A escuridão lutava contra ele, o subjugava, o prendia. A água estava muito gelada, gelada demais para uma piscina. Ele sentia gosto de sal, e não de cloro, porque aquele era o oceano e sua mãe não estava a caminho. Ela não estava mais por perto, assim como seu pai. Aquela não era a Filadélfia, mas um lugar e um tempo diferentes, descobrira coisas piores à sua espera. As pernas e os braços pesavam tanto que ele não conseguia nem se agitar, não conseguia gritar, nem mesmo em sua mente. A única coisa que fazia era afundar na direção do gelo e da escuridão.

Um grito contínuo e agudo cortou o silêncio. Henry sabia que era uma máquina e que o barulho significava que tinha ido para o saco. Não por muito tempo, porém – estava prestes a voltar. Tinha sido salvo, mas não por sua mãe. A próxima parte doeria como o diabo. Assim que as pás do desfibrilador tocaram sua pele, despertou com um salto. O alívio de se encontrar em sua própria cama foi efêmero; ainda podia ouvir o alarme agudo.

Henry agarrou o iPad no criado-mudo e desligou o alarme de invasão. Alguém havia disparado alguma das armadilhas a laser instaladas nas fronteiras de sua propriedade. Se não levantasse a bunda da cama, iria para o saco de verdade.

Houve um brilho no espelho da parede diante da cama, um movimento fantasmagórico que refletia algo na janela à esquerda de Henry. Uma luzinha vermelha surgiu, flutuando na escuridão à procura do alvo.

Sem fazer qualquer ruído, ele pegou o celular e discou enquanto escorregava da cama para o chão. *Por favor*, implorou silenciosamente, abrindo o alçapão ao lado da cama e deslizando para dentro do espaço que havia sob a casa. A mochila de fuga estava bem ali onde a deixara – empoeirada por fora, mas (esperava) ainda seca e boa por dentro. O celular continuava tocando. *Por favor. Por favor. Por favor...*

– Por favor, me diz que isso significa que você tá dentro de novo – disse Monroe, em vez de oi.

– Cadê você? – sussurrou Henry.

– Vigiando a merda de um *carro* – respondeu o beagle, bem infeliz a respeito de sua atividade.

– Me escuta. Vaza daí – instruiu Henry, ainda sussurrando enquanto se deitava contra o chão. Havia ignorado o olhar estranho que o construtor da casa havia dado quando dissera que queria que a casa fosse construída sessenta centímetros acima do chão, sobre pilares de concreto; mas também, construtores não eram obrigados a estar prontos para escapar com rapidez no meio da noite. – *Não* vai pra casa, *não* vai pra casa da sua mina. Vai pra rodoviária e compra uma passagem em *dinheiro*. *Só* usa dinheiro, mais nada. Rouba se for preciso, mas *não* tira dinheiro nenhum no caixa eletrônico. Vaza pra algum lugar em que ninguém te conheça.

– *Merda* – disse Monroe, trêmulo. – Tem certeza?

– Eles estão aqui do lado de fora da minha janela – contou Henry. – Foi mal, cara. Te coloquei em uma sinuca de bico.

– Vou ficar bem – respondeu Monroe, tentando disfarçar o medo na voz com uma bravata e falhando miseravelmente. – Mas como entro em contato com você?

– Você *não entra* – ordenou Henry. – Não liga pra mim se quiser sobreviver. Na verdade, não liga pra ninguém. *Nunca mais*. Muito menos pra alguém da DIA. Joga o seu telefone fora. Entendeu?

Por um instante, Henry temeu que Monroe fosse tentar discutir com ele, mas não o fez. Monroe não disse absolutamente nada. Em vez disso, houve dois estampidos altos seguidos pelo barulho do celular caindo no chão. Henry apertou os olhos enquanto imagens do beagle humano tomavam sua mente: Monroe quando se conheceram pela primeira vez, Monroe mostrando a foto terrível de Dormov em seu celular, Monroe sendo jovem, feliz e todo cheio de si, certo de que viveria para sempre e nunca envelheceria.

Henry amassou seu luto até que virasse uma bolinha e o jogou para as profundezas distantes da mente. Não havia tempo para lamentar. Naquele exato momento, precisava se concentrar em permanecer vivo. Abriu a mochila de fuga e elaborou um inventário rápido: roupas e sapatos, confere – o que era ótimo, porque nenhum agente que se prezasse seria pego de surpresa sem camisa, descalço e com as calças do pijama, nem mesmo depois de aposentado. Enfiados no meio das roupas havia alguns rolinhos de dinheiro vivo, um passaporte, uma Glock e o melhor de tudo: dois fuzis IWI ACE. Tinha que amar os israelenses – quem quer que precisasse de armas de assalto que coubessem numa mochila de fuga podia contar com eles.

Ele pegou um dos fuzis, certificou-se de que estava carregado, e então se arrastou sobre os cotovelos pelo chão imundo até que saísse sob o deque. *Quero ver virem me pegar agora, seus bundões*, pensou.

Como se em reação ao pensamento, houve um passo praticamente inaudível logo acima dele. Henry rolou para se deitar de costas no chão e atirou para cima. O corpo caiu de forma pesada na madeira cheia de farpas; no mesmo instante, ele captou um movimento em sua visão periférica, rolando de barriga para baixo de novo, e usou a mira para encontrar outro atacante. Atirou; o cara caiu de joelhos. Henry deu o tiro de misericórdia na cabeça, e então rolou para sair de debaixo da casa.

De imediato, viu um terceiro cara no telhado do depósito do jardim, mirando nele um fuzil de precisão. Henry atirou e viu a mira do outro explodir, junto a seu rosto. *Bobeou, dançou*, refletiu, parando para analisar a área à sua frente. Tinha acabado?

Não – havia um quarto cara, vários metros além do depósito, quase invisível na sombra de uma das grandes árvores. *Quase* invisível, mas não para Henry; ele mirou com cuidado e atirou. O cara caiu, deixando boa parte dos miolos escorrendo pelo tronco da árvore.

Mais uma vez, Henry analisou os arredores, mas o instinto lhe dizia que tinha acabado com todos. *Agora sim*, tinha acabado.

Só quatro caras, pensou, vestindo-se rápido, mas sem se precipitar, como sempre. Como se quatro caras tivessem alguma chance contra ele. Não fazia nem uma semana que se aposentara e a agência já parecia ter se esquecido do que ele era capaz. Que *raios* a indústria do assassinato estava se tornando?

Henry saltou para dentro de sua suv e pegou a direção do prédio residencial próximo ao Pelican Point.

IN

A princípio, ele pensou ser tarde demais, que um esquadrão de execução já tinha vindo e ido embora, bagunçando todo o lugar só para garantir. Então ouviu Danny suspirar, adormecida, e percebeu que não – a agente Zakarewski era só uma bagunceira de primeira. Seu apartamento de um dormitório se parecia mais com uma república. Caso tivesse visto o lugar antes de conseguir a cópia do distintivo, teria acreditado que de fato ela era uma universitária. Ou talvez não – não é que os universitários eram mais organizados?

Ele foi até a cozinha, onde uma cafeteira jazia sobre o balcão. A jarra meio cheia ainda estava morna. Café antes de ir dormir? Ah, claro – ela tivera que enviar um e-mail para a agência com um relatório sobre a noite a fim de informar seu novo status de torrada queimada. Escrever relatórios era outra tarefa da qual ele não teria saudades.

Henry serviu um pouco de café em uma caneca, então abriu caminho pelo meio dos objetos espalhados pelo chão até o quarto. A caneca fez só um barulhinho quando ele a colocou no criado-mudo, mas os olhos dela abriram no mesmo instante. No momento seguinte, ela estava de pé no colchão, apontando uma Beretta para a cabeça dele.

– Não é hora de *atirar* – disse Henry, sem se afetar. – É hora de *tomar café*. Cadê sua mochila de fuga?

– Primeiro, me fala o que você tá fazendo aqui. – A entonação dela sugeria que a vida dele dependia da resposta.

– Alguém acabou de mandar uma equipe pra me matar – replicou ele, no mesmo tom conversacional. – Como você estava ocupada demais dormindo, em vez de estar vazando da cidade, isso significa que não sabia. Certo?

Ela franziu o cenho, mas não baixou a arma.

– *Óbvio* que não sabia. Senão teria contado pra você.

– O que significa que você é a próxima. – Ele olhou em volta, vislumbrou um par de jeans jogados nos pés da cama e os atirou na direção dela. – Põe uma roupa – ordenou, virando de costas para dar um pouco de privacidade. Ou para ceder a ela uma chance de dar um tiro na nuca dele, mas apostava que isso não aconteceria. – Você tem um sono bem pesado – adicionou, depois de um momento.

– Consciência limpa, acho – disse Danny.

Henry deu uma risadinha.

– Isso explica minha insônia.

Ele estava prestes a dizer mais alguma coisa quando ouviu o som de metal rangendo. Virou para ela, colocando um dedo sobre os lábios; ela fez um gesto de cabeça na direção da porta de entrada. Eles avançaram em silêncio para fora do quarto, com as armas preparadas.

A maçaneta se movia para um lado e para o outro, de leve.

Mais uma vez, Henry olhou para Danny e ela confirmou com a cabeça. Ele abriu a porta com um puxão, dando um susto desgraçado no cara ajoelhado no corredor, tanto que as ferramentas que ele usava ficaram presas na fechadura. Henry o colocou para dormir com a coronha da Glock.

– *Não é possível* que essa seja uma operação sancionada pela agência – disse Danny, com a voz baixa e neutra, então seguiu Henry até a janela que dava para o pátio. – Esses caras têm que ser criminosos.

Se fosse só pelo boboca tentando arrombar a porta, Henry ficaria tentado a concordar, mas se lembrou do que tinha acontecido em sua casa. Os caras não tinham nenhuma chance contra ele, mas tampouco eram amadores. No entanto, não havia tempo para especular. Danny precisava embarcar rápido ou nenhum dos dois sairia daquilo vivo.

— Que seja. De qualquer forma, são criminosos com fuzis de assalto da agência.

Ele viu uma SUV preta passar devagar pelo estacionamento da marina, com os faróis apagados.

A marina…

— Tem cópia da chave de todos os barcos no escritório da marina, não tem? – perguntou Henry. Danny concordou com a cabeça. – Algum deles é especialmente rápido?

Danny concordou com a cabeça de novo no mesmo instante em que o cara diante da porta começou a se contorcer. Henry deu um chute na cabeça dele e o eliminou pela noite inteira. O homem mal se mexeu quando Danny pisou nas costas dele ao sair.

N

Danny deu uma olhada rápida pelas janelas do escritório da marina; o céu mal começava a clarear, e ela não conseguia enxergar muito bem. Mas o escritório não era muito grande e tinha poucas opções de esconderijo. Até onde podia ver, ninguém o tinha vasculhado. Para seu alívio, ninguém tinha montado uma arapuca na porta da frente, também. Só precisava confiar que Henry daria cobertura, pensou, enquanto entrava.

O armário com os ganchos para as chaves reserva ainda estava trancado; só podia ser um bom sinal. Ela o destrancou e achou as chaves que queria quase imediatamente. Mas, assim que as tirou do gancho, alguém atrás dela pigarreou e disse:

– Sentindo o chamado do oceano?

Dando um chute mental na própria bunda por não ter conferido o banheiro, Danny se virou devagar. Seu batimento cardíaco foi a um milhão; o homem que se aproximara por trás estava perigosamente perto e a arma apontada para o peito dela estava mais perto ainda. A jovem inspirou fundo e, ainda se movendo devagar, ergueu as mãos, mantendo-as separadas o suficiente para dificultar que o homem as visse ao mesmo tempo.

– Cadê ele? – perguntou o homem.

Danny fez questão de parecer abatida e suspirou, triste, como uma criança que fora pega no flagra pelo pai e não tivesse saída senão desistir. O homem com a arma caiu na dela; sabia pelo olhar presunçoso no rosto dele. Assim que o viu baixar a guarda, ela atacou, agarrando a arma com uma das mãos enquanto enfiava um soco na garganta dele com a outra.

Ele se contorceu para se soltar e a golpeou com a pistola. A explosão de dor encheu sua cabeça de luzes brilhantes enquanto ela era atirada para trás, uma mão buscando automaticamente a própria arma. O homem a derrubou para longe do alcance dela e Danny ouviu o ruído distante ao cair no chão. Quando sua visão clareou, olhou para cima para vê-lo sobre si, mirando a arma em seu rosto; o nariz dela jorrava sangue, escorrendo pela boca e pelo queixo. Tanto o ferimento no rosto quanto o na cabeça sangravam com abundância em virtude de toda a capilaridade da pele; ela o aprendera na aula de primeiros socorros. As coisas mais inoportunas passavam por sua cabeça nas horas mais inoportunas, pensou, enquanto levava a mão ao tornozelo.

– Você pode me dizer *agora* onde o Brogan está – anunciou o homem, em um tom presunçoso de repreensão –, ou pode contar daqui a cinco minutos, quando estiver sem os dentes. Mas você *vai* me contar.

Em um movimento fluido, Danny sacou a faca da bainha presa ao tornozelo e golpeou os joelhos dele. Ou pelo menos tentou –

o homem bloqueou o movimento, agarrou o pulso dela e o girou, até que abrisse os dedos. A faca caiu no chão; no mesmo momento, houve um tiro de fuzil lá fora. Mais dois se seguiram ao primeiro; então, silêncio. O homem congelou no lugar, sem largá-la.

– Bom, *eu* contei três – comentou Danny, casual. – Quantos caras você trouxe?

A indagação o confundiu, mantendo-o imóvel por tempo suficiente apenas para que ela lhe desse uma rasteira. Ele caiu com um grunhido, e por alguns segundos se agarraram no chão. Ele lutava descendo porrada, um bruto, acostumado a subjugar seus problemas na base do soco. Mas não era tão rápido deitado no chão quanto era de pé, nem tão ágil assim – Danny deu um jeito de se arrastar até alcançá-lo por trás e o apertou em um mata-leão até que ele amolecesse. Depois de jogá-lo para o lado, pegou tanto a arma dele quanto a dela e, quando o homem se recuperou, ela já estava de pé, dando-lhe uma ótima vista do cano da Beretta.

– Sou toda ouvidos. – O sangue em sua boca era salgado e morno. – Quem mandou você?

Ele não respondeu.

– Você pode me dizer *agora* – disse ela –, ou pode me contar daqui a cinco minutos, quando estiver sem os dentes. – Ela abriu um sorriso ensanguentado. – Mas você *vai* me contar.

IN

Depois de esperar nas docas com as mochilas de fuga, de fuzil em mãos, Henry começava a se perguntar se deveria ir atrás de Danny, quando ela saiu do escritório da marina. Sob a luz do amanhecer, viu que a garota estava um pouco abatida e suja de sangue, e um pouco mais do que levemente acelerada, mas não parecia ter ferimentos graves.

– Foi a Lassiter – informou ela, sem emoção.

Henry já imaginava como, mas teve que perguntar.

– Como você sabe?

Ela estava trêmula com a adrenalina quando puxou a mão dele e jogou algo sobre a palma – quatro dentes da frente, quebrados e ensanguentados. Henry olhou deles para ela, mostrando os próprios dentes em um sorriso irônico.

Ele quase esperava ouvi-la dizer algo como *foi ele quem começou*, mas Danny só passou por ele, indo na direção da doca. Impressionado, Henry a seguiu com o fuzil e as mochilas de fuga até a vaga dezessete. A lancha Corsair de quase dez metros atracada ali era novinha em folha, e quem quer que a tivesse comprado escolhera o pacote completo de opções – o que significava que a pessoa em questão não ficaria extremamente feliz ao descobrir que alguém tinha pegado aquela belezinha emprestada para um passeio.

Vamos tratá-la com o máximo de respeito, e vamos tentar trazê-la de volta para casa sã e salva assim que possível. Dou a minha palavra, prometeu Henry ao proprietário, silenciosamente. Se a pessoa botaria fé na palavra de um assassino aposentado do governo já era outro papo, um no qual Henry não acreditava muito. Mas puta merda – a versão naval de GTA não era nada perto do que ele vinha fazendo ao longo dos últimos vinte e cinco anos.

Danny embarcou e fez um gesto para que ele passasse as mochilas, limpando o sangue do nariz com as costas das mãos. Henry obedeceu e desamarrou a Corsair da estrutura da doca antes de se juntar a ela.

Ele pigarreou e a jovem se virou para ele.

– Antes de fazermos isso, tem algo que você precisa ter em mente: pisar neste barco é se despedir de tudo o que você conhece. Tá entendendo?

Danny esfregou as costas da mão na boca de novo.

– Quase todas as pessoas que encontrei desde que saí da cama tentaram me matar. Só uma tentou me salvar. – Ela sacou o celular e o jogou no mar. Henry não conseguiu evitar um sorriso enquanto ia até o timão e ligava os motores.

Danny se sentou no banco do passageiro e Henry notou que, apesar da bravata, ela ainda tremia. Ela notou que ele notava; seu rosto enrubesceu enquanto abraçava forte o próprio corpo, tentando se acalmar.

– Ei, não tem problema algum em estar assustada. Estar assustada é *bom* – disse Henry. – Estar assustada significa que você tá alerta, e estar alerta significa que você tá viva.

– É que… – Ela se interrompeu e inspirou fundo. – Ninguém nunca tentou me matar antes. – Parecia que ela estava admitindo algo constrangedor ou vergonhoso. Como se temesse que, se os agentes bonzões descobrissem que era a primeira vez dela como alvo, não a deixariam brincar com eles no recreio da agência.

– O mais importante é que eles *não* mataram você. *Você* chutou a bunda *dele*; tão bem chutada que ele nunca mais vai se esquecer disso.

O rosto de Danny se iluminou como se não tivesse pensado sobre o assunto.

– Chutei, né? – Uma pausa. – O que assusta você? Além de abelhas.

– A ideia de me afogar.

Henry podia sentir o olhar incrédulo dela enquanto manobrava a Corsair para longe da doca, em direção ao mar aberto.

IV

Lassiter mal dava bola para o clima. Dias chuvosos nunca a desanimavam porque era ocupada demais para notá-los. Não teria notado aquele, tampouco, se não tivesse sido forçada a passar parte dele sentada em um banco ao lado de Clay Verris. Pelo menos ele tinha trazido o próprio guarda-chuva, então ela não precisava dividir o seu, como se fossem um casal de amantes furtivos. O parque ficava praticamente do outro lado de Savannah, longe do escritório dela, o que significava que não poderia passar em seu café costumeiro para tomar seu *latte* matinal. Não poder tomar sua bebida matinal de escolha já seria ruim o suficiente, antes até que aquele desgraçado começasse a abrir a boca. E ele estava saboreando a situação.

– Então – o puto disse, enfim –, é assim que você limpa as suas bagunças.

Lassiter respirou fundo e ouviu as gotas batucando no guarda-chuva.

– Me poupe da sua palestrinha.

– É tipo assistir o Hindenburg[10] caindo em cima do Titanic. – Verris deu a entender que seria algo que ele teria gostado de ver. Bom, ele era desse tipo de desgraçado sádico, pensou Lassiter. Embora ela própria fosse gostar de ver um acidente desses se Verris fosse passageiro em um dos dois veículos.

– Ainda não decidi o que vou fazer agora – retrucou ela, firme.

– Henry Brogan é como qualquer outro soldado – disse Verris, assumindo o tom pomposo. – Quando são jovens e estúpidos, acreditam em qualquer coisa que você lhes conta. Então, ficam mais velhos. Começam a se desgastar e criam consciência. É por isso que precisamos de um tipo novo de soldado. O Gemini vai se encarregar disso.

Lassiter vislumbrou em sua mente uma imagem efêmera de si enfiando a ponta do guarda-chuva no olho de Verris.

– Sinto muito – disse ela, em um tom ainda mais firme. – Não posso permitir.

– Não estou pedindo sua permissão – respondeu Verris, e o tom da voz dele era como a versão vocal de uma arma letal. – Quer falar com os seus chefes? Tenho certeza de que vão amar saber sobre o seu projetinho clandestino.

A chuva apertou, mas Lassiter podia sentir a autojustiça de Verris; irradiava dele como calor, exceto pelo fato de que era frio,

---

10 O Hindenburg era um tipo de dirigível alemão. Em 6 de maio de 1937, um exemplar pegou fogo e caiu, matando trinta e seis pessoas. (N. T.)

muito frio. O homem provavelmente tinha um pedaço de perge-lissolo no lugar do coração.

— Vou fazer parecer um ataque dos russos — continuou Verris, animado. Ele se levantou e Lassiter o seguiu. Aparentemente, a reunião tinha acabado; ela mal podia esperar por isso.

— Dê a Henry um funeral público. Bandeira sobre o caixão, salva de vinte e um tiros, um belo discurso seu, todos choram, ele é lembrado como herói e a vida segue.

— Não para Henry — rebateu Lassiter. A chuva caía bem forte agora, batendo no chão e espirrando em suas pernas.

— Ah, qual é — disse Verris. — Vira-latas como Henry já nascem pra ser efeito colateral. Não vamos fazer de conta que não.

Não era isso que você pensava lá atrás, quando implorou pra que ele trabalhasse pra você, pensou Lassiter, disparando um olhar na direção dele. Verris olhava diretamente para a frente, todo empolado com sua importância, amando a própria esperteza. Não tinha como ela vencer daquela vez.

— Você já tem o recurso pra missão? — perguntou ela.

— Eu tenho o recurso *perfeito* — respondeu Verris.

Lassiter sabia o que aquilo significava, e seu coração apertou.

CAPÍTULO 7

Henry ancorou só um pouco além de uma área um tanto isolada da costa da Flórida. Estariam seguros ali por um tempo, disse a Danny, e sugeriu que algumas horas de sono fariam bem considerando as que ela perdera. Danny riu – depois de tudo pelo que tinham passado juntos, ela não sabia se algum dia seria capaz de voltar a dormir.

Mas, ainda enquanto dizia aquilo, notou que na verdade sentia a bateria baixa, e que se sentia tão exausta que estava prestes a dormir em pé. Cambaleou alguns passos até a cabine na proa do Corsair e se surpreendeu ao notar que não era abafada e quente; o proprietário tinha escolhido instalar ar-condicionado.

Assim que se deitou, viu que a larga faixa escura que corria ao longo da proa era Plexiglas tingido, com três pequenas janelinhas que podiam ser abertas para dar alguma ventilação. Considerou desligar o ar-condicionado e abrir as três para pegar um pouco de ar fresco, mas, antes que pudesse pensar melhor, mergulhou em um sono profundo e sem sonhos.

O sol já estava muito mais alto no céu quando Danny acordou, grogue, de cabeça pesada e, mais do que qualquer coisa, faminta. Ela se deu uns minutos para ficar mais alerta, então olhou ao redor da pequena cabine. Havia algumas garrafas de cerveja cara e importada no frigobar, mas nenhuma comida – nenhum queijo gourmet, nenhum caviar, nenhum chocolate. O interior do eletrodoméstico parecia tão intocado que ela duvidou que um dia tivesse contido qualquer outra coisa além de cerveja. E considerou isso uma prova decisiva de que o proprietário do Corsair era um homem que nunca trouxera amigas mulheres a bordo.

O estômago de Danny grunhiu, infeliz, enquanto ela continuava a exploração dos armários. Se tudo o que pudesse encontrar fossem drogas ou diamantes contrabandeados, ela rastrearia o proprietário e arrancaria cada membro seu com as próprias mãos, só por uma questão de princípios.

Ela estava à beira do desespero quando descobriu um pacote de bolachas de água e sal no fundo do último armário. Só de ver a foto das bolachas, sua boca encheu de água. Era bom que a caixa tivesse bolachas, pensou, porque, se encontrasse uma fortuna em pedras preciosas roubadas ou pacotinhos de cocaína, ela os comeria de qualquer forma.

Não, só as boas e velhas bolachas, levemente salgadas e secas como pedra, o que tinha que ser algum milagre considerando que estavam armazenadas em um barco. As fotos na embalagem as mostravam flutuando em uma tigela de sopa ou cobertas com queijo; ninguém nunca comia bolachas de água e sal puras. A menos que não houvesse mais nada na despensa da sua lancha Chris-Craft Corsair roubada, é claro. Danny disse a si mesma que estava grata, feliz por tê-las, que *não estava* desejando que fossem biscoitos Ritz ou bolachinhas de queijo, não, não mesmo, nem um pouquinho. Aquelas bolachas água e sal eram *divinas*. O gosto de papel machê era criminosamente subestimado.

Ela emergiu da parte inferior da lancha e encontrou Henry desembarcado, relaxando na praia, as pernas longas esticadas e cruzadas na altura dos tornozelos, seu boné onipresente dos Phillies puxado para baixo visando proteger os olhos do sol. Ergueu os olhos do celular só pelo tempo suficiente para acenar para ela.

— Tá com fome? — perguntou ela, enquanto se juntava a ele, agarrada às bolachas.

Henry ergueu os olhos do telefone de novo.

— Pra caramba — replicou. — Mas — deu uma batidinha na embalagem — isso aí passou da validade faz três anos.

— Sério? Tá uma delícia. — Ela virou a embalagem e viu a data sob a informação de "recomendado consumir antes de". Aparentemente, Henry não sabia que aquilo não era a mesma coisa que data de validade. Ela considerou lhe explicar aquilo, então decidiu que poderia esperar até um momento mais oportuno, quando não tivesse alguém tentando matá-los. De um jeito ou de outro, Danny tinha quase certeza de que a vida útil real das bolachas de água e sal era maior do que três anos. Ou talvez só estivesse com tanta fome que se sentiu aliviada por não precisar dividi-las.

— Por quanto tempo você trabalhou com a Lassiter? — perguntou ela.

— Você conhece meu histórico — disse Henry, sem tirar os olhos da tela do telefone.

— Eu sei. Que é a razão pela qual eu não acredito no cara lá do escritório da marina — disse Danny. — Enquanto ainda tinha dentes, ele disse que *você* era o criminoso.

Henry deu uma olhada rápida para ela.

— Mas você não acreditou nele.

— Eu tinha noventa e nove por cento de certeza de que ele estava mentindo.

— Pois é, sempre tem aquele um por cento, né? — Ele deu uma risadinha.

Pois é, aquela merda de um por cento, pensou Danny, enquanto transferia o peso de um pé para o outro. Ali, sob a luz do sol, fugida em um barco roubado e com apenas umas bolachas de água e sal realmente velhas para o café da manhã, ela não podia deixar de se perguntar se estava fazendo a coisa certa. E se estivesse jogando fora a carreira inteira porque não sabia a diferença entre um mocinho e um bandido?

Se fosse o caso, o que aconteceria quando os mocinhos de verdade enfim aparecessem para buscá-los? Será que passaria o resto da vida em uma prisão de segurança máxima por ter sido a agente da DIA mais estúpida de toda a história?

— Henry — ela chamou, e ele desviou o olhar do telefone de novo. — Você já passou por isso antes?

— Isso? — Ele franziu o cenho. — Pode ser mais específica?

— Seu próprio governo tentando matar você.

Henry deu uma risada breve.

— Não, essa é nova.

— Não, agora é sério... Você trabalhou com a agência por um bom tempo — argumentou ela. — Você não tem ideia do que tá acontecendo?

Henry arqueou as sobrancelhas para ela.

— Se eu soubesse, não estaria aproveitando essas belas férias com você.

— Quando eu for chefe da agência, vamos lidar com isso de aposentadoria de um jeito *muito* diferente — prometeu ela.

Ele começava a responder quando se virou subitamente para olhar as nuvens a sul e a oeste. Danny ouviu os ruídos que indicavam a aproximação de uma aeronave. Foram ficando cada vez mais altos até que um bimotor híbrido Aztec surgiu através dos fiapos de branco no céu azul. Ele fez um largo círculo sobre eles antes de começar a descer.

O rosto de Henry se iluminou enquanto se levantava.

O Aztec era similar a um monte de aviões operados por empresas de passeios de observação que atendiam a turistas ao longo das costas da Geórgia e da Flórida, embora o símbolo em um dos lados

– Barão Air – fosse um que Danny nunca vira antes. Era provavelmente uma aeronave de um passageiro só; muitas delas o eram. Sempre havia demanda mais do que suficiente na alta temporada, e ao longo do restante do ano havia os serviços de transporte que as empresas aéreas de maior escala consideravam pequenos demais, ou muito duvidosos, ou muito arriscados.

Danny assistiu à aterrissagem perfeita, e até graciosa, do Aztec. Ele taxiou pelo mar na direção deles, manobrando até que estivesse bem ao lado do Corsair. Ela prendeu o ar por um instante, esperando que estivesse fitando o próximo passo na direção da solução dos seus problemas, e não na de mais uma péssima escolha. Então a porta do piloto se abriu e ela viu um homem com um bigode impressionante sorrindo para ela. Ele usava uma camiseta, um colete com vários bolsos, bermudas cargo e botas de motociclista.

– Barão Tours chegando para apanhar Brogan, grupo de dois. É aqui? – perguntou ele, seus olhos cintilando.

Sem entender mais nada, Danny se voltou para Henry.

– Danny, este é o Barão – ele apresentou. – Rebelde de meia-idade e o melhor piloto que conheço. – Henry sorria de orelha a orelha; ela não se lembrava da última vez em que o vira tão feliz. – Barão, esta é a Danny.

– Olá, Torrada – cumprimentou o Barão, cordialmente.

Danny fez uma careta, sentindo o rosto esquentar de novo, agora de desespero. Na DIA, uma vez que um agente sênior dava um apelido para alguém, ele grudava quer a pessoa gostasse, quer não; reclamar só garantia que o nome se tornasse permanente.

Enquanto Barão a ajudava a embarcar no avião, ela vislumbrou sua tatuagem no pulso direito, um símbolo de espadas verde igual ao que Henry tinha, e se sentiu relaxando um pouco. Os dois tinham *aquele* tipo de ligação, o que significava que, se Danny tinha noventa e nove por cento de confiança em Henry, poderia confiar o mesmo tanto naquele homem.

– Seus descartáveis, conforme requerido. – Barão estendeu a Henry um saco plástico cheio de celulares. – Mas – acrescentou, enquanto Henry conferia o saco –, antes que vocês os usem, que tal considerarem Cartagena como uma opção?

Henry não disse nada e Danny se perguntou se ele realmente estava considerando aquilo.

– Seria uma boa vida – continuou Barão, agora falando com ela também. – Vocês estariam anônimos, e *seguros*.

Os olhos de Henry brilharam por uma fração de segundo, e Danny pensou que ele de fato diria sim. Então, ele balançou a cabeça, como se estivesse se desculpando.

– Barão, a gente tá mesmo na merda. Tenho quase certeza de que o Jack Willis tá morto.

Pela primeira vez, o sorriso de Barão sumiu completamente.

– Meu Deus. Alguém seguiu vocês?

– Não – reassegurou Henry.

– Mas eles vão. Vamos. Ei, Torrada, posso comer uma dessas bolachas aí? – acrescentou, fazendo um gesto de cabeça na direção do pacote. – Tô sem almoçar. *E* sem tomar café.

Danny tinha esquecido que ainda segurava o pacote, e o entregou para o Barão.

– Se preparem – anunciou Barão, por cima do ombro, e ligou os motores. – A viagem tende a ser bem barulhenta.

∆

Del Patterson era um homem cheio de problemas.

É claro, sua jornada nunca fora completamente suave. Algo sempre dava errado, e aquilo que já tinha dado errado sempre se complicava ainda mais. Desde muito cedo, Patterson aprendera a pensar rápido, fazer ajustes durante a viagem e nunca deixar o prazo do seguro vencer. Isso tudo tinha certa participação em sua entrada na DIA, para fazer o que ele fazia. Sua zona de conforto era justamente estar fora de uma zona de conforto.

Nos últimos tempos, no entanto, a situação estava feia até mesmo para ele. Não havia ocasião em que não tivesse pelo menos algumas dezenas de problemas borbulhando no fogo, prestes a entornar. Uns eram pessoais: tinha perdido cabelo e ganhado uma barriguinha, tinha a pressão de alguém vinte anos mais velho e vinte quilos mais pesado, e o desejo de beber começava a superar o desejo de *não* se envolver em um problema relacionado à bebida. E acabava que tudo se devia a problemas em curso que, direta ou indiretamente, ameaçavam a existência dos Estados Unidos, do mundo, ou de ambos.

Não que ele pudesse dividir tal peso com qualquer pessoa fora da agência. Patterson não tinha a permissão de contar para ninguém onde trabalhava. Não podia nem mesmo contar para a família o que fazia da vida, razão pela qual sua esposa era agora sua ex-esposa e seu filho era – bom, um adolescente, e, até onde Patterson sabia, não havia outra cura para a adolescência, além de crescer. E mesmo isso nem sempre funcionava.

O que provavelmente era o motivo pelo qual Patterson começara a fantasiar sobre abrir o coração para pessoas fora dos círculos de confiança, tipo simplesmente se abrir e dizer: *Eu orquestro sequestros e assassinatos estratégicos em países estrangeiros em busca de garantir a segurança do mundo livre*, nem que fosse só pelo choque. Especialmente em situações como aquela que se desenrolava no escritório do diretor da escola do filho.

Não era a primeira vez que ele era convocado para sentar ali e ouvir uma lista detalhada dos grandes crimes e transgressões do filho. Sim, todo o mundo sabia que ensinar era um trabalho difícil, frustrante e ingrato, e ser o diretor era tudo aquilo e ainda mais. Mas, às vezes, Patterson sentia uma vontade louca de interromper a litania de reclamações do homem com algo como *minha nossa, realmente sinto muito que ele tá causando de novo. Estive tão ocupado do outro lado do mundo garantindo que as pessoas certas fossem assassinadas pelo bem da nossa segurança nacional – isto é, pra prevenir outro ataque em solo americano – que acho que ignorei os sinais de alerta.*

O homem provavelmente calaria a boca.

– Ele faz esse tipo de coisa em casa? – questionou o diretor, despertando-o do devaneio.

– Acho que não. – Patterson não tinha ideia sobre a que ele se referia. – Não sei. – Ele se virou para o filho, que estava largado na cadeira ao seu lado com a clássica pose adolescente de apatia desafiadora. – Você *faz*?

O filho balançou a cabeça e Patterson compreendeu de repente que o filho estava morrendo de vergonha. Embora não estivesse claro se sentia vergonha por ele mesmo ou pelo diretor.

A irritação do diretor se intensificou.

– Então, pode me dizer por que, se é inapropriado fazer esse tipo de coisa em casa, você crê que é apropriado fazer isso durante as *aulas de ciências*?

– Sei lá – disse o garoto, queixoso. – Talvez porque ciência é *chato* pra caraca.

Patterson estava prestes a dizer o que achava daquela afirmação quando seu telefone tocou. Suspirando, ele se virou para o diretor.

– Com licença, preciso atender – avisou ele. – Tenta não fazer nada incriminador enquanto eu não estiver aqui – adicionou para o filho, enquanto se levantava.

O diretor pareceu inabalado pela interrupção. Desandou em um sermão, talvez um jeito de garantir que o garoto continuasse a ser disciplinado enquanto Patterson estava fora.

– Garoto, você está indo a um milhão de quilômetros por hora na direção de um muro – dizia ele. – *Vá devagar*. A cada vez que você liga aquele seu celular, você se mete em confusão.

Bons conselhos, pensou Patterson, enquanto fechava a porta atrás de si.

— Alô? — atendeu, tenso.

— Bom, tô achando que você *realmente* não quer que eu me aposente — disse uma voz familiar.

Patterson sentiu algo que suspeitava ser muito similar à sensação de um ferimento horrível no peito.

— Henry! Você tá bem! — balbuciou, mal notando o soar do sinal. Os estudantes inundaram os corredores, esbarrando nele enquanto passavam. — Graças a Deus!

— Corta essa. — O tom de Henry era afiado e letal. — O Monroe tá morto?

Patterson engoliu a seco.

— Sim.

— *Porra* — disse Henry, furioso. — E o Jack Willis?

— Não fui *eu*, Henry — disse Patterson, desesperado. — Não tenho nada a ver com *nenhum* deles. *Juro*.

— Meu Deus, Del — disse Henry. — Eu *confiava* em você.

— Você ainda pode confiar — disse Patterson, com urgência. — *Eu* sou o cara lutando *por você*. Deixa eu te ligar de outro número.

Houve um momento de silêncio que Patterson acreditou ser muito similar ao último segundo de uma queda livre, logo antes do impacto.

— 604-555-0131. Você tem trinta segundos — disse Henry, e desligou.

Patterson olhou ao redor desesperadamente, procurando alguém que pudesse emprestar um celular, mas o corredor antes cheio daquela molecada agora estava deserto. Para onde raios todos tinham ido?

Como se coordenadas ao pensamento, duas meninas saíram do banheiro feminino, sussurrando uma para a outra e dando risadinhas.

Patterson correu até elas, tirando a carteira do bolso.

– Dou cem pilas se uma de vocês me emprestar o celular por cinco minutos.

As meninas olharam uma para a outra, então as duas para ele. Estavam vestidas com o que Patterson supunha ser o top de linha da moda adolescente, e tão maquiadas que quase pareciam aqueles atores do teatro tradicional japonês, mas podia ver que estavam cautelosas. Provavelmente haviam sido instruídas a evitar homens estranhos oferecendo presentes ou dinheiro. Mas não estavam na rua e ele não estava pedindo que entrassem em seu carro, ele só queria um telefone emprestado. Se nenhuma das duas concordasse, teria que *arrancar* a porcaria de um telefone de uma delas. O diretor não ia *amar*?

Enfim, a mais alta delas concordou com a cabeça. Patterson lhe entregou o dinheiro, agarrou o celular e se afastou das meninas enquanto discava em ritmo frenético.

– Você pode começar me falando de quem foi a ideia de enviar uma equipe pro apartamento da agente Zakarewski – disse Henry, assim que atendeu. – Precisava mesmo?

– Também não tenho nada a ver com isso – reforçou Patterson. – Ela trabalhava pro inspetor geral, não pra mim. Ela tá com você?

– Sim – disse Henry. – Não por vontade própria.

Patterson olhou ao redor. As meninas estavam esperando um pouco além no corredor, sussurrando uma para a outra. Sem dúvida ouviam cada palavra que ele dizia. As crianças tinham a audição de um morcego, especialmente no que se referia a assuntos que você não queria que ouvissem.

– Escuta – pediu ele, incapaz de afastar o desespero da voz. – *Não é* algo que eu possa falar por telefone; eu tô na porcaria da *escola* do meu filho.

– Del! – explodiu Henry. – Que *porra* é essa?

Patterson respirou fundo.

– A gente tem um… probleminha. – Ele baixou a voz e cercou o bocal do telefone com as mãos. – *Gemini.*

O silêncio do outro lado era ensurdecedor.

– Seu velho amigo – continuou Patterson –, trabalhando junto com a Janet Lassiter e o pessoal dela. Não tenho como parar os dois.

– E quanto ao Dormov? – indagou Henry. – Ele tinha alguma coisa a ver com o Gemini? Você se lembra do *Dormov*? O cara que eu detonei no trem porque *você* me disse que ele era a porra de um bioterrorista. Por acaso *ele* trabalhava pro Gemini?

Patterson se encostou em uma fileira de armários e fechou os olhos. E agora, o que ele devia dizer – que Janet Lassiter tinha passado a perna nele? Era verdade, mas Patterson sabia como aquilo soaria. Talvez devesse se desculpar por não saber que tinha sido uma marionete nas mãos da marionete do Verris?

As coisas não deveriam se desenrolar daquele jeito, pensou Patterson. Salvar o mundo a serviço do país era pra ser um serviço *honesto*. Era pra agência estar do lado dos *mocinhos*. Ele olhou para o corredor, na direção das garotas, que sorriam de forma afetada para ele. Patterson quis comentar que tinham futuro como participantes do *The Real Housewives*. Só que provavelmente elas iriam *gostar* daquilo.

– Então quer dizer que eu estava trabalhando pro Clay Verris – disse Henry.

Patterson soltou um longo suspiro. Uma das maiores razões pelas quais parara de beber era o fato de ter uma determinação persistente e profunda em evitar a humilhação de chegar ao fundo do poço. Mas, de alguma forma, tinha dado um jeito de fazer exatamente aquilo, mesmo sóbrio.

– Henry, me perdoa a franqueza, mas escuta – disse Patterson, balbuciando de novo.

– Quantas outras vezes você fez isso comigo? – questionou Henry. – Quantas vezes você falsificou um arquivo e me mandou dar um AMF em alguém que não merecia?

– *Nunca* – rebateu Patterson, imediatamente. – Nunca *mesmo*. Essa foi uma exceção, juro pela vida do meu filho.

Ele quase podia ouvir Henry pensando a respeito, na tentativa de decidir se ele era um mentiroso ou alguém que tinha sido enganado.

– Beleza – disse Henry, depois de um tempo. – A agente Zakarewski não tem nada a ver com isso.

– Henry, eu posso consertar isso, mas preciso que *vocês dois* voltem – declarou Patterson.

Henry deu uma risada incrédula.

– *Pra quê?* – disse, e desligou de novo.

Patterson ficou ali no corredor, encarando o telefone. Ele era cor-de-rosa – não só cor-de-rosa como *cor-de-rosa*, mas o cor-de--rosa mais rosa que ele já tinha visto. Não fazia ideia de como não tinha notado aquilo.

– Ei, tio.

Ele se virou para ver a garota que havia lhe emprestado o celular de pé ali, do lado da amiga.

– O que você quer? – perguntou ele, irritado.

– Se já tiver terminado, quero meu telefone de volta. – Sem esperar resposta, ela arrancou o objeto da mão dele e foi embora junto à amiga. Patterson podia ouvir o tique-tique-tique da digitação rápida.

Ele suspirou. Tinha acabado de fazer a ligação mais cara da vida dele e agora precisava deixar o diretor terminar de encher seu saco.

– Melhor colocar a grana na sua poupança pro bronzeamento artificial – aconselhou Patterson, chamando a garota.

– Tá, que seja – respondeu ela, ainda digitando.

CAPÍTULO 8

Encostada no jipe de Barão, ali na praia, Danny ficou observando enquanto Henry tirava o chip do celular, quebrava a lâmina em duas e afundava os pedacinhos na areia com o pé. Ele parecia bem irritado, e ela não o julgava. Também estava, depois de ouvir a conversa que ele acabara de ter com seu superior – corrigindo: ex-superior. Henry tinha colocado no viva-voz para que ela e Barão pudessem ouvir.

Os protestos de inocência de Patterson pareciam sinceros, mas naquele tipo de trabalho você tinha que parecer sincero. E *é claro* que ele tentaria dizer que não tinha nada a ver com os assassinatos. Que tipo de idiota *admitiria* ter tentado te matar? Porra, se você pegasse alguém de pé do seu lado com a merda de uma faca de açougue, ainda assim a pessoa tentaria negar tudo. *O que,* matar *você? Eu não tô nem* bravo *com você! Faca, que faca? Nem percebi… como* isso *veio parar aqui?*

Mas a palavra crucial da conversa tinha sido *Gemini*. Ela sabia o que era o Gemini e também sabia que um monte de gente na DIA não estava exatamente feliz de ter aquilo ligado à agência. Mas nunca tinha visto alguém reagir ao termo como Henry e Barão fizeram. Eles tinham ficado realmente assustados, e o nome de Clay Verris os assustara mais ainda. Danny achava que nada poderia abalar a compostura de Henry, o que *a* deixou assustada. Era melhor ela saber o máximo possível sobre o tema, pensou, porque, se aquilo assustava Henry... Bom, ela nem sabia como terminar a frase.

Virou-se para ele e disse:

– Tá. Gemini.

Os olhos de Henry estavam baços quando rolaram para olhar para ela.

– Quanto você sabe sobre ele?

– Que é um projeto de uma organização paramilitar privatizada que pertence a Clay Verris. – Danny observou a expressão dele com cuidado em busca de uma reação ao nome; não houve nenhuma, mas Barão estremeceu. – A agência fecha vários negócios com eles. Tem mais alguma coisa?

Os dois homens se entreolharam.

– Barão e eu servimos sob a liderança do Verris quando éramos fuzileiros. No Panamá, no Kuaite, na Somália – Henry contou. – Ele começou com o Gemini depois que a gente deixou de servir. Tentou contratar a gente. Nós dois recusamos.

– Só que *eu* fui esperto o suficiente pra me mudar pra um lugar a dois mil e quinhentos quilômetros de distância – acrescentou Barão, com uma risadinha.

– É, foi *bem* espertinho da sua parte – concordou Henry, subindo no jipe para ocupar o assento do carona. – Já eu, fiz merda.

Danny deu uma última olhada na praia e nas maravilhosas águas azuis onde o Aztec estava atracado perto da rebentação. Se o restante de Cartagena fosse tão lindo quanto aquele lugar, ela poderia entender perfeitamente por que alguém decidia jogar tudo para cima em troca de um lugar ao sol. Estava longe de pensar em algo do tipo para si mesma. Mas não se importaria nem um pouco em desligar o celular durante uma ou duas semanas de férias ali.

Considerando, é claro, que as coisas dariam tão certo que a agência não só permitiria que ela mantivesse o emprego como lhe daria outro celular para substituir o que ela havia jogado nas águas do Estreito de Buttermilk.

Agora estava passando a carroça na frente dos bois, pensou, enquanto entrava no banco traseiro do Jipe. Tinha que dar um passo por vez. Ou, no caso dela, dar um jeito em uma crise drástica por vez.

IV

Apesar de tudo, Henry podia se sentir relaxando enquanto Barão os levava para a casa dele. Barão tinha tentado fazê-lo visitar por anos – décadas –, e ele sempre arrumava razões para não ir. Barão acusava Henry de o deixar de lado e perguntava se era porque tinha saído totalmente do mercado. Henry enfim confessara que sim, que estava *mesmo* deixando-o de lado, mas só porque não achava que seria capaz de passar meio dia em um lugar onde não pudesse assistir a um jogo dos Phillies.

A verdade, no entanto, era que Henry tinha medo de que Cartagena o seduzisse da mesma forma que fizera com Barão, e que ele enfim sucumbisse aos prazeres da vida sem estresse, fuzis de precisão ou alvos, e isso sem contar os Phillies. Ele não estivera pronto para desistir de nenhuma daquelas coisas, não permanentemente, e ainda não estava. Não tinha ideia de *quando* estaria pronto; só sabia que não era naquele momento.

Barão dirigiu ao longo de um rio repleto de pescadores; alguns deles puxavam peixes para fora d'água enquanto passavam. Henry podia ouvir Danny no banco de trás se mexendo de um lado para o outro, tentando ver tudo ao mesmo tempo. Era legal viajar com crianças, pensou, irônico; elas ainda não eram pessoas exaustas o suficiente para não aproveitar a paisagem. Ha, ha.

Será que aquilo era uma piada, ou mais uma mensagem do subconsciente? Ele se pegou pensando em Danny não exatamente como uma filha, mas como algo similar, talvez uma sobrinha. Só que não tinha irmãos, então ela teria que ser algo como uma sobrinha adotada, tipo a filha de um velho amigo. Exceto pelo fato de que não conseguia imaginar Barão ou Jack Willis como pais dela. Nem Patterson; não mais. E certamente não Lassiter – criaturas da espécie dela provavelmente matavam e comiam os filhotes.

Depois de muitos quilômetros, Barão se afastou do rio e virou em uma estrada a qual afirmou que conduzia ao Centro Histórico.

– Para alguns de nós, o Centro Histórico é simplesmente o centro – contou enquanto passavam por um mercado de peixe cheio de gente negociando e fofocando, ou o que quer que civis fizessem durante um dia comum; Henry não fazia ideia. Nunca sentira o gostinho daquele tipo de vida. Ainda assim, quando Patterson mencionava as vidas que salvavam, era àquele tipo de vida que se referia.

O mercado de peixe deu lugar ao pátio de uma igreja, que continha uma coleção inacreditavelmente linda de estátuas de santos dos quais Henry tinha certeza nunca ter ouvido falar, e nos quais não acreditaria de qualquer forma. A certa altura da vida, tivera certeza de que Barão também não acreditava neles, mas agora não estava tão certo. Não que importasse; com santos ou sem santos, Barão era seu irmão. Quando Henry ligara, Barão tinha interrompido todos os seus afazeres a fim de ir ajudá-lo, sem perguntar nada.

Barão diminuiu a velocidade e parou o jipe diante de um sobrado enorme pintado de amarelo-canário. Henry achou que era um daqueles hotéis-boutique que apenas os ultrarricos conheciam. Ele se virou para Barão, com as sobrancelhas erguidas.

– Chegamos – anunciou Barão, claramente satisfeito com a reação do amigo. – Casa Barão.

A casa era ainda mais impressionante por dentro. Henry virou de um lado para o outro no hall de entrada, olhando a escadaria curvada sob o vitral no teto, o chão de ladrilhos polidos e as plantas tropicais penduradas em cestos ou em jardineiras que cobriam as paredes. Barão empurrou Henry gentilmente na direção da sala de estar iluminada e arejada, ainda clara apesar da aproximação do fim do dia. Danny se instalou confortavelmente no sofá do outro lado da janela de parede inteira com vista para o mar. A água parecia se estender até o infinito.

– Porra, Barão, você é tipo o rei de Cartagena – disse Henry, analisando o teto abobadado alto e as vigas de madeira.

– Quase isso. – Barão deu uma risadinha de falsa modéstia enquanto seguia até um carrinho de bebidas próximo. – Além disso, tem uma loja de ferramentas no fim da rua. O Henry ama lojas de ferramentas – adicionou ele para Danny, olhando para a jovem por cima do ombro.

Danny se ajeitou no sofá, incomodada.

– Opa, que beleza. Vamos ficar de conversinha. Quero saber mais sobre Clay Verris e o Gemini.

Henry hesitou e olhou para Barão, que não parava de mexer em copos visando demonstrar que estava ocupado demais com as bebidas para responder.

– Verris tentou contratar você – incitou Danny –, e você negou. Então é por isso que vocês o odeiam, porque ele ofereceu um emprego que vocês não quiseram? Tem que ter mais coisa aí.

Henry deu de ombros.

– Qual é, Henry – disse ela, ficando ligeiramente impaciente. – O que você *não* tá me contando?

A honestidade crua da pergunta o pegou de guarda baixa, embora não devesse. Era o único tipo de pergunta que Danny tinha feito a ele, pelo menos desde que ele lhe mostrara a cópia do distintivo da DIA. Henry suspirou.

— Clay Verris ganha milhões todo ano pra eliminar alvos do jeito que ele bem entende — disse Henry. — O Gemini é isso: sequestros fora dos registros, tortura. São eles que você chama quando precisa que doze príncipes sauditas desapareçam sem alarde. Ou quando quer alguém pra treinar seus esquadrões da morte.

A expressão de Danny mostrava que ela sabia que aquilo ainda não era tudo, e que não sossegaria enquanto não soubesse a história inteira.

— Depois de seis semanas no treinamento de atiradores de elite — continuou ele, depois de um momento —, Clay Verris me colocou em um barco e me levou a uns oito quilômetros dali. Amarrou uns pesos nos meus tornozelos e me jogou pra fora, me mandando bater perna até não aguentar mais.

Danny ficou boquiaberta.

— Ele não sabia do seu medo de…

— *Claro* que sabia. — Henry teve que dar uma risada. Ela podia ter um histórico impecável na academia, mas ainda tinha muito a aprender. — Era essa a questão.

— E aí? O que você fez? — Os olhos dela estavam arregalados e sérios.

— Bati perna até não aguentar mais — respondeu Henry. — E então me afoguei. *Morri.*

A sala bela e iluminada de Barão sumiu e ele estava de novo no oceano, afundando para uma morte gelada e escura, incapaz de sentir os dedos das mãos e dos pés, os braços e as pernas pesados demais para se moverem, os músculos totalmente exaustos, destruídos e acabados. Naquele momento, a cabeça dele era o único lugar que ainda mantinha algum tipo de sensação. Como era gelada a água que cobria sua face. Ele se lembrava daquilo clara e vividamente, do mesmo jeito como se lembrava do sorriso enorme do pai e do reflexo do garotinho aterrorizado nos óculos escuros. Morrer no oceano parecia um resquício da maldade do pai, uma armadilha feita para disparar quando sua amada mãe não pudesse ir ao seu resgate. A última respiração de Henry escapara em uma torrente de bolhas enquanto ele morria na escuridão e no frio.

Abruptamente, deu por si de volta ao fim da tarde iluminada na sala de estar de Barão. Danny estava sentada na beira do assento do sofá, à espera do restante da história, os olhos arregalados de descrença. Ninguém fazia esse tipo de coisa de onde ela viera, ou pelo menos ela achava que não. Barão já ouvira a história antes – e tinha uma própria, tão ruim quanto –, mas até ele parecia um tanto assustado.

– Ele me puxou pra fora – continuou Henry, falando rápido agora. – Colocou as pás do desfibrilador no meu peito, me trouxe de volta à vida na base do choque e me disse que agora sim estava pronto pra servir sob o comando dele.

A expressão de Danny era de horror e revolta. É, tinha *muito* a aprender.

Barão se aproximou com uma garrafa de Jose Cuervo Especial Silver e três copinhos. Ele entregou os copinhos e serviu uma boa dose para cada um.

– À próxima guerra – disse Barão, erguendo seu copo. – Que não é guerra *nenhuma*.

– Guerra *nenhuma* – ecoou Henry.

– Guerra *nenhuma* – concordou Danny, o que mereceu um sorriso de aprovação de Barão. Henry esperava que ela fosse tossir um pouco e se surpreendeu quando ela não o fez. Então, lembrou-se de que a mulher bebia boilermakers.

– Quando eu for embora – Henry disse a ela –, você vai ficar aqui. Quanto mais longe eu estiver de você, melhor você estará.

– Desculpa, mas a decisão não é sua – informou Danny, em um tom decisivo e quase afetado.

– É, é, eu sei – replicou Henry, exasperado. – Você arrebentou o cara na marina, você é mesmo fodona. Mas isso é diferente. Você ainda não tá pronta.

A expressão de Danny se tornou mais sombria.

– Ei, *tiozão* – disse ela, nada afetada dessa vez. – Também quer perder uns dentes?

Barão gargalhou como se ela tivesse feito coceguinhas nele.

– Gosto dela – falou para o amigo.

– Eu também – admitiu Henry. – É irritante pra cacete. – Ele se sentou no sofá, sentindo-se subitamente exausto, como se tivesse usado o resto da energia para contar para Danny sua história sobre o afogamento. Esfregou o rosto. – Preciso dar uma dormida, cara.

– Claro – disse Barão, animado. – Vocês querem um quarto só ou…

– Dois – disse Danny, rápida e enfaticamente, como se fosse crucial deixar aquilo claro. Então, sua face enrubesceu de vergonha. – Dois – repetiu, baixo.

– Ei, posso colocar o Henry na garagem, se você quiser – ofereceu Barão.

– Quartos separados já tá bom – disse Henry. – Tô tão cansado que nem me importo se não tiver uma cama.

– Tem uma, você usa se quiser… você que sabe. Sigam-me. – Barão riu. – Acha que consegue encarar as escadas, *tiozão*?

– Muito engraçado – comentou Henry, e então acrescentou: – Espero que sim.

CAPÍTULO 9

Henry estava acordado fazia alguns minutos, deitado em silêncio enquanto pensava com seus botões, quando ouviu um bando de pássaros levantar voo de um ponto próximo à janela aberta do quarto. Algo os tinha assustado. O som de pássaros assustados era diferente do som de pássaros fazendo suas coisas de pássaro e levantando voo; era uma diferença muito sutil, mas Henry sempre fora capaz de perceber.

Ele rolou da cama para o chão, esgueirou-se até a janela e espiou pelo parapeito. A três casas de distância, um homem com um boné preto de beisebol se movia de um telhado mais alto a um mais baixo. Tinha uma bolsa para guardar fuzis nas costas. Henry podia ver que ele era muitas vezes superior com relação aos caras que haviam ido atrás dele na Geórgia. O boné estava puxado para baixo, então Henry não conseguia ver seu rosto, mas havia algo familiar em seus movimentos, como se fosse alguém que Henry conhecia, ou que ao menos já vira antes, embora tivesse quase certeza de nunca o ter conhecido pessoalmente. Ninguém nunca ia para cima dele e vivia para se arrepender.

A resposta veio sem que ele pedisse: o Gemini o havia enviado. A doutrinação e o treinamento conferiam a seus agentes um jeito particular – movimentação, postura, até o jeito de carregar (e usar) as armas. Verris tinha um jeito muito particular, e treinava sua equipe pessoalmente a tal ponto que poderiam muito bem ser clones.

Ainda agachado, Henry se vestiu rápido, agarrou a mochila de fuga e se esgueirou para fora do quarto. Encontrou Danny no quarto do andar inferior, dormindo profundamente, como sempre. Ela devia ter razão sobre aquele lance da consciência limpa, pensou. Porra, ela havia sido capaz de dormir até na porcaria do Corsair.

Henry rastejou até a cama, encontrou a Glock na mochila de fuga dela e colocou a mão sobre sua boca. Seus olhos abriram de imediato e ela pareceu aterrorizada até que o sentiu colocar a Glock em sua mão. Então ele tirou a mão da boca de Danny.

– A cento e oitenta metros daqui – murmurou ele. – Nos telhados.

Danny concordou em silêncio, totalmente concentrada. Henry sentiu uma onda súbita de afeição por ela. Mesmo que tivesse muito a aprender, ela entendia as coisas rápido e não reclamava.

– Quando ele me vir partir, vai me seguir – confidenciou ele, em voz baixa. – Vai com o Barão pra algum lugar seguro. *Por favor* – adicionou, enquanto ela abria a boca para discutir. Ela concordou com a cabeça de novo, relutante.

Henry encontrou Barão no sofá da sala. Seu amigo havia adormecido assistindo à tv de tela plana fixada na parede oposta. As sobrancelhas de Henry se ergueram; não havia a réplica de uma pintura pendurada ali no dia anterior, quando chegaram? Naquele exato momento, passava um programa de auditório colombiano maluco com um apresentador frenético e participantes ainda mais frenéticos, mas felizmente o som estava desligado. O controle remoto no colo de Barão parecia algo que a nasa usaria para controlar satélites. Se fosse possível sintonizar a World Series em Cartagena, Henry pensou que talvez pudesse reconsiderar seriamente a oferta de Barão.

Mas não naquele dia.

Ele cobriu a mão de Barão com a boca. Os olhos dele se abriram e encontraram Henry.

– Atirador às três. Entendeu? – disse Henry.

Barão concordou com a cabeça, fez um sinal para que ele se afastasse um pouco e levantou o assento do sofá, revelando um arsenal considerável. Henry lhe lançou um olhar solene de admiração, então agarrou um estojo contendo um fuzil de precisão desmontado, munição e algumas granadas para sua mala de fuga, e enfiou uma Glock com um silenciador na cintura.

– Você é uma péssima visita, sabia? – disse Barão em um meio-sussurro, enquanto observava Henry se armar. – A maior parte das pessoas traz flores ou uma garrafa de vinho. Como caralhos encontraram a gente?

– Me escuta – disse Henry. – A Danny é boa, ela é *realmente* boa. Mas ela não faz ideia do tanto de coisa que não conhece. Cuida dela, pode ser?

Barão concordou com a cabeça.

– Valeu, parceiro – agradeceu Henry.

Henry se levantou e foi até a porta de entrada, se mantendo abaixado o suficiente para não ficar em uma linha de tiro limpa, mas não tão agachado que ficaria totalmente fora de vista. Depois de se preparar, deu um passo para fora, pendurando a mochila sobre um dos ombros enquanto fechava a porta atrás de si. A mochila estava um pouco mais pesada agora, mas ele não ligava para nenhum peso extra. Por alguns segundos, ficou imóvel, observando os arredores e ouvindo.

Bom dia, Cartagena.

Começou a andar vigorosamente na direção do Centro Histórico, fazendo o seu melhor para parecer que estava saindo para aproveitar o dia e fazer compras, e não como se estivesse carregando uma mala cheia de armas porque alguém estava tentando matá-lo.

O cara era *bom*.

Henry não o viu por pelo menos dez minutos, e mesmo depois disso o viu apenas por acidente. Cruzando a rua, calhou de olhar para baixo e ver o reflexo do perseguidor em uma poça d'água. Henry se virou casualmente e, escondendo a pistola em sua mão atrás da camisa aberta, atirou na direção dele. Não era seu jeito preferido de abater um alvo hostil, mas era um tipo de tiro que já tinha dado antes.

Não hoje, porém. O cara tinha sumido e Henry sabia que ele não havia apenas rolado do telhado. *Falando em reflexos...*, pensou Henry, ignorando o furo que havia aberto na camisa. Seu perseguidor devia ter se movido assim que o vira começando a se virar, sem nem saber que Henry estava armado.

Melhor ficar esperto, pensou Henry, incomodado.

Henry não o vislumbrou de novo até chegar a um estacionamento, quase dez minutos depois. Enquanto caminhava rápido ao longo de uma fileira de carros, algum impulso o fez parar diante de um fusca amarelo e usar o retrovisor para checar o que havia atrás dele. Capturou um brilho de metal e agachou-se em um piscar de olhos antes de o espelho explodir em fragmentos de vidro, plástico e borracha.

Jogando-se no chão, rastejou ao redor do fusca até o jipe do outro lado, arrastando consigo a mochila de fuga. Esperou uns instantes e usou o cano da Glock para inclinar o retrovisor do Jipe a fim de ver os detalhes atrás de si.

Limpo; seu perseguidor sumira de novo. Sumir era uma ótima ideia; Henry decidiu copiar. Rastejou por debaixo do jipe até o outro lado e se ergueu com cuidado, primeiro de joelhos e depois se agachando. A rua mais próxima ficava a pouco menos de trinta metros à direita. Henry hesitou, depois fez uma tentativa de chegar até lá, forçando-se a permanecer abaixado até alcançar a rua, onde se endireitou e disparou em uma corrida. Alguma coisa passou zunindo pela cabeça dele, perto o suficiente para que jurasse ter sentido o ventinho da bala cortando o ar antes de abrir um buraco na parede de tijolos à sua direita.

Henry virou em um beco estreito, correndo mais rápido do que havia feito em um longo tempo. O atirador o perseguia abertamente agora, sem se importar se Henry conseguiu vê-lo saltando de um telhado ao outro. Como se quisesse avançar tão rápido quanto Henry no solo, mas sem muito esforço.

Hora de se virar e lutar – hora de atirar, não de correr, pensou Henry, esperando que Danny e Barão estivessem longe de qualquer perigo. Ele se agachou atrás de um orelhão, arrancou o fuzil de precisão da mochila e o montou.

Vamos lá, Senhor Vou Voando Pelos Telhados, vamos ver quem é você, disse Henry silenciosamente. Então, apoiou o fuzil no ombro e olhou pela mira.

Nada.

Cacete. Henry soltava fumaça de raiva enquanto mirava os telhados pela mira. Demorou um tanto de segundos até que enfim enxergasse uma linha torta e um brilho de metal e vidro que não pertenciam à estrutura.

Ele ajustou as mãos no fuzil. *Vamos lá, parceiro*, incentivou em pensamento. *Coloca a cabecinha pra fora pra eu poder me apresentar direito. Eu sou o Henry Brogan. E você é…?*

A cabeça do cara se ergueu lentamente de trás da linha do telhado e Henry congelou.

O rosto que via através da mira, encarando de volta em sua direção, era impossível, inacreditável e indubitavelmente o seu próprio.

CAPÍTULO 10

Henry já tinha ouvido os caras falarem sobre esse tipo de merda, pesadelos esquisitos onde estavam perseguindo um alvo e, quando olhavam pela mira, viam os próprios rostos olhando de volta. Não era incomum entre atiradores de elite. De acordo com o senso comum, ter esse tipo de sonho mais de duas vezes por semana significava tempo demais no trabalho, e que o inconsciente então dava um sinal para se aposentar. Determinados caras sonhavam o inverso, como o que acontecia com Henry agora – eram caçados por alguém que se revelava ser um duplo de si mesmos. Esse último parecia acontecer com menos frequência, mas ainda assim não era incomum.

Henry nunca havia tido nenhum dos dois sonhos. Só tinha um pesadelo, e era um em que se afogava. Ele vinha e voltava com frequência e os detalhes variavam – seu subconsciente trocava seu pai por Verris e vice-versa, e constantemente tinha cinco e vinte e cinco anos ao mesmo tempo enquanto se afogava. Não se lembrava de ter tido um sonho com o gêmeo mau. Por isso, por mais absurdo que aquilo fosse, ele não podia estar sonhando. O homem com o rosto igual ao dele era real – um pouco mais novo, ele podia perceber agora. Mas era o rosto *dele*.

Só que aquilo *não podia* ser real.

Só que *era*.

Preso entre o real e o irreal, Henry baixou o fuzil.

O homem no telhado respondeu com uma rajada de metralhadora.

Tá, era *definitivamente* real, pensou Henry, se espremendo no espaço atrás do orelhão enquanto destroços reais voavam e pedaços reais de concreto explodiam da parede real atrás dele. Aparentemente, o cara não se importava mais em estar chamando a atenção. Se é que um dia se importara.

Ele disparou mais uma rajada de tiros reais. Henry se inclinou de trás do orelhão com o objetivo de responder com outra rajada, só para fazê-lo se abaixar, então agarrou a mochila e saiu correndo loucamente, embora estivesse com as pernas tão trêmulas que cambaleou de um lado para o outro como se o chão debaixo dele fosse o oceano revolto. Mas todos aqueles tiros reais cutucando seus calcanhares o fizeram se aprumar bem rápido; de novo, ele disparou numa corrida, mirando em um prédio abandonado no fim do beco.

Agora saberia se prédios abandonados *de fato* eram todos iguais, pensou Henry, sentindo-se viver uma experiência surreal. Talvez os do Centro Histórico de Cartagena fossem mais classudos, encharcados de história. A placa na entrada fechada com tapumes dizia que invasores responderiam a processos. Ao lado dela havia um aviso de aparência jurídica com o qual ele se importaria se não estivesse sob a mira de tiros. Henry ergueu o fuzil e, ainda correndo, arrancou os tapumes na base do tiro, detonando ambos os avisos. Pequenos fragmentos de asfalto o atingiram por trás e ele conseguiu chegar ao abrigo.

Aquilo não ludibriaria o atirador, é claro; o cara sabia sua localização. Mas pelo menos não seria um alvo tão fácil. Ou assim esperava, pensou, enquanto analisava rapidamente o espaço. Parecia ter sido um prédio residencial, com os três andares construídos ao redor de um pátio a céu aberto. Sem dúvida mais legal do que os prédios abandonados normais – principalmente por tudo o que faria por ele, pensou Henry, subindo pela escadaria mais próxima de dois em dois degraus.

Percebeu-se em um corredor com um guarda-corpo quebrado de um lado e várias portas do outro – os moradores poderiam sair e ver quem estava no lobby. Através da janela na extremidade que dava para a rua, Henry viu o atirador no prédio vizinho saltando de uma sacada à outra enquanto fazia um parkour a fim de chegar até o nível da rua.

A cabeça do cara se virou para cima de súbito, como se pudesse *sentir* o olhar de Henry. Ele levantou o fuzil e atirou, mesmo enquanto ricocheteava do peitoril de uma sacada ao de outra, um andar abaixo.

Mantendo-se encolhido, Henry se moveu na direção da janela e retribuiu o fogo, suas balas provocando pequenas nuvens de poeira em cada um dos lugares onde o atirador estivera apenas um segundo antes. Ele chegou à janela bem a tempo de ver o cara atingir o nível do solo e correr para dentro do prédio.

Tá bom, que tal uma partidinha de esconde-esconde valendo a vida?, Henry pensou consigo mesmo, agachando-se próximo à parede. Havia mais uma escadaria que levava ao lobby naquela extremidade do corredor, essa com um patamar intermediário para dividir a subida. Henry ouviu o barulho de cacos de vidro sendo esmagados sob os pés do atirador enquanto ele se aproximava da escada.

Henry se inclinou para a frente à procura de espiar entre os pilares quebrados do guarda-corpo. Um objeto pouco menor do que seu punho veio voando de súbito, descrevendo uma trajetória curva que terminaria em seu rosto. Ele o rebateu para longe em um reflexo conforme se jogava de costas e cobria a cabeça com os dois braços. A granada explodiu em pleno ar, fazendo o corredor estremecer e arrancando fora um pedaço do guarda-corpo. Também ensurdeceu Henry, mas ele sabia que tinha feito a mesma coisa com o atirador. Ergueu a cabeça, espanou as farpas e outros fragmentos da roupa e se esgueirou adiante para espiar da borda da escadaria.

O atirador olhava para ele do lobby com uma expressão de surpresa no rosto. No rosto *de Henry*.

É, você que é o matador novato aqui, e não vai ser tão fácil assim. Henry sentiu uma satisfação sombria, embora mal pudesse ouvir os próprios pensamentos, dado o zumbido nos ouvidos. A explosão fora próxima ao lobby, então o garoto provavelmente não estaria muito melhor. Ou assim ele esperava.

Fazendo o que podia para superar os efeitos da granada, Henry pendurou o fuzil de precisão no ombro esquerdo e sacou a Glock da mochila. Enquanto confirmava que a armava estava carregada, ouviu o som de metal se arrastando, muito fracamente; sua audição estava voltando. Bom, sua mãe sempre dissera que tímpanos fortes eram uma característica de família. *Obrigado pelos genes timos, mãe. Agora, só queria saber como esse puto conseguiu um rosto igual ao meu...*

Abruptamente, seu olhar recaiu sobre o grande espelho pendurado no patamar da escadaria. Tinha sido instalado em um ponto muito alto da parede e, embora estivesse imundo e com várias marcas de cocô de mosca, permanecia intacto. Henry estava perplexo com o fato de que ainda estava ali – parecia algo que teria sido destruído muito antes.

Apesar de agora estar realmente prestando atenção a ele, podia ver o quão alto estava instalado – provavelmente fora do alcance dos ladrões casuais, que preferiam as frutas mais fáceis de colher. Fora que era *grande* de verdade – grande do tipo *pesado*. Quebrar um espelho daqueles podia muito bem trazer catorze ou até vinte e um anos de azar.

Ele percebeu que a superfície estava posicionada de modo que, ao subirem ou descerem as escadas, as pessoas poderiam ver se havia alguém vindo do outro lado. Porque ultrapassar alguém em uma escada também trazia azar, não trazia? Ele não se lembrava. Embora tivesse seus próprios pequenos rituais – dar um tapinha na coronha da arma antes de um tiro, queimar a foto do alvo depois do serviço –, ele não era supersticioso, então não prestava muita atenção ao que supostamente trazia sorte ou azar. Na experiência de Henry, a sorte favorecia quem tinha a mente preparada, em particular em situações como aquela. O jeito com que Júnior estava atrás dele não tinha nada a ver com sorte. Um cara capaz de percorrer telhados visando perseguir um alvo no chão tinha que conhecer a área *melhor* do que a palma da mão, tinha que ter gravado os arredores tão fundo na mente que poderia fazê-lo de olhos fechados.

Mas mesmo aquilo não explicava como ele parecia sempre saber o que Henry faria no mesmo instante em que ele próprio decidia, de modo que pudesse atirar nele enquanto descia de um prédio fazendo parkour.

Ou como ele tinha o rosto de Henry, algo que só podia ser completamente impossível.

Talvez fosse um tipo de jogo mental, uma batalha psicológica, um ataque personalizado. Mas como? Cirurgia plástica? Uma máscara de Halloween de alta tecnologia?

Henry empurrou o questionamento para longe; lidaria com as merdas impossíveis mais tarde. Naquele instante, precisava aproveitar ao máximo a vantagem se quisesse sobreviver. *Pensa*, ordenou a si mesmo; havia mais janelas no térreo, o que significava mais iluminação, facilitando mais que ele visse as ações de Júnior do que o contrário.

Subitamente, os pilares já quebrados do guarda-corpo da escada explodiram em farpas quando o cara abriu fogo na direção dele. Henry retribuiu, rastejando de barriga para baixo rumo às escadas onde rapidamente saltou de pé antes de descer alguns degraus. O Matador Júnior o acompanhou; o reflexo no espelho confirmou a Henry que o que ele tinha visto na mira não fora um golpe de visão. Era *mesmo* o seu próprio rosto, de quando tinha mais ou menos uns vinte e poucos anos. Henry se lembrava daqueles tempos. Ele já tinha crescido, mas ainda faltava um ou dois anos para que mudasse por inteiro, tal qual uma pintura que ainda não estava seca ou uma peça de cerâmica antes de ir ao forno – quase um adulto, convencido de que sabia distinguir os mocinhos dos vilões e as coisas certas das erradas, e bem seguro de que na hora do vamos ver poderia agarrar o mundo pela rabeira e girá-lo acima da cabeça.

– Parado aí – disse Henry, bruscamente. – Quem *é você*?

O Matador Júnior mirou o espelho e não respondeu. Henry sabia que ele podia distinguir apenas uma sombra vaga, de formato humano, dentre as sombras mais escuras. Apesar de ter uma visão melhor do garoto, não tinha uma linha desimpedida de tiro – não para um tiro letal, pelo menos. E não queria matá-lo antes de conseguir certas respostas.

– *Não quero* atirar em você! – Henry gritou para ele.

– Beleza – respondeu o garoto. – Então não atira.

Todos os pelinhos na nuca de Henry se arrepiaram. Ao longo dos anos, ouvira a própria voz com frequência suficiente em fitas e grampos para reconhecê-la. Que *porra* era aquela – o garoto tinha o rosto *e* a voz dele?

– Se importa se eu atirar em *você*? – perguntou o garoto, fazendo a voz de Henry soar informal, como se aquilo não fosse nada demais.

– Ei, eu poderia ter matado você lá nos telhados – observou Henry.

– Talvez devesse ter matado – disse o garoto.

Henry sentiu uma onda de raiva e exasperação.

– Eles mostraram uma foto minha pra você? – perguntou.

– Sim. – O Matador Júnior subiu mais um degrau. – Você é um velhote.

Você vai pagar por essa, quer eu atire em você ou não, prometeu Henry, silenciosamente.

– Garoto, se você se aproximar mais um passo, não vai me deixar escolha.

O reflexo do garoto continuou vindo. Henry pegou uma granada da mochila de fuga e fez um cálculo rápido e meio porco, no olho mesmo, antes de arrancar o pino e atirá-la no corredor, com a intenção de fazer o garoto recuar no desespero. A granada ricocheteou em um ponto a uns quinze centímetros do espelho e voou na direção do Matador Júnior. Bola preta na caçapa do canto – era correr ou fim de jogo.

O que aconteceu depois foi rápido demais até mesmo para o olho de Henry, mas ele conhecia o movimento – ele mesmo tinha feito aquilo uma vez, no puro desespero.

O Matador Júnior mirou na granada e atirou, jogando-a de novo contra o espelho. Antes que Henry pudesse levantar os braços para proteger a cabeça, ela explodiu em uma nuvem de estilhaços, gesso, madeira e vidro.

A onda de choque o pegou em cheio, espremeu seus pulmões e abdômen, deu uma pancada no coração, empurrou os olhos para o fundo da cabeça e fez o cérebro ricochetear contra o crânio. Uma fração de segundo depois, sentiu a dor de incontáveis fragmentos de espelho atingindo o rosto e as mãos, e fragmentos maiores se chocando contra ele como pedras enquanto nuvens de poeira subiam ao seu redor.

Henry virou o rosto, puxou a gola da camiseta sobre o nariz e a boca e tentou respirar, só para confirmar se ainda era capaz. Por um longo instante, os pulmões espremidos se recusaram a inflar.

Então, por uma bênção, o peito expandiu. Ele sabia que o coração estava pulsando – podia sentir os batimentos nas veias dos olhos.

Quando ergueu a cabeça, sentiu uma súbita dor aguda na têmpora; algo úmido escorreu pelo rosto. Tateou com a ponta dos dedos, com cuidado, e então removeu um caco longo de vidro de um ponto a menos de dois dedos do olho. Buscou a mochila e descobriu que ela sumira junto a uma boa parte do guarda-corpo e um pedaço da escadaria. Teria que dar um jeito com o fuzil, a Glock e dois pentes de munição que enfiara nos bolsos. Mais uma vez, a sorte favorecia aqueles de mente preparada. Só lamentava não ter estocado munição para o fuzil, como tinha feito para a Glock, então talvez aquilo tivesse sido pura sorte estúpida. Se fosse o caso, poderia muito bem ser o último golpe de sorte que teria por um longo tempo, uma vez que ele e o Matador Júnior tinham quebrado a porra do espelho.

Então, lembrou a si mesmo de que não era supersticioso; o garoto teria que lidar sozinho com todo o azar. Então talvez *aquele* fosse seu último golpe de sorte.

Tudo o que ele sabia com certeza era que *doía*. *Tudo* doía, como se tivesse apanhado de um time de especialistas durante dias. Quase foi incapaz de reprimir um grito quando se forçou a se levantar e correu na direção de uma passagem fechada logo no fim do corredor. *Você* consegue *correr mais rápido*, disse a si mesmo, mantendo os olhos fixos na escadaria no fim do corredor. As escadas subiam; ele era capaz de fazer aquilo. Poderia se forçar a subir as escadas porque, se não tirasse a bunda dali, o bom e velho Matador Júnior o livraria daquela infelicidade.

As escadas culminavam em outro corredor escuro com uma porta fechada no fim. Linhas de luz apareciam aqui e ali; Henry correu com toda a sua força e se jogou contra a porta, que se partiu quando ele a atingiu, tropeçando adiante na direção de outra escadaria, mais curta do que as outras e feita de metal. Ele mais caiu escada acima do que subiu os degraus, então tropeçou através da passagem aberta que o cuspiu para fora, no telhado.

O som continuava tão abafado que não tinha certeza se estava ouvindo os pássaros ou o barulho do trânsito, ou se o apito agudo que ouvia significava que estava morrendo de uma vez por todas. Ele cambaleou ao longo do telhado e espiou por sobre a barreira que batia na altura de sua cintura e cercava os quatro prédios da construção. Um grafitti informava que um tal de Monte estivera por ali.

Bom pra você, Monte.

Era uma queda de quase dez metros até o chão, estimou; até poderia sobreviver à queda, mas não seria capaz de sair andando dela. Felizmente, havia uma escada de emergência que conectava o telhado ao chão. Era bem antiga, mas não parecia estar caindo aos pedaços e Henry não identificou nenhum ponto em que estivesse solta. Ainda assim, tinha uma boa quantidade de ferrugem ali; seria uma aposta tentar descobrir se ela aguentaria ou não o peso dele.

Ou então ele poderia continuar hesitando enquanto o Matador Júnior o alcançava.

– Ah, nem fodendo – murmurou Henry. Enfiou a arma na cintura, pendurou o fuzil, pulou por cima da barreira e desceu o primeiro lance da escada de emergência. Parecia solidamente anexada à pedra, assim como a primeira plataforma, mas não pagou para ver. A segunda plataforma, no entanto, oscilou assim que o homem pisou nela, e ele praticamente se atirou na direção do próximo lance da escada.

Chegou à plataforma mais baixa só para descobrir que parte dela tinha sido arrancada da parede, assim como a parte superior da última seção da escada, algo que não tinha enxergado do ponto em que estivera no telhado. Ainda estava alto demais para se jogar sem quebrar alguma coisa. Só tinha que correr tão rápido que o troço não teria tempo de desmoronar sob o peso dele.

A plataforma rangeu, mas ele chegou até a escada. Pedaços de ferrugem presos aos degraus grudaram nas suas palmas, se prenderam nas suas roupas, caíram nos seus cabelos. A escada em si ainda estava um pouco instável, mas não começou a se desprender do prédio até que ele já tivesse passado da metade.

Ele congelou, se agarrando ao metal enferrujado enquanto analisava a parede com vãs esperanças de encontrar algum tipo de protrusão na qual pudesse se agarrar e puxar a escada de volta na direção da construção.

E, felizmente, encontrou uma – um parafuso ligeiramente mais grosso do que seu dedão, saindo alguns centímetros para fora da parede, na altura da cintura dele. Quando tentou alcançá-lo, o fuzil escorregou do ombro e desceu pelo braço até ficar pendurado no pulso, mas ele deu um jeito de agarrar o parafuso. O objeto não cedeu sob seu toque, então ele apertou os dedos ao redor da cabeça e o puxou.

A escada se inclinou de volta na direção do prédio. Henry suspirou de alívio e olhou para cima, já meio esperando ver o Matador Júnior mirando nele.

Mas ele não estava lá – ainda.

Ainda agarrando o parafuso e tentando manter seu peso para a frente na escada, Henry tentou descer um degrau. Imediatamente, a escada começou a tombar para longe da parede; ao mesmo tempo, o fuzil escorregou do pulso para a mão. Henry tentou contrabalancear o movimento da escada empurrando o corpo para a frente. O fuzil escorregou ainda mais, das costas da mão passando pelos nós dos dedos até chegar na primeira articulação das falanges.

Henry grunhiu. Poderia largar o parafuso, jogar a bandoleira do fuzil na direção do pulso e agarrar o parafuso de novo, embora precisasse fazê-lo rápido, antes que a escada tombasse para trás. Mas, no momento em que largou o parafuso, o fuzil escorregou pelos dedos e caiu no chão lá embaixo, enquanto a escada se inclinava ainda mais para longe do que antes. Ele se preparou, pensando que a escada se soltaria totalmente e cairia até o chão também. Então houve um estalido seco quando a escada parou do nada; Henry teve apenas um segundo para ver o que a tinha prendido na plataforma acima de si antes de perder a força da pegada e despencar vários metros até o chão.

Ele expirou em uma torrente dolorida de ar. Cacete, não parava de ficar perdendo o ar naquele dia. Pelo menos não havia outra granada. Ainda assim, precisou de cada gota de esforço para rolar e se erguer. Quando buscou o fuzil, algo passou zunindo por sua mão e levantou um pouco de poeira. Henry nem se preocupou em olhar para cima enquanto mergulhava para trás de um pé de manga. O Matador Júnior, bem na hora – ou talvez só um pouco atrasado, pela primeira vez. Dois segundos antes e o tiro o teria pegado bem no meio do peito. Após alguns momentos, arriscou espiar por um dos lados da árvore.

Tiros destroçaram os galhos e arrancaram pedaços do tronco. O Matador Júnior agora descia do telhado pela escada de emergência, atirando durante todo o processo. Henry resolveu não ficar por ali para descobrir como ele tinha lidado com a última escada. Assim que houve uma brecha nos tiros, saltou por cima de uma parede rústica de pedra atrás dele e aterrissou em um monte de moitas do outro lado.

Moitas cheias de espinhos, é claro – por acaso existia outro tipo? Henry se desvencilhou e correu na direção de mais uma praça. Caralho. As praças eram definitivamente o grande barato de Cartagena, praças e cafés, pensou Henry. Essa era pavimentada com ladrilhos de argila vermelha que eram incrivelmente limpos e brilhantes. Henry ponderou quem cuidava deles. Talvez os gerentes dos cafés – Cartagena era um lugar turístico, afinal de contas. E isso não era a merda da coisa em que deveria estar pensando no momento. Ele olhou ao redor buscando alguma coisa, *qualquer coisa* que pudesse ajudá-lo…

Atrás dele, o motor de uma moto subitamente rugiu. Henry sentiu o coração saltar quando se virou para ver um pequeno grupo de motocicletas estacionadas sob um pé de manga, em meio a dois prédios. Um homem estava sentado de lado em uma delas, prendendo o capacete enquanto conversava com uma mulher sentada dentro de um carro logo ao lado. Apesar de tudo, Henry abriu um sorriso largo. As cores e o design diziam que a moto era uma Honda Enduro – justamente do que ele precisava. Ela ia do asfalto para a terra e vice-versa, sem se abalar. Henry correu até o homem, ignorando a dor nas pernas, nas costelas e em praticamente todas as outras partes do corpo.

O cara estava se despedindo da mulher e se preparando para partir quando Henry saltou, enfiando os dois pés em suas costas a fim de atirá-lo por sobre o guidão em um ataque desajeitado. A mulher gritou, em choque, e agarrou o braço de Henry enquanto o motociclista se revirava no chão, gritando furiosamente em espanhol. O homem começava a se levantar, mas subitamente desistiu e, por um momento, fitou Henry com uma expressão de medo e assombro. Ainda tentando se soltar do aperto surpreendentemente forte da mulher, Henry se virou e viu Júnior saltando por cima do muro de pedra sem se arrebentar nas moitas de espinho, de fuzil em mãos, e aquele boné estúpido de beisebol ainda enfiado na cabeça. Henry sacou a Glock e atirou. A mulher deu um puxão brusco nele; o tiro cortou as moitas e atingiu a parede, muito além do garoto.

Que porra, ele *não dá* nem uma folga, pensou Henry. Então se desvencilhou do aperto da mulher, ligou o motor e acelerou para longe.

CAPÍTULO 11

Enquanto voava por um beco estreito, Henry agradecia tanto a existência dos protetores de mão sobre os guidões da Enduro quanto sua alta facilidade de manobra. A proteção poupava a pele dos nós dos dedos enquanto desviava de carros e caminhões dirigidos por pessoas que, aparentemente, levavam o conceito de estacionar na rua de uma forma bem literal – ou seja, parando onde quer que estivessem. Não pareciam notá-lo ziguezagueando ao redor em alta velocidade.

Mas agora ele realmente desejava ter prestado mais atenção nas ruas. Assim que perdeu de vista seu sósia assassino, quis voltar para a casa do Barão, nem que fosse só para montar uma nova mochila de fuga. Com sorte, Barão e Danny já teriam partido para destinos desconhecidos, então não os colocaria na linha de tiro. Embora agora Barão tivesse que arrumar outro lugar para morar; Henry se sentiria mal por isso pelo resto da vida. Seu amigo tinha montado um belo lar, que ele ainda teria se Henry não o tivesse arrastado para dentro de seus problemas.

Enquanto isso, era o começo de um dia útil em Cartagena, o que significava mais trânsito nas ruas. Assim que o pensamento cruzou sua mente, Henry avistou uma rampa que levava a um dique que parecia tão largo quanto os becos pelos quais passara, se não maior. Ele só desejou que os outros motociclistas de Cartagena não tivessem a mesma ideia. Além disso, era cedo demais para os turistas – ele teve uma súbita imagem mental de pessoas com chapéus de palha e bermudas voando pelos ares como pinos de boliche quando passasse zunindo por eles.

Não, nenhum turista imediatamente à sua frente, assim como nenhuma outra moto – provavelmente porque transitar sobre o dique era ilegal. Bom, teriam que adicionar aquilo à sua ficha, pensou Henry. Bem mais para a frente, onde o dique fazia uma espécie de curva fechada para a esquerda, viu uma série de escadarias de pedra oriundas do nível inferior. A Enduro era capaz de passar por elas – aos trancos e barrancos, é verdade, mas a moto era capaz. Tudo o que precisava fazer era se segurar firme.

Ele olhou por cima do ombro e reduziu até parar, de modo a ser possível analisar o trânsito na rodovia em ambas as direções. Será que tinha enfim dado um perdido no arrogante filho da…

Não, não tinha tido tanta sorte assim. Henry ouviu o som de outra moto se aproximando rápido, e teve bastante certeza de que não era o proprietário da Enduro, puto da vida, vindo atrás dele de carona em uma moto emprestada. O barulho do motor ficava cada vez mais alto, mas ele não conseguia determinar a direção…

Abruptamente, algo passou voando pela esquerda. Henry atirou por puro reflexo, percebendo só depois que era um capacete de moto. Se Cartagena tinha alguma lei sobre o uso de capacetes, ele já a violara duas vezes. Enquanto prendia a Glock de novo na cintura, escutou o motor rugindo mais uma vez; no momento seguinte, viu o garoto *subindo* as escadas em sua própria Honda Enduro roubada.

Henry não esperou para ver se o puto conseguira se segurar em cima da moto. Puxou os guidões em um ângulo extremo e girou o acelerador até o talo para fazer a moto girar no eixo da roda traseira, e disparou de volta na direção da qual viera. Um tiro passou zunindo por seu ouvido esquerdo e ele acelerou, abaixando-se sobre os guidões, mantendo um olho na estrada e o outro no reflexo do Matador Júnior no retrovisor esquerdo.

Ele passou voando pela rampa, puxou a moto em uma curva brusca para a esquerda e disparou através de duas faixas de rolagem no esforço de colocar o máximo possível de veículos entre ele e o moleque com seu rosto. Assim que ultrapassou um ônibus pintado em cores brilhantes, capturou um vislumbre de si mesmo no retrovisor lateral. Seu rosto estava coberto de poeira de gesso, sujeira e sangue, grande parte dele vindo do corte na têmpora.

Nossa Senhora, pareço mais um maníaco homicida do que o cara que tá realmente tentando me matar, pensou Henry. Não era de se admirar que o cara de quem roubara a moto tivesse parecido assustado. Provavelmente tinha imaginado que se tratava de um assalto conduzido por um psicopata assassino a caminho da próxima matança.

Outro tiro zuniu pelo seu lado esquerdo, tão próximo que Henry pensou sentir o cheiro de pólvora. Ele sacou a Glock da cintura, fechou a mão em torno da coronha e atirou de volta. O Matador Júnior sofreu um tranco quando um tiro certeiro o alvejou nas costelas, mas nenhum sangue foi espirrado e ele não caiu da moto, ou mesmo perdeu a porcaria do boné de beisebol – aquela merda devia estar colada com Superbonder na cabeça dele. Embora, a julgar pela expressão dele no retrovisor, o tiro o tivesse irritado.

Ele vestia Kevlar, lógico, não era surpresa alguma. Mas o impacto do tiro em cheio devia tê-lo tirado da moto. O Matador Júnior era um maldito durão. Henry enfiou a Glock de volta na cintura e cruzou mais duas faixas de rolagem com o moleque ainda em sua cola.

Fez uma curva brusca para dentro de outro beco estreito, passando à toda pela pintura colorida de uma senhora rechonchuda que cobria toda a lateral de um prédio. Henry virou de novo, zuniu diagonalmente por uma praça, fazendo um bando de pombos decolar em um voo assustado, e disparou por outra rua, que mal era larga o bastante para a moto, antes de surgir na estrada principal.

A parte urbana contemporânea de Cartagena jazia à direita, agora; depois do vivamente colorido Centro Histórico, o horizonte ultramoderno era impressionante, um choque aos olhos. Henry sacou a arma de novo, tentou dar outro tiro e descobriu que estava sem munição. Merda, pensou, desfazendo-se do pente vazio. Colocou a pistola de novo na cintura para pegar um pente novo no bolso e recarregá-la, enquanto Júnior continuava a atirar a esmo na direção dele.

Enfiou o pente na cintura e deu um jeito de colocá-lo dentro da Glock usando uma mão só, sem derrubar qualquer um dos dois objetos ou perdê-los dentro das calças. Certa vez, Barão tinha apostado cem dólares com ele, alegando que Henry não era capaz de fazer aquilo no meio de um tiroteio. Se conseguisse realizar a proeza e ainda sair com a cabeça em cima do pescoço, Henry teria o maior prazer em contar que Barão estava errado. Embora tivesse que esperar para receber o dinheiro da aposta *depois* que arrumasse outra casa para Barão. Um novo tiro passou voando sobre seu ombro; Henry conferiu os retrovisores, mas o Matador Júnior tinha sumido.

Exceto pelo fato de que não poderia ter sumido – as porras dos tiros continuavam vindo e Henry ainda podia ouvir o rugido do motor da moto atrás de si. Perscrutou freneticamente ao redor e conferiu os retrovisores de novo. Por um instante, teve uma imagem mental absurda do Matador Júnior voando com a Enduro de um telhado ao outro. De terreno aberto a nenhum terreno, pensou, desviando de um ônibus. Enfim, vislumbrou o pneu dianteiro de outra moto no espelho retrovisor – mas não na via. Júnior disparava em cima de um muro que mal era largo o suficiente para acomodar os pneus da moto.

Henry apertou os dentes em um sorriso irônico. Fazia sentido; o moleque não conseguia resistir ao ímpeto de se exibir enquanto abatia o alvo. O problema era: o fim do muro ficava uns seis metros adiante e ele estava a pelo menos três metros do chão – mesmo a Enduro não conseguiria suportar uma queda daquelas e continuar funcionando. A menos que o Matador Júnior pudesse fazer brotar molas nela, sua *pièce de résistance* acabaria em pedaços.

Agora, ele podia ouvir sirenes da polícia que pareciam terrivelmente perto. Talvez o Matador Júnior fosse tentar impressioná-los, também. Como se o moleque tivesse lido seus pensamentos, Júnior de súbito inclinou a moto lateralmente enquanto acelerava até o talo. A moto escorregou para fora do muro sem o atirador e decolou no ar, voando bem na direção de Henry.

Henry acelerou e passou por um velho canhão exposto aos turistas meio segundo antes que a Enduro roubada do Matador Júnior o acertasse e explodisse em chamas. É, os policiais ficariam bem impressionados com *aquele* truque, pensou Henry, enquanto as sirenes gritavam em um semáforo ali atrás. Ele apertou os freios com força e se virou para assistir.

Dois policiais em motos tinham acabado de parar diante do garoto, que agora estava em cima do muro encarando Henry com uma fúria óbvia. Aquilo seria ótimo, pensou Henry, especialmente se o moleque tentasse vender para eles uma história de que tinha feito aquilo para salvar a moto. Mas, antes que os policiais pudessem sacar as armas, o Matador Júnior saltou de cima do muro e bateu a cabeça de ambos uma contra a outra, derrubando-os. Então, agarrou uma das motos – outra Honda Enduro. Parecia que aquela era a moto preferida em Cartagena. Henry girou o acelerador e tratou de dar no pé.

Foi em direção à estrada principal, de volta às ruas estreitas do Centro Histórico, mas o moleque continuou na sua cola ao longo de todo o caminho. *Se não conseguir me livrar dele*, pensou Henry, *vou ter que derrubá-lo da porcaria da moto*. Um tiro não tinha dado conta do trabalho, mas cinco ou seis deveriam dar.

Henry acelerou por uma ponte de madeira, abrindo uma boa distância do Matador Júnior, assustando as pessoas que transitavam em ambas as direções. Deslizou até parar, virando de frente para a direção da qual havia vindo, sacou a Glock e esperou. Um segundo depois, a moto da polícia surgiu. Henry abriu fogo, provocando gritos de pânico em todos na ponte enquanto as pessoas corriam e desabavam no chão, cobrindo as cabeças com as mãos.

O Matador Júnior empinou a moto sobre a roda traseira, praticamente dançando enquanto se esquivava dos tiros – mais um fracasso. Henry partiu de novo. O retrovisor do lado esquerdo mostrou a tentativa do garoto de cercá-lo, depois a decisão de desistir e a moto disparando adiante enquanto as pessoas fugiam de novo em busca de abrigo.

Henry seguiu pela rua e acabou chegando outra vez na rodovia com um trecho de dique se estendendo à esquerda. Aquele era mais largo, mas Henry não conseguia enxergar o caminho para subir nela. Olhava ao redor em busca de alguma saída quando o retrovisor da direita se desintegrou em uma explosão de vidro e plástico porcaria. Ele abaixou a cabeça o máximo que pôde e esperou o próximo item a ser explodido, desejando que não fosse a própria cabeça.

Nada aconteceu. Pelo retrovisor esquerdo, viu o Matador Júnior apertando o gatilho várias vezes, o rosto contorcido em uma careta de raiva; o puto enfim estava sem munição. Henry já começava a cogitar se ele tinha uma daquelas armas mágicas dos filmes que nunca ficam sem balas. O barulho do motor atrás dele ficou mais alto, cada vez mais agudo enquanto Júnior diminuía a distância entre eles.

Outro sorriso irônico tomou conta do rosto de Henry. O moleque podia ter ficado sem munição, mas *ele* não – ainda não, pelo menos –, e não tinha a intenção de gastar o que restava atirando no vazio. Desviou de um carro à sua frente e, enquanto o Matador Júnior o seguia, fez uma curva a fim de virar para o outro lado e atirou no pneu dianteiro esquerdo do carro.

Assim que o fez, porém, se arrependeu. Henry pegou um vislumbre da expressão aterrorizada do motorista quando o carro começou a girar fora de controle, os pneus guinchando e faíscas voando da roda que raspava no asfalto. O Matador Júnior caiu para a pista ao lado e continuou seguindo, sem dar uma mísera olhada por cima do ombro enquanto o carro colidia contra uma suv.

Maravilha, pensou Henry, girando mais rápido o acelerador; ele não só tinha acabado de causar um acidente como não havia sequer atrasado o garoto. Seu momento de culpa foi subitamente eclipsado por um *déjà-vu*: aquele trecho da estrada parecia familiar demais. Será que o Matador Júnior e ele corriam em círculos?

Não, não era isso, entendeu ele, o coração afundando quando viu a casa amarela mais do que familiar surgir adiante. *Por favor, que Barão e Danny não estejam aí dentro – ou melhor ainda, que estejam bem longe daqui*, orou Henry. Mas é claro que não estavam longe dali – aquele dia não ia dar folga ainda. Barão e Danny permaneceram juntos quando ele passou voando, os rostos profundamente chocados. É, eles o tinham reconhecido, e agora iriam reconhecer o Matador Júnior também.

Henry deu outra volta e seguiu na direção do Centro Histórico de novo. Talvez, se conseguisse atrair Júnior até um dos becos mais estreitos...

As sirenes da polícia pareciam estar chegando perto. Henry se perguntou por que estava demorando tanto enquanto o Matador Júnior se aproximava ainda mais pela esquerda. Foi tomado por um arrepio; podia ver a intenção no rosto do garoto – *seu próprio* rosto, *sua própria* expressão, *sua própria* postura sobre a moto –, e ainda estava tentando acreditar que a situação era real quando o Matador Júnior deu um puxão no guidão e o atingiu.

Outros já tinham tentando aquele tipo de merda de corrida de demolição contra ele antes; Henry aprendera como contrabalancear o peso em relação ao ângulo da moto com o asfalto. Henry sentiu uma onda de gratidão intensa quando viu a expressão de choque no rosto do moleque. *Eu* disse *que não ia ser tão fácil assim,* Henry disse a ele, silenciosamente. *E, se você ficou impressionado com isso, espera só pra ver isso.* Ele se inclinou e chocou a moto contra o garoto, metendo um soco direto no ombro dele só para garantir.

O Matador Júnior oscilou por uns segundos, mas retomou o equilíbrio e manteve as rodas no asfalto, fazendo aquilo parecer tão fácil quanto flexionar um músculo. Henry tinha mais ou menos a idade dele quando aprendeu o truque de contrabalancear o peso. Precisara de muitas horas de prática, e no processo tinha esfolado um monte de couro e umas boas camadas da própria pele. Agora, esperava que quase trinta anos de experiência a mais do que o moleque significassem que ele era trinta anos melhor.

E, se tudo o mais desse errado, pensou Henry, ele ainda tinha o elemento surpresa. O Matador Júnior não havia imaginado que teria que suar tanto contra um suposto tiozão. Aliviando o acelerador, Henry ficou para trás e gingou para o lado esquerdo do garoto. *Beleza, rapazinho, vamos ver como você se vira pelo lado mais fraco. Tenho mais de vinte anos de truques, gambiarras e golpes. E* você, *o que tem?*

Reflexo, Henry descobriu quando o Matador Júnior o acertou com a moto mais uma vez, tentando dar um soco de esquerda na cabeça dele. Henry sentiu o braço do moleque pegando de raspão o topo do cabelo dele quando se abaixou, inclinando-se para longe dele visando se estabilizar. Só que o moleque foi junto a ele, como se as motos estivessem grudadas. Henry diminuiu a velocidade, só para que o garoto tivesse que fazer a mesma coisa, então acelerou e percebeu que Júnior estava exatamente ao seu lado, como se fosse um reflexo, ou como se estivessem fazendo o mesmo tipo de dança sincronizada a cento e trinta quilômetros por hora.

Desgraçadinho, pensou Henry, furioso. Mas, quando olhou de novo, o Matador Júnior não parecia metido ou satisfeito por conseguir predizer os movimentos do tiozão – parecia que Henry o estava enlouquecendo.

Hora de botar um ponto-final àquilo. Henry procurou a Glock na cintura no exato momento em que Júnior se jogou para a frente e virou, de modo a se colocar bem na frente de Henry.

Tudo aconteceu em um piscar de olhos, mas mais tarde a memória de Henry assistiria de novo à cena, em câmera lenta.

A roda traseira da Enduro do Matador Júnior se ergueu na altura do rosto de Henry e oscilou para a esquerda. Henry se inclinou no assento, tentando desviar dela, e foi atingido no ombro. A sensação de borracha giratória rasgando a camiseta foi breve, mas vívida, enquanto Henry caía junto à moto, tão vívida quanto a sensação de sentir o asfalto esfolando seus jeans e as camadas mais externas da pele. Naquele momento específico, no entanto, o único pensamento em mente era a esperança de não acabar virando um doador de órgãos.

A parte de fora da perna esquerda parecia prestes a explodir em chamas, mas Henry empurrou a sensação para o mais longe que pôde da própria percepção e se concentrou em averiguar se tinha algum osso quebrado. Não, nenhuma fratura. Podia colocar a experiência na ficha junto com nada de esposa, nada de filhos, nada de Paris, pensou, e rolou de barriga para baixo, se preparando para se ajoelhar.

Uma multidão se acumulava na calçada, aumentando a cada segundo. Aparentemente, as pessoas em Cartagena nunca haviam visto um cara ter a bunda chutada daquele jeito e estavam fascinadas. A julgar pelas expressões, também estavam um pouco nervosas – mas não o bastante para não registrar a cena em vídeo. Uns poucos olhavam direto para ele; a maioria o via através da tela do celular, embora certos turistas usassem câmeras de verdade. Monroe tinha razão; dali a uma hora, o vídeo dele provavelmente teria viralizado. *Maníaco em moto se joga dela para se salvar*. (Pobre beagle.)

O luto por Monroe ameaçou brotar de onde quer que o tivesse enterrado, mas Henry o empurrou para longe de novo. Havia outras circunstâncias com as quais lidar primeiro, dentre as quais a mais urgente era desanuviar a cabeça. Ele se sentia confuso e um pouco tonto – não, muito tonto, descobriu isso quando tentou se ajoelhar e, então, se levantar. Devagar, se endireitou e imediatamente tombou para o lado, escorando-se em um carro estacionado. Seu labirinto não parecia saber que o passeio de moto acabara – ele ainda não era capaz de decidir se Henry continuava deslizando pela estrada ou girando em círculos. As sirenes da polícia gritando à distância, como se fosse o fim do mundo, não ajudavam.

Então, escutou o som familiar do motor da Enduro se aproximando rápido, muito mais rápido do que as sirenes escandalosas. Henry respirou fundo; parecia que o garoto ainda não se cansara de dançar. Que merda.

Henry mancou para longe da multidão no meio da rua com a vaga ideia de afastar Matador Júnior dos transeuntes inocentes; além disso, seria mais difícil para o moleque alcançá-lo se estivesse no meio do movimento do tráfego.

Só que o tráfego não se movia. Os motoristas diminuíam a velocidade para passar por ele, ou encostavam e paravam completamente, porque definitivamente *não era* o dia dele. Será que Henry devia ficar entre o Matador Júnior e a multidão, ou encarar a multidão ele mesmo de modo que não ficassem na mira do moleque? Tarde demais – a multidão já crescera tanto que o cercava por completo, e ele não podia pensar direito, dado que o barulho da Enduro passava por cima de todo o resto.

A visão de Henry enfim se ajeitou e ele pôde ver a moto vindo bem na sua direção. Tal qual uma lança, um relâmpago, um míssil – e que inferno, ele não conseguia se mover, nem mesmo um passo. Tudo o que conseguia era ficar de pé ali, oscilando um pouco enquanto esperava que o Matador Júnior o atropelasse. Talvez as sirenes distantes fossem de uma ambulância; mas, do jeito que as coisas iam, provavelmente não eram.

Seria melhor fechar os olhos, pensou Henry, mas também não era capaz de fazê-lo. Nada funcionava direito naquele dia. Não era o dia dele…

Segundos antes do impacto, o Matador Júnior apertou o freio com a pressão perfeitamente correta e a multidão se engasgou em uníssono quando a Enduro se ergueu no pneu da frente *de novo*. Henry levara meses até parar daquela maneira sem sair voando por cima dos guidões, e ainda mais tempo para empinar por mais de três segundos, e o moleque já o tinha feito duas vezes.

Os olhos do Matador Júnior encontraram os seus e todos os pelinhos da nuca de Henry se arrepiaram. Ele viu o garoto virar os guidões, fazendo a moto dar uma *pirueta*. Henry continuou assistindo, hipnotizado o bastante para entender o que acontecia, até que a roda traseira ainda em movimento deu a volta completa e o atingiu. *De novo*.

Henry sentiu os pés saírem do chão enquanto voava pelo ar antes de se arrebentar contra a lateral de um carro estacionado.

Me deu uma porrada com uma moto duas vezes, admirou-se Henry, usando a maçaneta do carro para se puxar de pé. Teve um vislumbre do motorista pulando apressado para o banco do carona e ponderou se deveria se desculpar. *Foi mal, meu seguro só cobre colisões se eu estiver* dentro *de um carro*.

Ele se virou bem a tempo de ver que o garoto havia colocado a moto outra vez sobre as duas rodas e agora deslizava de lado, com a intenção de atingi-lo com a roda de trás uma *terceira* vez. Espremendo-se contra o carro, Henry jogou as duas pernas para o ar, sentindo o calor do amortecedor quando a moto o errou por centímetros.

As rodas guincharam enquanto Júnior se virava para encará-lo. Ele empinou a moto sobre a roda traseira, fez o motor ranger e deixou a moto correr na direção de Henry, sem nenhum condutor. Henry cambaleou para fora do caminho; a roda da frente atingiu a janela do carro, no lado do motorista, e o impacto fez Henry voar por cima do capô e aterrissar pesadamente na rua, onde ficou arfando e tentando respirar, incapaz de se mexer.

Só que ele precisava se mexer, porque o Matador Júnior ainda estava atrás dele, como algum tipo de robô assassino implacável. Henry tentou se levantar, mas tudo o que conseguiu fazer foi rastejar de costas enquanto o moleque avançava para cima dele com uma faca de combate em mãos. E ele não estava nem mesmo *ofegante*, notou Henry. Os músculos nos braços do rapaz se flexionavam suave e facilmente, e o rosto estava congelado em uma máscara de determinação profissional em busca de terminar a missão. Um profissional não desistia, não falhava, não morria; um profissional completava a missão. O Matador Júnior estava prestes a completar a sua, e Henry não podia fazer merda nenhuma a respeito. Não tinha mais nenhuma carta na manga, e o garoto sabia disso. Nada o impediria de acabar com Henry.

Todas as vezes que Henry saíra em missão, fora com o conhecimento de que poderia não retornar para casa. Uma coleção de assassinatos tão grande como a dele basicamente garantia que determinado dia ele mesmo iria se tornar o alvo; e nem se iludia com a ideia de morrer de velhice. Vivera tal realidade por tempo suficiente sem se deixar abalar.

Mas, de todas as formas como imaginara o fim de sua vida, aquela nunca lhe tinha passado pela cabeça. Aquilo nunca aconteceria com ele; era definitivamente impossível. Só que não era porque lá estava a única possibilidade que ele não imaginaria: o Matador Júnior.

Ou talvez o Matador Júnior fosse mais apto. De novo, Henry reconheceu a própria postura, a maneira como se movia, e até a maneira de segurar a maldita faca. Mais do que isso, ele sabia *exatamente* o que Henry Júnior faria em seguida, como anteveria os movimentos de autodefesa de Henry, depois como anteveria os contra-ataques dele e assim por diante, *ad infinitum*. Seria como se estivesse lutando contra seus próprios reflexos em um espelho gigante.

Ou assim seria, se Henry não estivesse sem força até para rastejar, e não seria capaz de continuar fazendo aquilo por muito tempo. O moleque não teria qualquer dificuldade em acabar com ele. Poderia apenas se inclinar e cortar a artéria femoral na própria coxa. Henry sangraria até a morte em questão de minutos.

E, para piorar, ele podia ver que Júnior *ainda* não tinha percebido a semelhança entre ambos. Henry não podia imaginar um jeito mais infeliz de morrer.

Pelo menos, o desgraçadinho enfim tinha perdido o boné de beisebol. Como se importasse.

O escândalo das sirenes subitamente pairava sobre eles. Henry ouviu duas viaturas de polícia encostarem ali perto enquanto várias outras guincharam os pneus a fim de parar na rua. Os olhos do garoto dispararam dele para os oficiais uniformizados, que deixavam os carros, perguntando que merda estava acontecendo. Henry olhou por cima do ombro, viu a expressão irada deles. Também não estavam nem um pouco felizes com Henry Júnior, pensou, e se virou para investigar se o moleque era realmente louco o bastante para tentar encarar uma multidão de policiais irritados.

Acontece que Henry Júnior não estava mais por ali, não estava mais em lugar algum. Tudo o que podia ver agora, além do que devia ser praticamente toda a população do Centro Histórico, eram policiais se aproximando dele, vindos de todos os lados; mais oficiais do que pensava existir nas forças policiais de Cartagena. E cada um deles estava furioso com ele.

Henry ergueu as mãos quando fecharam o cerco.

Os policiais o ergueram sobre os pés e dois deles o empurraram até a viatura mais próxima, de modo a algemar suas mãos atrás das costas. Henry espreitou ao redor, pensando que o moleque devia estar aproveitando aquele quadro do *Programa Chutando a Bunda de Henry Brogan* de algum telhado próximo – mas não havia sinal dele, nem no nível dos telhados nem no nível da rua. Só havia um monte de transeuntes inocentes perambulando ao redor, sem qualquer pressa de se dispersar, apesar dos esforços dos policiais à procura de espantá-los para longe. Talvez tivessem esperança de ver o garoto reaparecer e fazer mais uns truques em outra moto roubada da polícia.

Henry olhou ao redor de novo, e enfim encontrou Barão e Danny. Eles deviam estar muito, muito longe dali, mas Henry não pôde evitar certo alívio ao ver que estavam por perto. Eram as duas únicas pessoas em Cartagena que não queriam bater nele como se ele fosse um tambor enorme. Barão o fitava com uma expressão dolorida, e Danny mirava o chão. Henry refletia se ela estava brava com ele ou só envergonhada. Mas então ela se abaixou para apanhar algo.

Henry só teve um brevíssimo vislumbre do que ela segurava enquanto os policiais o atiravam no porta-malas da viatura, mas parecia ser um boné preto de beisebol.

CAPÍTULO 12

De todos os pontos turísticos históricos de Cartagena, o mais espetacular era o Castelo de San Felipe de Barajas, conhecido como uma das mais impressionantes fortificações que a Espanha construíra, dentre todas as suas colônias. Ficava no topo da Colina San Lázaro, com vista para boa parte de Cartagena, incluindo a delegacia, do outro lado da rua. Ao contrário do desgastado castelo de pedras do século XVII, o prédio da Policía Nacional era reluzente, limpo, com linhas ultramodernas do lado de fora e, no interior, chão de ladrilhos sem graça e paredes de blocos de cimento característicos das instituições onde as pessoas não eram bem-vindas. Henry se perguntou se os policiais alguma vez já haviam olhado para o castelo e pensado sobre como o sistema judiciário mudara ao longo dos últimos três séculos e meio. Provavelmente não. Eles pareciam bem ocupados, em especial naquele momento.

Pela experiência de Henry, ser preso em um idioma estrangeiro era um processo muito mais cheio de palavras do que era em inglês. Em Cartagena, também era mais emocional, pelo menos na ocasião. Ele raramente vira uma força local de justiça tão furiosa; do modo como agiam, era como se ele tivesse quebrado todas as leis dos códigos civis e então ido além, ofendendo pessoalmente toda a família deles. Claro, talvez isso fosse em parte devido a seu sotaque americano. Ser americano sempre fora problemático em determinados lugares do mundo, e nos últimos tempos parecia haver cada vez mais desses lugares.

Todavia, enquanto estava sentado na pequena e úmida sala de interrogatório, suando nas roupas à medida que um fluxo ininterrupto de policiais, uns uniformizados e outros à paisana, davam chilique com ele em turnos, Henry sabia que aquela irritação toda não provinha de um sentimento antiamericano. Da perspectiva dos policiais, Henry chegara na cidade deles, dera uma de louco nas ruas e então, quando o prenderam por isso, alegara que seu gêmeo do mal estava tentando matá-lo.

Se tivessem lhe dado a oportunidade de falar, talvez pudesse ter se explicado melhor. Por outro lado, seu espanhol colombiano estava um pouquinho enferrujado, então talvez só tivesse piorado tudo. E provavelmente não resolveria a raiva deles em relação aos danos que o Matador Júnior causara, para não mencionar as pessoas que tinham colocado em risco ao trocar tiros um com o outro. Cartagena era um destino turístico; haver caras dando de louco e correndo armados por aí acabaria com o negócio e com a economia deles. E, para piorar, a sua própria descrição batia com a do *pendejo* que tinha derrubado dois oficiais, roubado uma moto da polícia e depois destruído coisas só pra se exibir.

Ele tentou explicar que não era aquele *pendejo,* que era *outro pendejo* em *outra* moto, a quem o *pendejo* na moto da polícia estava tentando matar; eles não seriam capazes de notar a diferença porque aquele *pendejo* estava usando um boné de beisebol – mas isso só os deixou mais bravos. Henry não podia julgá-los. Se estivesse em seu lugar, também pensaria se tratar de um doido que não tinha tomado os remédios, e teria chamado a instituição apropriada para vir e levá-lo. Tal ideia o fez pensar no porquê de ainda estar suando em uma sala de interrogatório, sóbrio como uma pedra, e não flutuando em uma nuvem de Clorpromazina vestido em uma camisa de força.

Provavelmente porque Cartagena não tinha uma instituição para os criminosos mentalmente instáveis, compreendeu. O mais próximo provavelmente seria em algum lugar como Bogotá ou Medellín, ambos a centenas de quilômetros dali; a tempo para cacete de carro. Talvez houvesse uma ambulância a caminho. A menos que as autoridades em Bogotá ou Medellín estivessem discutindo com a polícia de Cartagena sobre quem era responsável por transportá-lo.

Henry começou a suspeitar que estava delirando por causa do calor.

Não sabia quanto tempo havia ficado sendo cozido vivo na sala de interrogatório até que enfim ouviu uma voz diferente, uma voz feminina muito familiar. Ela era fluente em espanhol e falava calma, mas com firmeza, explicando as coisas para eles sem impaciência ou hostilidade, mas se negando a ser contrariada. Finalmente, um oficial uniformizado entrou na sala, desprendeu as algemas de Henry da mesa e o arrastou até a entrada principal da delegacia, onde Danny aguardava.

O casaco de um verde cinzento, a blusa branca e os jeans que usava davam a ela um ar de autoridade intocável, arrematado pelo distintivo pendurado por um cordão ao redor do pescoço: *Segurança Nacional*. Danny dirigiu-lhe um olhar autoritário quando saíram. Não, ele também não discutiria com ela, pensou Henry, piscando por causa da luminosidade da tarde.

O oficial disse algo a ela, que poderia ser tanto um pedido de perdão como um pedido de casamento. Ela respondeu num tom profissional que tinha um leve toque de gentileza, como se lhe dissesse para ir e nunca mais pecar novamente. Enfim, Barão estacionou no meio-fio e ela enfiou Henry no carro.

– Foi mal, Barão, mas agora já sabem da sua casa – desculpou-se Henry. – Me leva pra algum lugar de onde eu possa ver ele chegando.

– Pode deixar – replicou Barão.

IN

A vista do Castelo de San Felipe era espetacular. Sentado em um hall de pé-direito baixo com Barão e Danny, Henry podia ver tanto o Centro Histórico como o perfil da Cartagena do século XXI no horizonte, tudo contra um plano de fundo de um azul-caribenho, um tom único àquela parte do mundo.

Barão os levara até ali por um caminho que dizia ser um atalho, e que acabou incluindo um monte de escadarias. Barão lidou com elas tranquilamente e Danny apenas trotou um degrau após o outro com quase nenhum esforço aparente. Já Henry ofegava antes mesmo de atingirem metade do caminho até o topo. A Enduro teria dado conta daquelas escadas, mas provavelmente era ilegal pilotar uma moto dentro de um monumento nacional.

Houvera um tempo em que ele subiria até o topo do castelo sem nem pensar a respeito, independentemente do quão duro o dia tivesse sido.

Pois é, e também houvera um tempo em que não teria errado o tiro em Liège, que era o motivo por que tinha decidido se aposentar, para início de conversa.

Puta merda. Não importava o que fizesse, *não conseguia* ter *nem uma merda de um segundo de paz.*

O sol começava a se pôr; ali, tão perto do Equador, a noite chegaria muito rápido. Ele precisava tomar certas decisões sobre o que fazer na sequência – e, quanto mais cedo, melhor.

— Eu queria ter chegado metendo bala — comentou Barão, sorrindo. — Ela achou que uma abordagem mais diplomática fazia mais sentido.

— Meter bala teria sido mais gentil — disse Henry. — Ela destruiu os coitadinhos.

Barão deu uma risadinha.

— E agora? — Tanto ele quanto Danny fitavam Henry com expectativa.

— Preciso ir pra Budapeste — respondeu Henry.

— O que tem em Budapeste? — Danny e Barão perguntaram em perfeito uníssono.

— O informante do Jack, Yuri. — Henry se levantou e se espreguiçou. Um plano começava a se formar na mente dele. A adrenalina que o mantivera vivo enquanto o Matador Júnior tentava acabar com ele já tinha passado e agora se mantinha afastado da fadiga por pura força de vontade, mas sabia que o ânimo não duraria muito tempo. Tinha que descobrir um jeito de manter a mente engajada e focada, ou começaria a sentir em vez de pensar. E, se fizesse isso, poderia pirar, e pirar *não* era uma opção. Não por enquanto.

— Esses caras não estão na minha cola porque tô me aposentando — continuou Henry. — Estão na minha cola porque acham que o Jack me repassou alguma informação confidencial. Yuri deve saber alguma coisa sobre isso.

Barão deu uma risadinha, balançando a cabeça.

— Me desculpa, parça. Meu Aztec não chega tão longe assim.

— Pode crer, tava esperando que a gente pudesse *pegar emprestado* algo que chegue. Talvez um G.

A expressão de Barão era solene.

— Caramba. Roubar o Gulfstream de alguém. Você realmente tem que odiar a pessoa pra fazer uma coisa dessas. — Seu rosto subitamente se acendeu com um sorriso largo. — E eu conheço o cara perfeito. Me dá um segundinho. — Ele sacou o celular e se afastou alguns metros.

– *Tô tão demitido* – cantou Barão, no ritmo de "I Got a Woman".
– *Yeah, tô tão demitido! Tô demitido e nem ligooooooooo!* – Na última nota, o jato decolou no ar, e então se endireitou gentilmente enquanto Barão deixava o resto da luz fraca do pôr do sol para trás.

Apesar de tudo, Danny sorriu enquanto continuava cuidando dos vários cortes e ralados de Henry. Havia um monte de itens no kit de primeiros socorros do Gulfstream, o que era ótimo, considerando que Henry tinha um monte de ferimentos também. Danny tivera que tirar mais do que uns pedaços de sujeira e de asfalto do corte longo e profundo que ele tinha na parte externa da coxa. Era um processo terrível, mas Henry mal se mexeu. E ele parecia qualquer coisa, menos ignorante dos cortes nos braços e na área logo abaixo das clavículas.

Mas o pior machucado além do corte na perna era aquele em que ela trabalhava agora, um talho aberto por algo pontudo no rosto dele, assustadoramente perto do olho. A mulher usava uma bolinha de algodão encharcada em antisséptico para limpar o sangue seco e a sujeira que formavam uma casca ao redor dele, a fim de enxergar direito como estava feio. Não era grande, mas era profundo. Ela encharcou outro algodão com água oxigenada e avisou que arderia antes de tocar no machucado.

Ele fez careta, mas nada além disso. Ela imaginava que um ardidinho não era nada se comparado a levar uma surra de moto de um maníaco assassino – e não apenas um maníaco assassino qualquer. Ela sabia que Henry tinha visto o rosto do rapaz. E vice-versa, embora Henry estivesse tão coberto de sujeira e sangue que o outro cara podia nem ter notado a semelhança. Cacete, ela mesma seria capaz de não o ter reconhecido se já não tivessem se visto antes.

– Henry – arriscou ela. Sem resposta; ele não queria falar sobre o assunto, mas Danny decidiu cutucar mais fundo mesmo assim. Mas que porra, estava limpando o sangue dele; tinha direito a algumas respostas. – Você já teve filhos? Um filho, talvez?

Ele a fitou com os olhos baços.

– Não, por quê?

– O cara na moto… Você não notou nada *curioso* nele?

– Sim – respondeu Henry. – Notei que ele manda muito bem.

– Eu tô falando do *rosto* – disse ela, aplicando os primeiros pontos falsos na bochecha de Henry. Pontos de verdade teriam sido melhores, mas ela não tinha habilidade suficiente em suturas faciais, então os pontos falsos teriam que servir. – A *semelhança*?

Henry soltou um suspiro resignado.

– Pode crer, notei isso também.

– Então, você nunca teve um relacionamento longo? – perguntou ela, colando o próximo ponto.

– Não, a menos que eu conte esse com você.

Danny teve que rir.

– É possível que você tenha um filho e não saiba disso?

– Não – disse ele, com firmeza. – Zero por cento de chance.

– Mas então…

– *Danny.* – Ele não ergueu a voz, mas ela captou a mensagem. Em vez de continuar a apertá-lo, ela enfiou os chumaços de algodão ensanguentados em um saquinho plástico e o enfiou debaixo do assento junto ao resto dos itens que usava.

– Valeu, por sinal – disse ela.

As sobrancelhas de Henry se arquearam.

– Pelo quê?

– Por ter ido embora do apartamento do Barão pra que a gente não se tornasse um alvo também – respondeu ela. – E também por ter ido me buscar lá na Geórgia quando podia simplesmente ter fugido pra salvar a própria vida.

Henry deu uma risadinha.

– Só queria te colocar num avião particular e te dar uma viagem de graça pra Hungria.

– Onde exatamente eu encontraria…?

– Húngaros – disse Henry. – Quando o vi, foi como ver um fantasma.

– Um fantasma armado? – perguntou Danny.

– Era como se fosse cada um dos gatilhos que já apertei – disse ele, dando um susto do inferno nela.

Danny ainda tentava descobrir o que dizer quando Henry se deitou e fechou os olhos. A conversa, assim como o atendimento de primeiros socorros, chegara ao fim.

CAPÍTULO 13

A mansão que Clay Verris chamava de casa era uma em meio aos vários casarões antigos pelos quais Savannah era famosa, embora não ficasse exatamente na cidade, mas vários quilômetros para o interior, bem longe do caminho desgastado que os tours históricos seguiam. Ocupava vários quilômetros quadrados de terra bem mantidos e intensamente monitorados, e tinha um lago próprio a apenas alguns passos da porta principal. A água clara e plácida refletia perfeitamente o lugar, de um jeito que, à distância, a casa parecia estar sentada diretamente acima de outra casa igual, só que de ponta-cabeça. Era o tipo de imagem que muitos fotógrafos considerariam irresistível, mas as poucas pessoas autorizadas a entrar no perímetro restrito de Verris sabiam muito bem que não deviam levar câmeras.

Nos trinta e três anos em que Clay Verris morara ali com seu filho, houvera pouquíssimas invasões. Os apetrechos de segurança instalados bem longe da casa haviam ocasionalmente redirecionado pessoas que faziam trilhas e portavam bússolas com defeito e, em uma ocasião, levado alguém que alegava ser herbalista até os limites da propriedade. Mas ninguém jamais chegara nem perto de invadir a casa.

Mesmo assim, Verris colocara um sistema de alarme, só por desencargo de consciência. Os funcionários do Gemini responsáveis pela instalação contaram que fora um pouco trabalhoso instalar um dispositivo de tão alta tecnologia sem comprometer a estrutura histórica da casa. Verris respondera que aquilo significava ou que a tecnologia não era tão avançada assim, ou que eles não sabiam o que estavam fazendo; qual era o caso?

O sistema de alarme tinha sido instalado sem problema, assim como todas as atualizações. Verris o testava de vez em quando, e ficava satisfeito por saber que não havia jeito de alguém entrar na casa sem ter sido convidado.

Por isso, quando acordou logo antes do nascer do sol, soube que havia algo errado. Era um homem que dormia bem e profundamente; *pesado* era a palavra que gostava de usar. Seu treino e condicionamento também eram pesados e, como resultado, tinha uma percepção extremamente aguçada, que era como ele sabia que tinha acordado porque havia mais alguém na casa.

Permaneceu deitado, sem se mexer, à espera de barulhos que indicassem a quantidade de invasores com que teria de lidar e onde cada um deles estava. Mais tarde, determinaria como tinham invadido o perímetro e entrado na casa sem disparar o alarme interno. A equipe noturna de segurança se arrependeria da negligência pelo resto de suas vidas miseráveis, senão por mais tempo.

Parecia ter se passado uma hora até que ele enfim ouviu outro som, dessa vez vindo do quarto do filho. Verris ficou tenso; será que era algum tipo de pegadinha de bêbado? Já houvera outro incidente do tipo antes, mas fora no escritório que mantinha no complexo. Às vezes, determinados funcionários davam uma de arruaceiros, mas não *ousariam* invadir sua casa, ele tinha certeza disso. E, se fosse um forasteiro, várias cabeças iriam rolar.

Sem emitir um único som, Verris se levantou, vestiu o roupão e desceu as escadas. A luz no quarto de Júnior estava acesa, mas não deveria. O filho ainda estava fora do país; depois que a missão para eliminar Brogan tinha ido por água abaixo, Verris lhe orientara a ficar no abrigo na Colômbia e aguardar novas ordens. Tinha dado o comando pessoalmente, e o filho não era nada além de confiável e obediente.

Verris sacou a pistola que ficava no bolso do roupão e, grudado à parede externa do quarto do filho, espiou pela porta entreaberta.

O homem sentado na cama era Henry Brogan aos vinte e cinco anos, cuspido e escarrado, e alternava pinças e um par de apetrechos metálicos angulosos para retirar estilhaços de um ferimento na lateral do corpo, descartando os fragmentos em uma toalha com um monograma bordado.

Era um processo tedioso e desajeitado, complicado pelo sangramento decorrente. A cada vez que removia os pedaços maiores, um pouco mais de sangue escorria da lateral do corpo — não o bastante para representar um risco de perder a consciência, mas o suficiente para tornar um trabalho sujo ainda mais sujo.

Verris raramente era pego de surpresa, mas de fato não esperava aquilo. A única coisa mais surpreendente seria encontrar o próprio Henry Brogan sentado na cama junto a ele. *Aquilo sim* seria uma bela cena, e Verris quase desejou poder vê-la. Mas isso jamais aconteceria. A semelhança física era superficial; sob a pele, Júnior era filho de Verris até os ossos.

Ele guardou a arma de volta no bolso e deu um passo além da porta aberta. O homem na cama olhou para ele, e então retomou sua tarefa.

— Eu disse pra você ficar na Colômbia e esperar pelas ordens — começou Verris.

Júnior fitou-o de novo.

— Queria falar com você.

A voz do filho soou ligeiramente mais alta do que seria aceitável. O rapaz sabia disso também, pensou Verris, encarando-o de maneira austera. Júnior o encarou de volta, instrumentos metálicos em mãos, se recusando a admitir o erro. Todos os filhos faziam isso de tempos em tempos, mesmo os melhores e mais zelosos. Era como testavam a estrutura recebida. Precisavam ver se ela aguentava o tranco. Um bom pai garantia ao filho que ela aguentava, que aquela era uma das únicas coisas na vida em que poderia confiar, pois nunca falharia.

Júnior sabia forçar a barra às vezes. Demorou quase meio minuto até que enfim baixasse o olhar.

– Perdão – disse ele.

Quando Verris não respondeu, Júnior ergueu os olhos para ele de novo, a expressão receosa.

Verris olhava através dele agora, e Júnior sabia que aquilo significava que tinha extrapolado muito os limites. Ele tentou voltar a retirar os estilhaços da lateral do corpo, mas parecia incapaz de se concentrar em qualquer coisa. O sangramento tinha piorado.

Verris girou nos calcanhares e foi até o escritório. O escâner de retina demorava um pouco para destrancar a porta, mas não tinha pressa. Pegou seu kit de primeiros socorros do armário atrás da mesa e contou até dez antes de retornar ao quarto do filho.

A expressão de Júnior era de alívio, embora ainda parecesse um pouco apreensivo quando o pai reapareceu. Verris empurrou tudo o que Júnior estava usando de cima da cama e o deitou sobre a lateral não ferida para terminar de retirar os estilhaços para ele. *Garotos sempre serão garotos*, pensou Verris enquanto limpava o excesso de sangue com um algodão. Não importava o quanto tivessem crescido, precisariam aprender certas lições mais de uma vez. Com um pouco de sorte, aquela ficha cairia com peso suficiente para deixar uma marca na forma de um lembrete permanente. Verris amava o filho, mas em dados momentos Júnior chegava desconfortavelmente perto de um rebelde genuíno. Não era para aquilo acontecer... ainda.

Verris ajustou a luminária de leitura que tinha haste longa e luz intensa e ficava presa no criado-mudo antes de oferecer uma seringa de lidocaína a Júnior. O garoto negou com a cabeça. Estava olhando para o outro lado, então Verris se permitiu um sorriso fugaz de aprovação. Pelo menos, Júnior jamais tivera que reaprender a lição de superar a dor. Na verdade, Verris nunca conhecera alguém que fosse tão apto a passar por cima do próprio desconforto físico.

Mas tal constatação não significava que Verris queria prolongar aquilo. Suportar a dor provocava estresse desnecessário até na pessoa mais saudável – não só no corpo, mas na mente também. Trabalhou tão rápido e gentilmente quanto pôde, eliminando cada fragmento em um compartimento vazio do kit de primeiros socorros, de modo que Júnior pudesse ouvir e saber que era um a menos.

Não era a primeira vez que Verris tirava destroços de um soldado, e já o tinha feito sob condições muito piores – mas havia mais fragmentos do que percebera, muitos deles minúsculos. Não podia correr o risco de deixar algum para trás – infecções não eram brincadeira. Ele vira rapazes pirarem com febres altíssimas, os corpos se desligando só porque algum médico com mão de alface tinha feito um remendo meia-boca. Os homens e as mulheres sob o comando de Verris morriam em combate como os guerreiros que eram, e não estatelados de costas, delirando e com falência múltipla de órgãos.

Ele desinfetou os ferimentos de Júnior de novo antes de começar as suturas. Assim que terminou de fechar a primeira e estava prestes a ir para a próxima, Júnior subitamente disse:

– Ele é... bom mesmo.

Verris não precisou perguntar qual *ele*.

– O melhor – respondeu. – Por isso mandei *você*.

– Ele sabia cada um dos meus movimentos antes que eu os fizesse – continuou Júnior. – Eu *tinha* pegado ele, ele estava bem ali... mas, quando apertava o gatilho, ele sumia. Tipo um fantasma.

– Por acaso você chegou a olhar no rosto dele? – perguntou Verris, terminando de fechar outro ferimento.

– Não exatamente – disse Júnior. – Vi ele no topo da escada de um prédio abandonado, em um espelho todo sujo.

– Achei que você estava nos telhados – disse Verris, bruscamente. Júnior suspirou.

– Eu estava, mas ele conseguiu mirar em mim. Tive que descer.

– O que a gente sempre fala? – perguntou Verris, a voz intensa. – Mantém a posição, coloca as costas na parede e...

– Não deixa ele escapar – terminou Júnior, em uníssono. – A coisa toda foi esquisita. *Bizarra.*

– Como? – perguntou Verris, começando a fechar o último ferimento que precisava de pontos.

– Como se eu estivesse assistindo àquilo tudo, mas... – o filho hesitou. – Mas não estivesse ali de verdade. Quem é ele?

O fato de Júnior estar meio assustado não era a única questão que Verris achava preocupante. Ele o havia treinado para se manter concentrado no momento, focar na situação imediata, mas, do jeito como Júnior falava, parecia que estava se distanciando em vez disso. Não era bom sinal; Verris sabia que precisava cortar o mal pela raiz antes que Júnior desenvolvesse hábitos ruins de verdade, como pensar demais ou se questionar sobre a natureza de sua existência.

– Júnior, essa coisa contra a qual você está lutando... Essa *esquisitice*... é medo. – Verris terminou a última sutura e o ergueu sentado à procura de mirá-lo diretamente nos olhos. – Não odeie o medo. Mergulhe nele. *Abrace* ele. *Aprenda* com ele. Então, supere ele.

Júnior concordou com a cabeça, parecendo encabulado.

– Você tá à beira da perfeição, filho. – Verris ergueu o dedão e o indicador perto um do outro, com um vão minúsculo entre eles. – Perto assim. – Parou. – Tá com fome?

– Sim, senhor. – Júnior concordou com a cabeça, dessa vez com entusiasmo.

– Uma tigela de sucrilhos parece bom? – perguntou Verris.

– Sim, senhor – respondeu Júnior.

Verris viu o olhar dele se mover até o porta-retratos sobre o criado-mudo. Havia duas fotos, ambas tiradas em uma viagem de caça quando Júnior tinha oito ou nove anos e eles dois compartilhavam uma existência menos complicada.

Sorriu para o filho e o conduziu até a cozinha.

IN

O ônibus explodido estava tombado sobre um dos lados, com marcas escuras de queimado obscurecendo boa parte do letreiro curvado que estampava toda a lateral, sob a linha das janelas estilhaçadas. De onde estava na área de observação isolada por cordas, Júnior não precisava nem ver as palavras claramente para saber que informavam: *Companhia de Transporte Urbano*. Era fluente em árabe, tanto na variação moderna padrão quanto na egípcia, havia metade da vida.

A cena diante de Júnior era igualmente familiar: "fatalidades" civis jaziam imóveis no chão ao redor do ônibus, abatidas por "insurgentes" que se escondiam atrás do veículo e atingiam os outros assim que começavam a se arrastar para fora dos destroços. Não havia tiros de verdade, obviamente – estavam todos armados com tasers. Alguns dos civis estavam desesperados o suficiente para tentar chegar até um dos prédios baixos que serviam como vilarejo, ou vizinhança, ou instalação, ou qualquer cenário que os jogos de guerra exigissem. Uns haviam conseguido, mas sem armas; eram alvos fáceis. Eventualmente, os insurgentes viriam por trás do ônibus e avançariam na direção do vilarejo, "matando" todos os que encontrassem.

De qualquer forma, os insurgentes estavam lá para lutar. Como observador, Júnior tivera acesso a todas as estatísticas do exercício; a tela do celular mostrava todos os mocinhos designados para a partida – um time de soldados de elite que contornava o vilarejo pelo outro lado – dado que ainda não tinham sido detectados pelos insurgentes. Os uniformes eram do Exército da Líbia, mas um distintivo extra nas mangas os identificava como tropas de suporte do Gemini.

Assistiu enquanto o time do Gemini protegia a outra metade do vilarejo antes de se preparar para atacar os insurgentes. Eles salvavam os civis sempre que possível, mas a prioridade era acabar com os insurgentes, e não resgatar não combatentes – e, a julgar pelo tamanho do esquadrão do Gemini, a missão não incluía fazer prisioneiros. Portanto, provavelmente também não levariam civis consigo.

Júnior sabia que, em uma situação de combate, nem sempre era possível resgatar cada alma inocente pega no meio do fogo cruzado, mas também sabia lá no fundo que jamais seria capaz de abandonar alguém que *pudesse* ajudar, ainda que recebesse tais ordens. Parecia ser contra cada um dos princípios sob os quais o pai o criara para viver.

Mas desobedecer a uma ordem direta também era, e mesmo assim tinha feito exatamente isso quando deixara a Colômbia e voltara para casa, e o pai havia deixado por isso mesmo. Mas jamais estivera em uma situação de combate junto de uma equipe. A única equipe de combate que já vira tinham sido as de exercícios como aquele.

Ele certamente estivera em um monte deles, mais do que qualquer outro integrante do Gemini. Já tinha levado umas porradas e descido a lenha, designado a ser tanto um mocinho quanto um insurgente, embora nunca tivesse participado como civil. Quando perguntou a Verris o porquê daquilo, o pai respondera que era porque, ao contrário dos demais, ele nunca fora um civil e nunca o seria. Verris fizera aquilo soar como uma conquista extraordinária que provava que Júnior pertencia a uma elite, mesmo entre a elite selecionada a dedo que compreendia os funcionários do Gemini.

Por que seu pai teria orgulho dele por conta disso, no entanto, estava além da compreensão de Júnior. Se nunca havia sido um civil, não fora por escolha própria. Não que *quisesse* ser um civil – não queria. *Nunca* ter sido um, porém – aquilo era diferente de seguir carreira militar. Júnior pensava que aquilo soava mais como estar perdendo uma boa porção da experiência humana; aquilo não o fazia ser da elite, e sim um esquisito.

O que ele provavelmente era perante todos os outros soldados do Gemini. Para eles, o complexo do Gemini era um espaço para treinamento especializado. Para ele, o espaço para treinamento era seu lar. Mas, se o exercício a que estava assistindo fosse uma missão e ele fizesse parte de um esquadrão encarando insurgentes reais, não gastariam nem um segundo pensando em sua esquisitice.

Ainda assim, tinha a sensação de que nunca ter sido um civil mostrava, de maneiras que ele desconhecia, que havia algo nele que as pessoas sentiam ser bizarro ou estranho, mesmo que não soubessem exatamente o quê.

Ele voltou a atenção de novo para o exercício, no qual os membros do time de elite agora encaravam os insurgentes e lhes mostravam sua opinião sobre lutadores que matavam civis desarmados. O time uniformizado avançava a toda, como se realmente estivesse lutando contra insurgentes e aquele não fosse um exercício de treinamento em que ambos os lados estavam armados apenas com tasers.

Treinamentos tinham que ser duros, e uma boa parte deles era, de modo que os soldados adquiriam um nível de condicionamento que lhes permitia aguentar punição física – um soco, uma surra, um choque, até mesmo uma facada ou um tiro – sem ficarem traumatizados demais para se erguerem de novo. Mas Júnior achava que os caras em questão haviam ido muito além e partido para a brutalidade nua e crua. Tinha que haver um limite de quantas vezes era possível atingir com um taser até o cara mais durão sem infligir danos sérios. Na pior das hipóteses, tal reação era um desperdício.

Os caras interpretando insurgentes davam tão duro quanto possível, tudo em busca de manter o treinamento de todos no pico. Mas a cena não parecia um treinamento. Os autoproclamados mocinhos pareciam estar se divertindo demais. Assim como os caras atuando como insurgentes – alguns deles aparentemente haviam descoberto seus vilões internos e pareciam satisfeitos em deixá-los sair para brincar. Uma luta especialmente longa deu a Júnior a impressão de que uma conta estava sendo acertada ali, e fazê-lo não era nada profissional. Conduta imprópria, com certeza.

Júnior olhou ao redor, para a equipe que não fazia parte do exercício. Geralmente, qualquer um não assinalado para um exercício passava longe do campo de ação. Mas mais do que alguns soldados haviam parado na área de observação para conferir o andamento, embora não tivessem permanecido por muito tempo – e, mesmo que tivessem pensado que o exercício estava ficando fora de controle, não se pronunciaram a respeito. Mas provavelmente não levantariam a questão, de qualquer forma. Todo o mundo o tratava com educação, mas mesmo os mais amigáveis mantinham distância, sem nunca se esforçar para conhecê-lo, como se não soubessem o que fazer com ele. Como se ele fosse um esquisito.

De qualquer forma, Júnior sabia o que o pai responderia se ele falasse sobre as coisas erradas acontecendo no exercício. Verris lhe diria para se lembrar de que aqueles garotos ainda estavam aprendendo. Nenhum deles provinha de um contexto privilegiado como o dele – não tinham crescido aprendendo como se comportar, como canalizar seus pensamentos e emoções, como dominar o medo aceitando-o primeiro, como focar a mente de modo apropriado, como alcançar dedicação total numa missão sem levar a situação para o pessoal. E, claro, ninguém era capaz de gerenciar a dor física tão bem quanto ele.

Seu pai dissera várias vezes que tinha um orgulho especial dele por conta daquilo. A dor física era o maior problema para um soldado. Compartimentalizar era uma habilidade, e a maior parte das pessoas eram capazes de fazê-lo se fossem dedicadas o bastante. Mas a dor física era outra história. Mesmo os soldados mais fortes podiam ser exauridos e derrotados pela dor.

Isso inclui você, Júnior, havia dito o pai. *Você tem uma habilidade notável de manter a dor longe das suas capacidades mentais e de afetar o seu julgamento. Mas mesmo você é incapaz de fazer isso indefinidamente. A dor física enfraquece o corpo, interfere na mente e, em dado momento, os soldados sucumbem. Não conseguem evitar. São capturados ou mortos – ou porque erram, ou porque simplesmente não têm força psicológica para se defender.*

Os laboratórios não podem simplesmente fazer analgésicos melhores?, tinha perguntado a Verris. *Alguma coisa que não deixe as pessoas doidonas, que não pare de fazer efeito depois de umas horinhas e que não vicie?*

É mais fácil falar do que fazer, o pai respondera. *Passei boa parte da minha carreira tentando fazer os homens e as mulheres sob meu comando à prova de dor. Os remédios não funcionam igual pra todo o mundo, e um monte deles cria mais problemas do que solução, como o vício. Acabei concluindo que a única solução real é endógena – alguma coisa dentro do corpo do soldado, parte do organismo físico.*

Júnior não tinha tido certeza do que a afirmação deveria significar, mas havia soado esquisito, bizarro e possivelmente perigoso. Talvez fosse porque o pai tinha se referido ao corpo como um organismo. O pai sempre falava daquele jeito, mas às vezes parecia meio assustador até mesmo para ele.

Atrás de si, ouviu o som dos soldados redirecionarem subitamente sua atenção; o pai de Júnior tinha chegado. Só pessoas com o treinamento do Gemini eram capazes de bater uma continência sonora. Aqueles que deram um jeito de não ficarem completamente intimidados se dirigiram a ele: *Olá, senhor. Boa tarde, senhor. É bom vê-lo, senhor.* Seu pai deixou as cortesias quicarem em sua casca impenetrável e se juntou a Júnior na área de observação.

— Tem uns rostos novos por aí — informou Júnior, fazendo um gesto com a cabeça na direção dos soldados.

— Sim. Serão os primeiros recrutas a entrar em ação no Iêmen — disse o pai, com um orgulho indisfarçável.

Se fosse verdade, Júnior tinha dó dos iemenitas. Ficou imaginando quais uniformes usariam — certamente não o da Líbia. A menos que o pai tivesse feito mais algum dos seus acordos enrolados pelo qual era conhecido. E, nesse caso, Júnior tinha dó dos envolvidos. Exceto do pai, é claro.

— Esses caras têm algum tipo de regra de abordagem? — perguntou a Verris. — Ou eles são mais do tipo "se mexe, atira"?

— Eles são da *elite* — replicou o pai, ainda mais orgulhoso. — *Disciplinados.* E, se têm o alvo em uma mira limpa, por exemplo, da janela de um apartamento, vão lá e *mandam ver.* Por que não pensa nisso na sua viagem até Budapeste?

Júnior se virou para olhá-lo, surpreso.

— Henry acabou de aterrissar — acrescentou o pai. — Pode ir fazer as malas, você tem um voo pra pegar.

CAPÍTULO 14

Danny já estivera na Europa várias vezes pela DIA. Tinha notado que, no inverno, era possível perceber quando se passava da Europa Ocidental para o Leste Europeu quando os casacos de pele começavam a aparecer. As pessoas usavam muito mais pele no Leste Europeu, particularmente nas regiões mais ao norte, onde dizer que alguém estava congelando não era uma hipérbole.

Até o momento, no entanto, nunca estivera na Hungria, e estava se sentindo ligeiramente impressionada, como uma criança conhecendo o Velho Mundo pela primeira vez. Em nenhuma das cidades em que já estivera, sentira a presença da história tanto quanto em Budapeste, onde ela parecia estar no próprio ar que respirava.

Em Roma e Moscou, o presente e o sempre-vindouro futuro tinham uma imediatez que passava por cima do passado quando se admirava uma relíquia enorme como o Coliseu, ou ao entrar em uma catedral encomendada por Ivan, o Terrível.

Mas, em Budapeste, o passado parecia ter ficado mais forte com o tempo, sustentando-se independentemente das cobranças e da urgência das preocupações do dia, deixando a cidade sem qualquer escolha além de coexistir com sua história da melhor maneira possível. E em nenhum lugar isso era mais evidente do que na Universidade de Tecnologia e Economia de Budapeste. A velha amiga para quem Danny ligara havia dito que era a resposta da Hungria ao MIT, o que transformou a instituição em MTI – Magyar Technologia Intezet.

Inteligente, Danny dissera, mas como era o departamento de biologia deles? Especificamente, o de biologia humana.

Sua amiga, uma velha companheira da tripulação submarina que passou a trabalhar como intérprete para as Nações Unidas, havia lhe assegurado que o lugar era cheio de estudantes geniais que já estavam moldando o futuro em suas respectivas áreas de atuação. O nome que entregara a Danny era o de uma doutoranda tão brilhante que já havia sido convidada a participar de alguns projetos muito avançados de sequenciamento genético enquanto ainda era estudante da graduação. Danny esperava que ela fizesse jus às expectativas.

Para Danny, a biblioteca onde Anikó sugeriu que se encontrassem parecia mais uma catedral. Era enorme também, mas não enfrentou dificuldades para encontrá-la lá dentro. Dentre todos os estudantes sentados nas mesas longas e lustradas – alguns com notebooks, outros com blocos de papel e mais uns com ambos –, ela era a única lendo uma história em quadrinhos.

– Anikó? – chamou Danny, em um sussurro.

Ela ergueu os olhos do exemplar e sorriu; era difícil acreditar que estava cursando o doutorado. Com seus cachos morenos e brilhantes, bochechas rosadas e grandes olhos escuros, parecia ter doze anos. Ou talvez fosse a revista em quadrinhos.

Depois de se sentar diante dela, Danny colocou dois sacos plásticos na mesa: um continha chumaços de algodão ensanguentados; o outro, um boné preto de beisebol imundo.

– Obrigada pelo seu tempo. Aqui estão as amostras.

Anikó pegou uma sacola com cada mão, estudou-os por um instante e então confirmou com a cabeça.

– Pra você, isso leva... cerca de dois dias.

Danny já arrancava notas amassadas dos vários bolsos e as empilhava na mesa à sua frente. A jovem sempre tinha um pouco de várias moedas na mochila de fuga, em sua maior parte euros; tinha trocado parte deles em florins, mas a cotação oferecida pela casa de câmbio era horrível. Anikó provavelmente faria um negócio melhor. Ela certamente não parecia infeliz ao ver todos aqueles euros.

– Não, pra mim leva duas *horas* – sugeriu Danny. Os olhos largos de Anikó foram da pequena fortuna amassada sobre a mesa para o rosto de Danny, que se ajeitou na cadeira, à procura de ficar mais confortável. – Posso esperar.

IN

Pouco mais de duas horas depois, Danny estava sentada em um banco do jardim externo da biblioteca, à espera de Henry e Barão enquanto tentava compreender a nova realidade contida no envelope que Anikó lhe entregara. Na verdade, percebeu que desejava que Henry e Barão se atrasassem. Assim, poderia se preocupar com eles. Preocupação era uma coisa normal, parte do mundo normal. Só que o mundo normal não existia mais. E isso graças ao teor do envelope que Anikó havia entregue a ela, nada jamais seria igual de novo.

Mas é claro que eles não se atrasaram.

– Oi – disse Henry, acelerando o passo enquanto se aproximava dela, com Barão. – A gente conseguiu um tempinho com Yuri. Vamos nos encontrar com ele às... – A expressão facial dela foi assimilada e ele parou de falar. – Tá tudo bem?

Danny ofereceu o envelope com os resultados dos testes laboratoriais que Anikó lhe tinha dado. Como um objeto tão normal como um envelope poderia conter uma informação tão inacreditável?

— Acho que sei por que aquele cara é tão bom quanto você, Henry.

Os olhos de Henry se arregalaram; parecia que Barão estava esperando uma frase de efeito.

Ela respirou fundo e mandou ver.

— Ele *é* você.

Henry e Barão pararam de fitá-la em busca de encararem um ao outro, depois olharam para Danny de novo.

— Como assim? — indagou Henry, enfim.

— Tem um laboratório ali dentro — continuou ela, apontando com a cabeça para o prédio atrás de si. — Dei amostras pra eles, o seu sangue e o boné de beisebol que ele usava.

A expressão no rosto de Henry indicava que ele não tinha gostado nem um pouco da notícia. Se fosse Danny no lugar dele, ela também não teria gostado, no entanto também iria querer saber.

— Ele se parecia muito com você, achei que tinha que ser seu filho — continuou ela. — Então eu… Bom, eles aplicaram o teste três vezes. Seu DNA e o dele. Nas três vezes, o resultado foi "idêntico". Não "similar". *Idêntico*. Tipo, "a mesma pessoa"… Ele é seu clone.

▌▌▌

Ele é seu clone.

Ele é seu clone.

Seu clone.

Seu clone.

Clone.

Henry desabou no banco ao lado de Danny. Ela parecia bem impressionada, assim como Barão. O que era bem engraçado — se achavam que aquilo era doideira, precisavam ver do ponto de vista dele.

— Eles acharam que *eu* tinha feito alguma bobagem — contou Danny. — Que talvez tivesse dado duas amostras da mesma pessoa. Mas não dei. Ele *é você*.

— É impossível — disse Henry, depois de um tempo. Então se virou para Barão, para averiguar se ele concordava.

Barão parecia tão chocado quanto Henry se sentia.

— Sabe aquilo que o Verris sempre falava sobre você? "Queria ter um exército inteiro de Henrys"? Achei que era só zoeira.

— Meu clo… — Henry parecia abalado. — Cacete, não consigo nem falar a bosta da palavra. — Ele balançou a cabeça. — O jeito como ele veio atrás de mim, parece até que foi… *criado* pra isso. Subitamente, estava de volta às ruas de Cartagena, o cara dando porrada nele com a roda traseira da moto, tentando esmagá-lo com a dianteira. E, depois que as tentativas anteriores tinham falhado, sacou a faca de combate. Se a polícia não tivesse aparecido naquele instante, Henry sabia que o garoto o teria estripado, e a última imagem que veria, enquanto a faca se aproximava, teria sido o próprio rosto.

Quem diria, ser seu próprio pior inimigo – *literalmente*. Henry fez uma careta; deveria ser engraçado, mas não era. O mundo todo parecia fora de eixo, assim como ele. E não havia volta.

— Eu não… — Danny começou, e então respirou fundo com o objetivo de se estabilizar. — Henry, pra quem *caralhos* a gente *trabalha*?

E era por causa *daquilo* que ele tinha que manter o controle, pensou Henry, se endireitando. A reação dele teria que esperar. Sua vida toda fora dedicada a servir o país, proteger as pessoas boas dos caras maus, estrangeiros ou conterrâneos. Pessoas boas como Danny e Barão, para não mencionar todo o mundo que estava apenas fazendo o seu melhor, sem nem a mais vaga ideia do que caras maus como Clay Verris faziam em seus laboratórios secretos. Henry não podia se demitir deles, ainda que saísse da agência. Quando se juntara aos fuzileiros navais, tinha feito um juramento de manter a boa-fé; o juramento não saía ao retirar a farda; era para sempre. E, mesmo que estivesse sempre sob o risco de esquecê-lo, o símbolo de espadas verde no pulso o lembraria.

Semper fi.

21

— Sempre houve rumores sobre os laboratórios da agência e os experimentos que ocorriam lá – Henry comentou enquanto os três caminhavam juntos através de um parque de Budapeste, a caminho do encontro com Yuri. Logo depois da bomba que Danny havia jogado sobre a cabeça dele, tinha se esquecido de tudo, menos da razão que os levara a Budapeste, para começo de conversa.

— Como isso pode ser *possível*? – questionou Barão.

— É complicado – respondeu Danny –, mas plausível. Eles pegam o núcleo de uma célula somática do doador, que nesse caso foi o Henry. Então pegam um óvulo, tiram o material genético dele e transplantam ali a célula do doador. Isso é ciência.

Barão parecia abertamente impressionado.

— Aprendeu isso com a sua amiga do laboratório?

Danny negou com a cabeça.

— No Google.

Henry a encarou de boca aberta, incrédulo. O mundo tinha girado tão rapidamente fora de controle que qualquer pessoa podia encontrar as instruções para criar um clone na porcaria da *internet*.

— Sempre achei que, se quisessem fazer um negócio do tipo, produziriam mais médicos ou cientistas, não réplicas *de mim* – disse ele. – Eles poderiam ter clonado o *Nelson Mandela*.

— Nelson Mandela não era capaz de matar um homem num trem em movimento de uma distância de dois quilômetros – pontuou Danny.

Henry fez uma careta. Se ela estava tentando animá-lo, estava falhando miseravelmente.

— Ei, também não tô feliz com a situação. Arrisquei a minha *vida* por eles – disse Danny. – Como podem ter feito um negócio *desses*?

— Você arriscou a vida pelo seu *país* – Henry a corrigiu. – Assim como seu pai.

— Meu país. – Ela soltou uma risada rouca e amarga. – Acho que não gosto do modo como as coisas estão evoluindo.

– A DIA é uma agência, não o seu país – argumentou Henry. – Agradeça ao fato de não ter que esperar, sei lá, vinte e cinco anos pra descobrir isso.

Barão deu um tapinha no ombro dela.

– Escuta: se você quiser jogar tudo pra cima e virar uma executiva da Barão Air, posso abrir uma vaga.

Danny abriu um sorriso triste.

– Se meu pai estivesse aqui, ele encontraria o responsável por isso e encheria a pessoa de porrada. – Ela suspirou. – Mas ele *não* tá aqui.

– Então acho que isso tá na nossa mão – concluiu Henry.

N

As Termas de Széchenyi não compreendiam um prédio único, mas um complexo magnífico de estruturas antigas construídas ao redor de fontes termais. Yuri tinha feito a maior propaganda para Henry sobre como a arquitetura era bonita e como as termas eram relaxantes e terapêuticas – e, sim, as construções *eram* maravilhosas, grande arquitetura, claro, claro, claro. Mas com Danny e Barão em uma varanda observando a multidão de banhistas felizes aproveitando o sol, Henry tinha achado difícil apreciar a escolha de lugar feita por Yuri.

Quando Yuri dissera "termas", Henry tinha imaginado os banhos turcos com suas saunas, populares entre espiões e mafiosos porque pessoas vestidas só de toalha não podem levar ou esconder armas. Ele estava totalmente preparado para arrancar a roupa e se sentar em uma sauna em troca de algumas respostas.

Em vez disso, estava encontrando Yuri no que era em essência uma piscina pública enorme.

Em retrospecto, Henry pensava que deveria ter imaginado – a menção a águas termais deveria ter servido de dica de que no lugar havia mais do que vapor e banheiras de hidromassagem. Dava para perceber que as piscinas não eram tão fundas; um adulto de estatura média nem teria que bater as pernas para não se afogar. E não havia crianças por ali – aparentemente, termas não eram recomendadas para crianças pequenas –, então não havia muito riso e água sendo espirrada de um lado para o outro.

Não, Henry entendeu, ele estava errado – não havia *nada* daquilo. As pessoas ali estavam praticamente sedadas. Ele viu que dois caras mais velhos tinham montado um tabuleiro de xadrez em uma superfície de mármore perto de uma escadaria de pedra; Henry os observou, chocado. Já havia visto gente jogando xadrez em parques – aposentados fazendo uma única partida durar o dia todo, ou jovens exibidos jogando xadrez rápido com dez pessoas ao mesmo tempo e derrotando todos por dez pilas por xeque-mate. Mas que raio de gente ia até uma *piscina* para jogar xadrez?

Bom, aqueles caras, obviamente – e, olhando melhor, notou que não eram os únicos. Mas, mesmo os vendo com os próprios olhos, tinha tido dificuldade para aceitar a ideia de que determinadas pessoas acordavam de manhã e decidiam ir à piscina para uma partidinha de xadrez.

Claro, quando *ele* tinha acordado naquela manhã, nem sequer imaginava que clones existiam, muito menos que alguém *o* clonaria. Não conseguia conceber a ideia, tampouco, nem tinha certeza de que um dia conseguiria. Só Deus sabia o que descobriria ao acordar no dia seguinte.

Se acordasse no dia seguinte – a versão mais jovem dele estava tentando garantir, com muito empenho, que isso não aconteceria.

Onde caralhos estava o Yuri, ele se perguntava, ouvindo as conversas alegres em húngaro acima do som da água borbulhante e ondulante.

– Tá tudo bem por aí? – perguntou a Barão, que montava guarda das escadas à sua esquerda.

– Tudo em cima, sem estresse – respondeu Barão.

– Entendido. – Henry consultou o relógio, sentindo-se ansioso, e não só porque Yuri o tinha feito ir a uma piscina gigante e agora estava quase atrasado. Depois daquele dia, provavelmente se sentiria ansioso pelo resto da vida. O mundo tinha virado um lugar bem pouco familiar num breve período de tempo, desde que Monroe e Jack haviam morrido e Verris enviara um esquadrão para matar tanto ele quanto a agente exemplar que estava a seu lado, uma agente que nunca tivera um único demérito. *Parabéns, aqui está a sua recompensa: um tiro na cara.*

– Henry – chamou Barão.

Henry virou e deparou com um homem parado na porta atrás dele. Estava vestido com o figurino padrão de qualquer pessoa que não estava de fato dentro da piscina – um roupão de banho e chinelos –, mas, ao contrário dos outros visitantes das termas, não parecia nada inofensivo. Era mais baixo do que Henry, mas parrudo como um muro de tijolos.

– Senhor Brogan! – O homem sorriu abertamente e fez um gesto indicando que Henry se aproximasse.

Henry o cumprimentou com um aperto de mãos e se virou para Danny e Barão. Era óbvio que o cumprimento efusivo a Henry não se estendia aos demais. Os dois fizeram um gesto de cabeça para indicar que não se importavam de ficar aguardando na varanda. Em uma situação como aquela, só encontros do tipo a sós eram aceitáveis; dois para um era pedir por problemas, e três para um acabaria com mortes para todo lado.

De qualquer modo, Henry tinha certeza de que Yuri não tentaria nenhum movimento delicado em um lugar como aquele, não em um roupão de banho e chinelos. Mas insistiu que Henry trocasse as roupas e se vestisse como ele – Yuri trouxera até mesmo calções de banho para o convidado, com os quais disse que Henry poderia ficar. Ele precisava insistir, acrescentou ante a hesitação de Henry, que lhe fazia parecer inseguro. Precisavam se misturar. As pessoas não iam às termas e ficavam andando por lá vestidas. Os amigos de Henry deveriam fazer a mesma coisa, alegou Yuri, lançando um olhar de apreciação na direção de Danny, mas aquela parte não era tão importante. Poderiam permanecer na varanda, e os habitantes locais apenas presumiriam se tratar de turistas americanos com problemas com o próprio corpo.

Henry vestiu os calções de banho e o roupão, deixando suas roupas em um vestiário, e ficou consideravelmente aliviado quando Yuri o levou até um banco próximo e o orientou a se sentar. Já estava preparado para ter que entrar nas termas se Yuri insistisse, mas aparentemente os roupões já eram disfarce o suficiente.

Henry podia ver por que Jack Willis tinha gostado do cara. Além do fato de seu aspecto ligeiramente enfeitado indicar certo gosto pela vodca, Yuri emanava um ar de corrupção feliz e traição casual, qualidades que eram absolutamente necessárias para quem quisesse sobreviver em um regime corrupto e traidor. Ele era um espião de espiões – provavelmente sabia os podres de Putin, e Putin provavelmente sabia daquilo. Putin provavelmente também sabia que, enquanto Yuri estivesse intocado e feliz, os podres ficariam escondidos dentro do armário.

– Antes de começar – disse Yuri, com o mesmo sorriso prazeroso –, devo confessar: admiro seu trabalho há muito tempo!

Henry franziu as sobrancelhas, surpreso.

– Então você sabe quem sou eu?

Yuri riu.

– "Ouvindo há tempos, primeira vez ligando", como costumam dizer no seu país. Cumprimentaria você pela sua aposentadoria, mas o último serviço deixou umas pontas soltas, não?

– Bom – Henry tentou não fazer uma careta. – Meu governo mentiu pra mim e tentou me matar, se é isso o que quer dizer.

Yuri riu de novo.

– Na Rússia, isso se chama "uma terça-feira comum". Mas vocês, americanos… vocês ficam sentidos. Então…? – Ele ergueu as sobrancelhas.

– Então, por que Dormov estava voltando pra Rússia? – perguntou Henry.

– Certo, direto pros negócios! Muito americano… Você é um cara muito ocupado! – O sorriso prazeroso de Yuri sumiu quando sua expressão se tornou pensativa à medida que olhava na direção do fim do corredor. A passagem estava vazia, exceto por eles dois. – Ambos somos amigos do Jack Willis – continuou, depois de um instante. – Ele era um cara do bem e, assim como você, sinto pela morte dele. A razão de você estar aqui e eu não ter te matado ainda… ainda – um leve indício de sorriso apareceu no rosto de Yuri – é que temos um inimigo em comum.

– Clay Verris? – arriscou Henry.

Yuri concordou com a cabeça, seu rosto solene.

– Ele atraiu Dormov para o Ocidente. Montou um laboratório pra ele. E, agora, deu pra ver os resultados do esforço. A ovelha Dolly foi clonada em 1996. E, em 1997…

– *Eu* fui a ovelha – disse Henry. Ainda parecia inacreditável, mas Henry começava a se sentir menos abismado e mais como se lhe tivessem roubado algo, uma coisa ao mesmo tempo muito significativa e inestimável, que ele jamais recuperaria.

– Talvez devesse encarar isso como um elogio. O Verris pegou o seu DNA e criou o moleque como se fosse o próprio filho, treinando-o pra que virasse o assassino perfeito.

– Então por que o Dormov foi embora? – perguntou Henry, embora tivesse quase certeza de que sabia a resposta, pelo menos em parte.

– A gente tentou por anos atraí-lo de volta para casa – explicou Yuri. – Nada adiantou. Então, no ano passado, Dormov e Verris tiveram um arranca-rabo. Dormov ficou assustado; ele me procurou. A gente tinha indicações de que Dormov havia feito uma descoberta sobre DNA humano modificado que levaria à produção de clones em massa. Mas Dormov queria soldados que fossem ao mesmo tempo mais fortes e mais inteligentes. Verris queria… – Yuri parou, parecendo preocupado. – Outra coisa – completou, por fim.

– Outra coisa – ecoou Henry. Não fazia ideia do que aquilo significava, mas certamente não era nada de bom.

Yuri encarou-o e assim o espião alegremente corrupto e pragmaticamente traidor tinha ido embora, substituído por um homem que encontrara uma questão que não conseguia justificar ou aceitar. Era verdade quando diziam que todos tinham um preço, mas também era verdade que todos tinham um limite que não ultrapassariam por nenhum valor.

– Senhor Brogan, você é o melhor no que faz – atestou Yuri, sincero. – Mas ainda é um homem. Você se cansa, tem dúvidas, medos… Você sente dor e até remorso, porque tem uma consciência, e isso diminui sua excelência como soldado. É menos do que perfeito e, portanto, dá menos lucro. – Yuri se inclinou em sua direção e baixou a voz. – Clayton Verris está brincando de Deus com DNA. Ele precisa ser parado.

Henry permaneceu sentado, em silêncio. Poucos dias antes, entendia a estrutura básica do mundo. Era um lugar bagunçado, infeliz e perigoso, e escolhera passar o resto da vida trabalhando em busca de amenizar tais realidades ou, no mínimo, evitar que piorassem.

Mas então, havia voltado para casa depois de Liège, aposentado, e aí o mundo inteiro do nada virou de ponta-cabeça, e tudo o que sabia se provou errado. Tinha matado um homem do bem e uma versão mais nova de si estava tentando matá-lo para esconder aquilo – seguindo ordens do mesmo desgraçado que o tinha enganado e feito matar o mocinho, para início de conversa. Henry se perguntava o que ele tinha dito ao clone. A ficha adulterada de Dormov informava que ele era um bioterrorista. Verris provavelmente dissera ao clone que Henry comia criancinhas. E, aos vinte e poucos anos, o garoto poderia muito bem ter engolido aquela merda.

Henry permaneceu em silêncio durante um momento, deixando as palavras do outro homem se assentarem.

— Mas, se a coisa é tão perigosa como diz, por que não mandar um míssil e pronto? Acabar com o laboratório inteiro?

Yuri soltou uma única risada desprovida de qualquer humor.

— É o que a gente tá fazendo... só que *você* é o míssil! Boa sorte pra você!

O russo se levantou, se espreguiçou e apertou o cordão do roupão.

— E você me dá licença que preciso matar um oligarca ucraniano. — Ele olhou para os dois lados do corredor vazio. — Brincadeirinha! — adicionou, alto, então piscou para Henry e passou o indicador na própria garganta enquanto murmurava: — É sério.

Yuri se virou para partir, então parou.

— Uma última coisa que quero falar pra você. Aquela sua escapada de casa dois dias atrás? Que trabalho *incrível!* Fiquei sentado na beira da cadeira o tempo todo!

Henry ficou boquiaberto.

— Como é que você pode saber *disso*?

Yuri deu de ombros, divertido.

— O que posso falar? Sou fã demais. — Ele desfilou pelo corredor, seus chinelos estalando contra as solas dos pés.

Que merda, pensou Henry, assistindo enquanto ele partia; os ucranianos também não tinham folga.

IN

Danny e Barão estavam esperando por ele na varanda. Ouviram com atenção enquanto Henry contava o que tinha descoberto com Yuri.

— Você acredita nele? — Danny perguntou quando ele parou de falar.

Henry concordou com a cabeça.

– Eu confiaria mais nele do que em qualquer um da agência neste exato momento.

– Bom, que sóbrio da sua parte – comentou Barão. – E aí, prontos pra desertar?

Danny deu uma cotovelada nas costelas dele.

– A gente só precisa achar aquele moleque. – Os olhos dela estavam abertos e sérios. – Você não vai estar seguro enquanto a gente não fizer isso, Henry. Nenhum de nós vai.

Quem você tá chamando de moleque? Henry não falou alto por um triz.

– Beleza, a gente encontra ele. E aí?

– Aí você *conversa* com ele – respondeu Danny, como se fosse óbvio. – Ele não sabe quem é; não sabe o que você é dele. Talvez vocês se entendam.

– Sério? – Henry deu uma risada curta e direta. – Se uma versão de você de cinquenta anos aparecesse do nada dizendo que você é clone dela, o que faria você se acalmar?

– Cinquenta e um – corrigiu Barão.

Henry se virou para o fuzilar com os olhos.

– Só tô falando, ué. – Barão deu de ombros.

Danny tocou o braço de Henry com gentileza.

– Talvez ele seja o espelho no qual você não quer olhar, Henry. Mas é a sua melhor chance de chegar até o Verris.

Henry não conseguia decidir se queria abraçá-la ou chacoalhá-la até fazer os olhinhos saltarem da órbita. Então sorriu, à medida que uma ideia melhor surgiu.

– Vamos tomar um café – convidou.

– Onde? – perguntou Barão.

Henry fitou seu próprio corpo. Ainda estava vestido com o roupão e os calções de banho.

– Em qualquer lugar onde a gente não precise ficar sem roupa.

CAPÍTULO 15

– Janet Lassiter?

Lassiter estava sentada em sua mesa habitual no café Copper Ground, observando o trânsito do começo da manhã em Savannah enquanto esperava por seu pedido habitual, o que parecia estar levando mais tempo do que o habitual naquele dia. Ela se virou e viu ao seu lado um homem alto e de pele negra que parecia vagamente familiar. Ele usava um capacete de bicicleta estreito e azul, uma camiseta justa colorida e shorts escuros, e tinha uma bolsa de lona desgastada pendendo atravessada na frente do corpo.

Claro que parecia familiar, entendeu Lassiter; era um mensageiro de bicicleta, provavelmente o mesmo com quem esbarrava de vez em quando.

– Quem quer saber? – perguntou ela, sabendo muito bem que não gostaria da resposta. Ninguém para quem ela teria qualquer tipo de utilidade confiaria algo importante a um mensageiro de bicicleta.

Ele tirou um celular da bolsa.

– Tenho uma mensagem pra senhora, de um homem que transferiu mil dólares pra minha conta na Feathercoin só pra garantir que a senhora receberia essa ligação.

– Essa pessoa tem um nome? – perguntou Lassiter, arqueando a sobrancelha.

– O nome dele é "Mil dólares na minha conta do Feathercoin".

Lassiter considerou perguntar como ele abreviava aquele nome, mas não estava a fim de dar trela para o sabichão. Em vez disso, ela o encarou com um olhar gélido. Talvez devesse atirar no mensageiro, pensou. Uma bala no joelho do rapaz saindo da .38 guardada na bolsa dela não o mataria, mas doeria para cacete, forçaria o cara a escolher um ramo de trabalho menos irritante e lhe ensinaria a não ser bocudo com mulheres baixinhas e mais velhas. Então, Lassiter indicou que ele continuasse.

O mensageiro pigarreou e começou a ler a mensagem da tela do celular.

– Olá, Janet. Antes de tentar me matar de novo, considere esse…

Em sua visão periférica, Lassiter podia ver pessoas se voltando para ela com curiosidade descarada sobre a assassina que bebia café entre elas. Precisou fazer um grande esforço para não esboçar qualquer reação. Não podia deixar os inimigos perceberem que detinham algum tipo de efeito sobre ela, ou estaria à mercê deles. Sempre tentavam desequilibrá-la, fazê-la parecer louca, estúpida ou até mesmo assustadora.

– Você mora em Carrol Grove, número 1362. O código do alarme de segurança é 1776 – continuou o mensageiro. Mais pessoas observavam, virando o pescoço, alguns chegando até a levantar para dar uma espiada. Porra, agora ela teria que se mudar, praguejou Lassiter. E teria que mudar o código de segurança enquanto preparava a mala.

– Você acorda às 6h12 todo dia e passa para pegar seu *latte* descafeinado com leite de soja com uma dose extra às 6h42 –

declamou o mensageiro, obviamente se divertindo. – Toda noite, fica em frente à janela enorme da sua sala de estar bebericando margaritas feitas com Jose Cuervo enquanto *Forensic Files* passa na TV.

Lassiter achou que ele tinha parado para respirar, mas o rapaz deu um toque na tela e guardou o telefone de novo na bolsa. Aparentemente, aquela era toda a mensagem. Lassiter se sentiu mal, apesar de tentar evitar; anticlímax não era o grande negócio de Henry.

As pessoas ao redor, no entanto, pareciam pensar que o show ainda não tinha acabado. Lassiter se imaginou detonando o joelho do mensageiro e talvez também do casal de olhos arregalados à esquerda, mas então seu celular tocou. Ela deu um toque no fone Bluetooth preso à orelha.

– É a Lassiter – atendeu, seca.

– Tem atiradores às dez e às duas – disse Henry Brogan. – Se você se levantar dessa cadeira, *vou* mandar um AMF em você. – Ele quase soava educado, como se estivesse tentando ajudar.

Lassiter virou a cabeça na direção da janela, analisando os prédios às dez e às duas. Eram, em sua maioria, arranha-céus com um monte de vidros que refletiam a luz clara da manhã, tornando impossível enxergar alguma coisa. Podia não ter ninguém lá fora – mas podia ter um pelotão inteiro de olho nela, em vários andares. Achava que a primeira opção era a mais provável, mas conhecia Henry Brogan havia tempo demais para arriscar encarar o cenário como um blefe. Se fosse morrer naquele dia, não seria na porcaria de um café com um mensageiro de bicicleta sabichão e uns porras de uns hipsters sob efeito excessivo de cafeína testemunhando seu último suspiro.

– Se eu achasse que o mundo precisava de outra pessoa como eu, teria tido um filho – disse Henry.

Lassiter umedeceu os lábios.

– O programa é anterior à minha chegada na agência. Você devia saber isso – justificou a mulher em um tom direto e profissional. Se ela soasse entediante, a audiência perderia o interesse.

Henry riu.

– Caramba, essa é uma resposta *perfeita* pra alguém da DIA. Sempre tira o seu da reta, nega tudo, e, se alguma coisa der errado, *se abaixa*!

Ele pronunciou as últimas palavras tão alto que Lassiter fez exatamente conforme ouviu, colocando as mãos sobre o rosto a fim de protegê-lo dos cacos de vidro. Mas não houve nenhum caco de vidro, nenhum tiro vindo das dez ou das duas, só o mensageiro de bicicleta encarando-a como se ela tivesse pirado, e um estabelecimento cheio de gente que provavelmente pensava estar assistindo a um reality show.

– Agora, dá uma gorjeta pro mocinho da bike – exigiu Henry em um tom condescendente.

Lassiter se sentou, ajeitando o cabelo e endireitando os ombros. Ela apontou o indicador na direção do mensageiro de bicicleta.

– Você... – Ela moveu o dedo em um ângulo de noventa graus e apontou a porta de entrada. – Pode ir.

O mensageiro lhe deu um sorriso de escárnio em sinal de despedida e Lassiter devolveu na mesma moeda, ouvindo o som de *tique-tique-tique* dos sapatos de ciclismo dele batendo no chão. Se ele realmente achava que ia ganhar uma gorjeta depois *daquele* showzinho de merda, talvez ela realmente *devesse* ter arrancado o joelho dele fora, mais a título de lição de vida do que qualquer coisa.

Mas a boa notícia era: o resto da ralé do local encarou a partida do mensageiro como a prova de que o show realmente tinha acabado, voltando sua atenção para os próprios celulares, tablets ou laptops. Exceto pelo casal de olhos arregalados à esquerda, todos pareciam no aguardo de um desfecho melhor.

Lassiter se virou na cadeira, incisivamente dando as costas para o casal e para todos os demais, em especial para poder varrer os prédios e as ruas em busca de fuzis de precisão. Ela ainda não via ninguém às dez ou às duas, tanto nos andares superiores quanto no chão. Brogan devia estar blefando, Lassiter tinha quase certeza – mas, no trabalho dela, ninguém se mantinha vivo estando *quase* certo.

– Tenho uma agente sua aqui comigo – disse Henry. – Danielle Zakarewski. Ela quer falar.

– Tá. – Lassiter decidiu que arrancaria o joelho de Zakarewski só por uma questão de princípios.

– Assim como eu, ela é uma patriota – continuou Henry. – Mas, *ao contrário* de mim, ela ainda quer passar as próximas décadas marcando pontos pra vocês, seus porras. A segurança dela não é negociável. Lembra que você tá na minha mão. Dez e duas, Janet.

Lassiter tinha uma vaga noção de uma barista anunciando o pedido do *latte* descafeinado com leite de soja com uma dose extra de Janet, mas era só ruído de fundo.

– Você *não pode*… – começou ela.

– A *única* pessoa pra quem vou entregá-la é a pessoa que você mandou atrás de mim em Cartagena – avisou Henry, passando por cima dela. – Então nem se incomoda em mandar qualquer outra pessoa.

– Ah, uma reunião familiar? – Lassiter emitiu uma risada curta e sem humor. – Que fofinho.

– Continua fazendo graça, Janet – falou Henry –, e você vai ser a primeira pessoa que mato de graça. Em quanto tempo você consegue mandar o cara pra Budapeste?

Lassiter deu uma nova risada curta.

– Que tal cinco minutos? Funciona pra você?

Houve um longo momento de silêncio. Lassiter sorriu com uma satisfação cruel. O desgraçado não esperava por aquela.

– Ótimo – retrucou Henry. Lassiter podia praticamente *ouvi-lo* fingir que ela não tinha antecipado os passos dele. – A agente Zakarewski vai estar no pátio do Castelo de Vajdahunyad à meia-noite de hoje. Curte aí o seu *latte*.

Ah, ela curtiria o *latte*, com certeza – curtiria mais ainda se Henry pudesse curtir o que aconteceria depois, exasperou-se

Lassiter, colocando o telefone de lado. Na realidade, ela deveria estar curtindo a porra do *latte* naquele exato momento – onde caralhos estava ele? A mulher mirou o balcão de entrega, furiosa como uma tempestade. Se a barista tivesse esquecido seu pedido, Lassiter deixaria a tempestade despencar sobre a cabeça dela com tanta força que a garota levaria a cicatriz consigo pelo resto da vida.

IN

Henry se recostou na cadeira. Danny meio que esperava ver fumaça saindo pelos ouvidos. Barão fez um sinal para que o garçom que os atendia trouxesse outra rodada de expressos, mas Danny não tinha certeza se Henry realmente precisava de mais cafeína. Por outro lado, ele *já tinha* agendado o encontro para a meia-noite, então teriam que ficar acordados, mesmo que ainda estivessem sob efeito do fuso horário. Bom, ela estava, de qualquer forma; Barão era um tipo de cara tão sossegado, do tipo deixa-a-vida-me-levar, que Danny não tinha certeza nem se ele tinha dores de cabeça. E, quanto a Henry, ela começava a acreditar que ele era a pessoa por trás da identidade secreta do Super-Homem.

Barão cutucou o ombro dela.

– Caso você esteja se perguntando, AMF significa…

– *Adiós, motherfucker* – Danny terminou por ele. – Pode crer, eu sei.

Tanto ele quanto Henry olharam para ela, assustados.

– Ah, *qual é!* – protestou ela, revirando os olhos. – Eu sou o que agora, uma criancinha de cinco anos?

Henry chacoalhou a cabeça.

– Uma pergunta melhor seria: como caralhos *ele* sabia que eu estava aqui?

CAPÍTULO 16

O Castelo de Vajdahunyad ficava no meio do Parque Municipal de Budapeste, que de acordo com o telefone de Danny era o mais antigo espaço verde da Europa. Ou será que era do mundo? Henry já havia esquecido. Ele se lembrava de Danny dizendo que o Castelo de Vajdahunyad não era apenas uma única fortaleza enorme, como o Castelo de San Felipe em Cartagena, mas sim um complexo formado por várias construções. Henry tinha escolhido aquele como lugar de encontro porque tanto o parque quanto o castelo ficavam no meio de Budapeste. Ele achava que Danny estaria muito mais segura ali. Se Júnior tentasse sequestrá-la, as ruas estreitas da cidade o obrigariam a avançar mais devagar. A menos, é claro, que ele saísse saltando pelos telhados, embora Henry não achasse que ele fosse fazer aquilo estando com Danny. Se fizesse, Henry tinha certeza de que Júnior tinha mais probabilidades de terminar esparramado na calçada do que ela.

Mas ali, enquanto esperava sentado no carro com Danny a alguns metros da entrada do complexo do Castelo de Vajdahunyad,

Henry conjecturou se tinha sido mesmo uma boa ideia, no fim das contas. Era tudo o que podia fazer para impedir a si mesmo de cancelar o negócio todo e levá-la o mais para longe possível de Júnior.

Não havia qualquer dúvida de que ela era uma profissional durona; ele a havia visto em ação, e sabia que "indefesa" era a última característica que poderia defini-la. Ou "covarde", embora Henry achasse que boa parte da coragem dela se devia à juventude e à inexperiência – Danny ainda não sabia como os vilões podiam ser maldosos. Claro, se ela continuasse na DIA, logo descobriria; encontraria circunstâncias com as quais a maior parte dos civis jamais teria de lidar, coisas que nem sequer imaginavam. Naquele momento, ele desejava mais do que tudo que Danny Zakarewski fosse uma civil.

Henry podia ver como ela estava nervosa; aquilo a fazia parecer ainda mais nova, o que tornava mais difícil para ele justificar o porquê de a estar mandando rumo ao encontro de um assassino treinado, com poucos artifícios para se defender além de uma pastinha com documentos. Seus instintos urgiam que a tirasse dali e a protegesse, e não a expusesse ao perigo.

Se Danny soubesse no que ele estava pensando, poderia acusá-lo de machismo, etarismo e quem sabe quantos outros ismos – capitalismo, anarquismo, antidisestablishmentarianismo –, tudo enquanto esbravejava com ele. Tanto havia mudado desde que ele começara na DIA como um agente jovem, forte e capaz cuja carreira estava em ascensão. O mundo parecia tão diferente naqueles dias, a ponto de às vezes ele não saber ao certo nem em que planeta estava. E Danny era a agente jovem, forte e capaz cuja carreira estava em ascensão, enquanto ele envelhecia.

Ou pelo menos tentava.

Danny segurou a maçaneta do carro, então parou.

– Isto vai funcionar, né? – perguntou ela.

– Opa – assegurou Henry, esperando que não estivesse mentindo.

– Como você sabe? – perguntou ela.

– Ele não é *exatamente* eu, mas conheço os gostos dele – respondeu Henry.

Danny se virou para sair do carro, então se virou para ele mais uma vez.

– Pera aí. Você tem alguma *atração* por mim?

Eu falo demais pra porra, pensou Henry, infeliz.

– Eu, pessoalmente, neste exato momento? *Cacete*, claro que não – respondeu ele. – Mas uma versão mais jovem e menos madura de mim mesmo? Provável que sim.

Danny riu e Henry riu junto, como se não estivessem ambos apavorados. Ele não podia deixá-la fazer aquilo, pensou, e abriu a boca para dizer que o plano já era.

– Henry? – disse ela.

O nome dele ficou suspenso no ar que os separava, e ele foi capaz de ouvir todas as perguntas não ditas que ela queria fazer:

Tenho alguma chance de sair viva dessa? E você? Se a gente não tiver, isso é algo pelo qual vale a pena morrer? Vale a pena morrer por alguma *coisa? Nossas vidas* realmente *nos trouxeram até aqui? Isso é certo? Isso é bom? Nós somos bons? Isso vai fazer diferença pra alguma coisa? Alguém vai se importar com o que quer que aconteça com a gente?*

Mesmo depois de vinte e cinco anos, ele ainda conhecia de cor aquelas perguntas todas. Com um tanto de sorte, Danny conseguiria mais respostas do que ele.

Tudo isso passou pela cabeça dele em menos tempo do que levou para ajeitar uma mecha rebelde de cabelo escuro que recaía sobre o rosto dela.

– Quando fui atrás de você na Geórgia – confidenciou ele, baixo –, não precisei *pensar* a respeito. Foi instintivo querer manter você segura. Ele também tem isso… Não vai machucar você.

Henry podia senti-la considerando a ideia e então se agarrando a ela, desejando que fosse verdade.

175

– Fora que machucar você não o ajuda em nada – adicionou ele. – O que ele quer sou eu. Na mira dele.

Danny respirou fundo em busca de se estabilizar, desceu do carro e caminhou na direção da entrada do Castelo de Vajdahunyad sem nem olhar para trás.

Henry continuou olhando para ela, seus instintos ainda gritando para que a chamasse de volta.

N

Danny atravessou a ponte elevada com um passo estável, nem lento nem rápido demais, na direção da Torre do Portão do Castelo de Vajdahunyad. O exterior do castelo estava cercado por luzes amareladas muito brilhantes; embora a iluminação vazasse um pouco para a parte de dentro, o lugar ainda era muito escuro e repleto de sombras. O portão estava aberto, as lanças pontudas pairando sobre a entrada. Danny tinha uma boa certeza de que geralmente ficava fechado àquela hora da noite, mas o clone de Henry era esperto o bastante para resolver o assunto de modo que ela não precisasse escalar a torre para entrar. E o portão aberto não lembrava absolutamente, de forma nenhuma, a bocarra escancarada de um animal, não mesmo.

Do outro lado da ponte, o pavimento mudava de uma superfície suave para outra, ladrilhada. Danny não se apressou, exceto quando passou sob o portão elevado; deu uma rápida trotada, só para não ficar sob as barras pontudas por mais de um segundo.

Que bobeira – por que o clone concordaria em encontrá-la ali só para a empalar com um portão de metal? As palavras de Henry voltaram: *Machucar você não o ajuda em nada. O que ele quer sou eu. Na mira dele*. Ela realmente esperava que Henry estivesse certo, pelo menos sobre a primeira parte. E, de qualquer forma, o Henry-clone provavelmente recebera ordens de Janet Lassiter para levá-la de volta aos Estados Unidos, sã e salva. Se fosse para desobedecer à ordem e matá-la, já o teria feito enquanto ela estava na ponte. Ou poderia atirar nela naquele exato segundo.

Danny sentiu uma onda de vergonha por estar com medo. Não estava fazendo aquilo sozinha. Ela podia contar com Henry e Barão, e eles também podiam contar com ela. Os três formavam um time.

Os passos dela começaram a ficar mais lentos à medida que parava, com uma igreja à esquerda e uma estátua sentada em um banco à direita, a maior parte sob as sombras apesar da luz que emanava lá de fora. Era Conde Sándor Károlyi, de acordo com as informações que tinha baixado no celular, mas não conseguia lembrar o nome da igreja do outro lado nem que a vida dela dependesse disso. Então, descobriu que também não conseguia fazer seus pés se moverem.

– Avante, *marche* – murmurou ela, entredentes. – Esquerda, direita, esquerda.

Nada; os pés dela podiam muito bem estar colados com Superbonder nos ladrilhos.

– Esquerda, direita, esquerda – murmurou ela de novo. Nada ainda. Talvez devesse tentar cantar uma das musiquinhas para marcar a cadência da marcha, como aquela sobre um cão que queria ser da Marinha. *I had a dog, his name was Blue, Blue wanna be a SEAL too...*

Não, nem ferrando pagaria tamanho mico enquanto Henry-clone lhe assistia. E ele *estava* assistindo, ela podia ver, de trás de um portão de ferro um pouco afastado da lateral da porta dianteira da igreja. Danny sentiu uma onda intensa de hostilidade e indignação. Estava ali havia quanto tempo? Será que podia ver como ela estava assustada? Caramba, já passava da meia-noite e estavam em um castelo que tinha sido a inspiração de Bram Stoker para o abrigo de Drácula. Qualquer um que *não* estivesse assustado só podia ser feito de pedra.

Bom, aparentemente *ele* era. Não demonstrava sequer uma centelha de nervosismo enquanto abria o portão e fazia um sinal para ela. Ele era um clone feito de pedra. Um clone de pedra. Danny teve que morder o lábio para não começar a rir. Se começasse, talvez não fosse capaz de parar, e histeria raramente era o melhor caminho.

Fitou-o, séria, enquanto passava por ele na direção do pequeno pátio. Ele ainda a observava de perto. Será que se perguntava quanto tempo ela podia suportar aquilo sem pirar? Deixa ele, pensou Danny; provaria que não era uma pobre vítima que ele podia oprimir.

A lua estava alta no céu. Estava minguante, mas ainda tão reluzente que, junto aos resquícios da claridade que vinha de fora do castelo, Danny podia ver o rosto dele com bastante nitidez, em mais detalhes do que os leves vislumbres que tivera em Cartagena. E a imagem não era só uma semelhança muito forte – aquele realmente era o rosto de *Henry*, e nenhum outro, com alguns anos a menos e talvez uns quilômetros rodados a menos. A maneira como Henry-clone a encarava, tão friamente, sem qualquer sinal de tê-la reconhecido, era ainda mais perturbador a do que o castelo do Drácula à meia-noite. Era como se ela tivesse virado na rua errada e agora andasse em um universo paralelo onde Henry e ela nunca tinham se encontrado na marina, e, em vez de formarem um time junto a Barão, tivessem se tornado inimigos.

– Pátio bonitinho – falou Danny. Era uma coisa estúpida a se dizer; o pátio era bonitinho, mas só se você quisesse rodar um filme de terror ali, no qual todo o mundo morria de formas horríveis no fim. Ela só queria fazer um teste para ver se conseguia falar sem a voz vacilar, e ficou surpresa ao perceber como soou calma e inabalada.

– Desculpa, senhora – respondeu o clone de Henry, com a voz de Henry –, mas, antes de continuarmos, tenho que pedir para a senhora tirar a roupa.

Danny o encarou. Tinha perdido a atenção no primeiro "senhora".

– Como é que é?

– Assim posso revistá-la, para o caso de haver uma escuta – ele complementou, como se fosse uma explicação racional.

– Pera aí – disse ela. – Por acaso você acabou de me chamar de *senhora*?

– Fui criado pra respeitar os mais velhos – disse ele, com um tom levemente reprovador que sugeria que a educação dela deixava muito a desejar. – As roupas, por favor.

Ele ia pagar caro por aquele "senhora", jurou Danny enquanto tirava a camiseta. A morte dele seria impiedosa; levaria *semanas*. Não, *meses*. Ela tirou os sapatos com os pés, puxou os jeans para baixo e pisou para fora deles. Agora, estava no meio de um cenário de filme de terror à meia-noite e só de calcinha e sutiã. E meias. Ela calçou de novo as botas, mas teve certeza de que não melhorava muito a situação. Pelo menos ela colocava *boas* calcinhas e sutiãs na mochila de fuga – não que um dia tivesse imaginado *aquele* cenário. Apesar disso, poderia apostar que alguém, em algum lugar, imaginava frequentemente.

Tentou bloquear a ideia, mas era tarde demais. O que é pensado não pode ser "despensado", como seu avô costumava dizer. Naquele meio-tempo, o clone de Henry estava à sua frente trajando farda, colete de Kevlar e coturnos. Será que estava gostando da situação? Será que se sentia poderoso porque ela estava seminua e vulnerável? Aquela era a ideia, claro, fazê-la se sentir fraca e inofensiva. Mas por que ele estava só parado ali? O que estava esperando – outra oportunidade para chamá-la de *senhora*?

Ou será que ela ainda não estava nua o suficiente?

Uma onda de raiva surgiu dentro de si. Não saberia o que fazer se ele chegasse a tal ponto. Mas, se apenas ficasse diante dele esperando, começaria a tremer, e nem ferrando ela o deixaria presenciar aquilo.

Danny colocou o dedão sob a alça do sutiã e a puxou levemente para o lado, a expressão questionadora e hostil ao mesmo tempo. Não, ela estava errada – ela *sabia* o que ia fazer, sim. Que o plano fosse para o inferno.

Henry-clone chacoalhou a cabeça de forma desajeitada, evitando o olhar dela por um instante antes de se virar para ela de novo e afastar o olhar mais uma vez, repetindo a ação várias vezes. Era como se estivesse tentando observá-la sem olhar para ela.

A memória de Henry no quarto dela se virando de costas enquanto ela se vestia irrompeu-lhe na mente, e Danny de súbito entendeu. *Não era* uma demonstração de poder por parte de Henry-clone – ele estava constrangido. Não, era mais do que isso – ele estava com vergonha.

Ótimo, pensou ela. *Sofra, seu bastardo*. E aquela era apenas a verdade – clones *eram* bastardos. Também não tinham mães, exatamente, o que os fazia bastardos *duplos*. Talvez ela conseguisse dar um jeito de incluir o tema na conversa antes que a noite acabasse.

– Dá uma volta no lugar, por favor – pediu ele.

Danny virou de costas em um supetão e se permitiu um sorriso fugaz de triunfo vingativo. Então, ele se aproximou por trás e ela desejou que não tivesse virado e obedecido de forma tão imediata. Ela já tinha se curvado à autoridade do rapaz quando tirara a roupa; obedecer à próxima ordem de forma tão ágil lhe informava sobre sua aceitação de que era ele quem estava no comando. Lição aprendida: da próxima vez que alguém lhe apontasse uma arma e lhe ordenasse a tirar as roupas e virar de costas, se negaria de bate-pronto. O que fariam com ela, matariam? Se estivessem planejando fazer aquilo de um jeito ou de outro, ela não precisava facilitar a tarefa.

E outra lição aprendida: ela estava sendo uma otimista inveterada ao pensar numa *próxima* vez, já que não sabia nem se sobreviveria *àquela* vez.

O otimismo dela murchou consideravelmente quando o colete de Kevlar do clone tocou em suas costas nuas. Danny se obrigou a continuar ali enquanto ele percorria as mãos rapidamente pelo corpo dela, do pescoço às coxas. Mas, mesmo enquanto o fazia, ela podia perceber que ele tentava ser impessoal, desapegado, a tocá-la sem tocá-la, assim como tentara olhar para ela sem olhar. Ele quase conseguiu… *quase*. Ser impessoal e desapegado era impossível quando se estava envergonhado do que fazia, para começo de conversa.

Foi só quando ele passou a mão no cabelo dela que Danny deu um salto no lugar.

— Dá pra ver que você é detalhista — comentou ela.

— O cuidado me manteve vivo, senhora — replicou ele, e a agente adicionou mais uma semana de sofrimento ao futuro miserável do rapaz. — Pode colocar a roupa agora.

Assim que ela voltou à decência, ele lhe estendeu um telefone.

— Liga pra ele.

Danny hesitou, então concluiu que não ganharia nada dificultando a situação. Ela discou o número; ele pegou o telefone de volta e colocou a ligação no viva-voz.

Tocou uma vez só.

— Pois não? — disse Henry.

— Em doze minutos, vou colocar duas balas na nuca da agente Zakarewski — anunciou Henry-clone.

Danny praticamente ouviu a pressão sanguínea de Henry disparando.

— *Suas ordens* são entregá-la em segurança…

— *Minhas ordens* são matar *você* — interrompeu o clone, e Danny sentiu um arrepio descendo pela espinha. As vozes eram tão idênticas quanto os rostos; era como ouvir Henry discutir consigo mesmo, como se estivesse em um surto dissociativo. — Sabe a Câmara de Quartzo, nas catacumbas?

– Nem *ferrando* – Henry respondeu, nervoso. – A gente vai fazer isso em algum lugar *visível*. Onde eu possa *ver* vocês.

– E agora a gente tem onze minutos – alertou o clone, e desligou na cara do outro. Dada a conversa tensa, ele parecia inabalado. Danny ponderou se ele também tinha notado a semelhança entre as vozes. Então, o rapaz percebeu que ela o observava e fez um gesto na direção do portão.

– A gente vai dar uma voltinha.

Danny adicionou mais uma semana à morte lenta e dolorosa dele, só por uma questão de princípios.

III

O táxi tinha uma faixa xadrez em preto e amarelo de aparência oficial sob as janelas dos dois lados e um letreiro luminoso sobre o capô que dizia "táxi". Mas o clone de Henry dissera se tratar de uma *hiena*, que era um tipo popular de golpe, na maioria das vezes aplicado em turistas.

– O golpe também funciona em quem tá bêbado demais pra enxergar direito – explicou ele enquanto fazia um gesto com a Glock na direção do motorista.

– Isso, isso, amigão, tira o resto da noite de folga. E, amanhã, arruma outro trabalho! – gritou para o homem, que fugiu correndo. – Qualquer carro sem o símbolo de uma empresa nas portas ou no capô é uma hiena – continuou dizendo para Danny. – É assim que você diferencia os taxistas honestos dos golpistas. Agora entra, você dirige.

Ela fez conforme indicado e ele entrou no banco traseiro, logo atrás dela.

– Beleza, amigão. Pra onde? – indagou ela, com uma risada nervosa.

– Você não é uma taxista *de verdade* – retrucou ele, amargo.

– Segundo você, o cara que você espantou também não era – disse Danny, calma. – De qualquer forma, ainda precisa me dizer pra onde a gente tá indo, se realmente quiser chegar lá.

– Capela de Jaki – informou o clone, com uma voz baixa que era praticamente um grunhido.

– Capela de Jaki, é? Parece legal. Você precisa ir me orientando – disse a ele.

– Não consigo, a menos que a gente comece a andar.

Danny deu partida no carro e o pôs em movimento. Os táxis húngaros não eram tão diferentes da maioria dos outros carros – embora, ao trocar as marchas, parecesse estar usando um pé de cabra para mexer pedaços pesados e grossos de metal. Girar o volante exigia um esforço maior ainda. Felizmente, as ruas de Budapeste estavam vazias àquela hora, então não havia muita chance de ferir alguém além de si mesma e de Henry-clone. Mais provavelmente ela mesma; tinha a sensação de que o modelo não incluía airbags.

– Pegar esse carro foi esperto – disse ela, depois de um tempo, ajustando o retrovisor para vê-lo. – De onde você é, aliás? – Os olhos deles se encontraram. – Sua formalidade... parece sulista pra mim.

Henry-clone parecia incomodado.

– Sem querer ofender, mas prefiro não conversar agora.

– Olha aí, ela de novo – cutucou ela, irritantemente alegre. – Geórgia? Texas?

– É melhor a gente não conversar.

Danny não perguntou se era porque um açougueiro nunca fazia amizade com o gado; não havia motivo para provocá-lo sem necessidade. Mas ela tampouco tinha intenção de facilitar para ele; ela não era gado.

– Olha só, se vai me usar como isca e possivelmente me matar, o *mínimo* que você pode fazer é me agradar com um pouquinho de conversa. – Ela terminou a reflexão com uma encarada breve e direta.

O clone soltou um suspiro pesado e resignado.

– Nasci perto de Atlanta.

– Sabia! – Danny deu um soquinho no volante, gloriosa. – Você e Henry têm *muito* em comum.

– *Duvido* – respondeu o clone.

– Você ficaria surpreso – ela assegurou. – Sabe, comecei vigiando ele também. Aí acabei o conhecendo. Ele tem um baita coração. – Pausa. – Tipo você.

Ela praticamente o ouviu arrepiar o cangote.

– Como *você* saberia sobre o *meu* coração?

– Sei que você *tem* um – respondeu ela. – E sei que ele tá dizendo pra você que *alguma coisa* nesse serviço que te deram não tá certa.

Houve um momento quase imperceptível de hesitação antes que ele concluísse:

– Um serviço é um serviço.

Ⲛ

– Bem legal esse lugar, na real – disse Danny, enquanto estacionava o táxi na frente de uma igreja. – Em geral, quando viajo, não costumo ver muito dos pontos turísticos. – Henry-clone a arrancou do assento do motorista sem se dar ao trabalho de fechar a porta do carro. – E eu *amo* igrejas antigas – continuou ela, futilmente, enquanto passavam pela entrada frontal. – Então, esta é a Capela de Jaki. É romanesca. Lindo. *Ai* – adicionou ela, enquanto o rapaz cutucava suas costas com a Glock visando fazê-la caminhar mais rápido ao longo do corredor central.

Quando chegaram à área de comunhão, diante do altar, o clone a puxou para dentro de uma alcova à direita e a empurrou por um lance de escadas que conduzia para baixo.

– Um porão? – perguntou ela, forçando um tom casual. – Você realmente parece saber se virar bem pelas igrejas de Budapeste.

– Eu assisto a um monte de Nat Geo. – Ele fez um gesto na direção da escada. – *Desce*.

Os degraus eram estreitos e irregulares, e ela teve medo de perder o equilíbrio e cair porque ele continuava cutucando-a com a Glock. Aquilo acrescentaria mais *duas* semanas à sua morte agonizante, pensou ela, venenosa.

Quando chegaram ao pé da escada, ele a empurrou por uma passagem repleta de prateleiras, iluminada por lâmpadas nuas penduradas no teto, que eram separadas umas das outras por uns quatro metros e meio de distância. Eram lâmpadas de cinco watts? Ou menos? Ela mal conseguia enxergar, e, se o garoto-clone a cutucasse mais uma vez com a Glock, ela enfiaria a arma no nariz dele, e…

Seu dedão bateu em algo e ela tropeçou, quase caindo de cara antes que pudesse se agarrar a uma barra de ferro enterrada no chão, o qual, ela podia ver agora, não era tipo um chão batido, como pensara inicialmente, mas sim de concreto coberto com séculos de terra e sujeira. Ela levantou os olhos e de súbito se viu encarando o buraco escuro e profundo onde antes ficavam os olhos de um crânio muito, muito velho. Havia vários deles na prateleira à sua frente. Não, na verdade havia milhares, em infinitas prateleiras de ambos os lados do corredor, uns empilhados sobre os outros; da altura do chão de cimento áspero, passando pelos fios das lâmpadas no teto, antes de desaparecer nas sombras acima dela.

– Caramba – soltou Danny, mirando para cima. O clone a empurrou de novo. – Me pergunto quantas pessoas estão enterradas aqui. – Ele não respondeu, e a agente resistiu ao ímpeto de perguntar se ele tinha perdido a Semana das Catacumbas no Nat Geo.

Havia um portão enferrujado adiante; assim que se aproximaram, Danny viu parte de um cadeado quebrado solto na tranca. Placas em diferentes idiomas, incluindo inglês, declaravam: ENTRADA ESTRITAMENTE PROIBIDA.

O clone deu mais um cutucão com a Glock, empurrando-a para a frente. Quem quer que o tivesse criado para respeitar os mais velhos tinha deixado de mencionar que era rude cutucar os mais velhos com uma pistola. Em vez de ceder ao ímpeto de enfiar a Glock no nariz dele, porém, ela empurrou o portão para abri-lo.

– Mas ali diz que a entrada é proibida.

– Muito engraçado – disse ele, a voz sem emoção.

A passagem adiante era ainda mais estreita e menos iluminada. Ele agarrou o braço dela.

– Fica aqui – mandou, empurrando-a contra outra barra metálica de suporte. – Não se mexe.

Danny assistiu enquanto ele enfiava uma granada na boca de um crânio em uma prateleira um nível acima do chão, depois amarrou um detonador nela e o conectou a outro crânio, na prateleira oposta. O fio ficou a apenas quinze centímetros do chão; e, naquela luz, era invisível.

Mexer com os mortos daquele jeito provavelmente era uma profanação das graves, pensou Danny, do tipo que até um cabeça-dura incrédulo acharia melhor evitar. Mas Henry-clone não parecia nem um pouquinho perturbado. Talvez fosse mesmo um clone de pedra. Ou talvez ele nunca tivesse assistido a um filme de terror.

Ele ergueu a Glock e quebrou a lâmpada acima deles. Enquanto continuavam pela passagem, ele quebrou o resto das luzes, de modo que a única iluminação fosse a que vinha da lanterna dele.

– Se você quebrar todas as luzes – argumentou Danny –, como vai ver o detonador quando estiver voltando? Granadas não são brincadeira. Quer dizer, entendi o que você tá fazendo: a escuridão neutraliza a maior força dele. E espaços fechados favorecem você, certo? Mas e se ele usar gás lacrimogêneo? Ou algum calmante no ar?

Ele a empurrou através de outra entrada que culminava em uma área circular com algumas lâmpadas nuas penduradas fora de alcance. *Essa deve ser a tal Câmara de Quartzo*, pensou Danny.

O referido cômodo também estava repleto de prateleiras com crânios e ossos presos a suportes de metal, separados uns dos outros por poucos centímetros. Até onde ela podia ver, não tinha nenhuma outra entrada ou saída. O clone largou a mochila no chão de cimento e tirou de lá o que parecia ser uma máscara de gás compacta equipada com óculos de visão noturna. Ele a vestiu, mas a deixou acomodada sobre a cabeça.

– Tá, já deu pra ver que você tá muito à minha frente – continuou ela. – Máscara de gás *e* visão noturna juntos, muito espertinho. Mas posso perguntar uma coisa?

– Será que você poderia parar de falar por tempo suficiente pra eu responder? – retrucou Henry-clone, com o tom de voz de quem estava farto.

Danny sorriu por dentro. Ela estava conseguindo afetá-lo.

– Quanto você *realmente* sabe sobre o Henry? – perguntou. – O que disseram pra você? – disse, e ele a puxou até um dos suportes de metal. – Alguém disse pra você *por que* querem a cabeça dele? Você *perguntou*, pelo menos?

O clone deu um suspiro pesado, cedendo.

– O cara pirou – respondeu ele, tirando algumas abraçadeiras de náilon da mochila. Ele prendeu os dois pulsos da mulher com o suporte metálico no meio, posicionando-a de modo que não seria possível se soltar com os dentes, e tão apertado que ela não conseguiria escorregar os braços para baixo ou para cima. Aquele era um problema real; logo ela pararia de sentir as mãos, e, se reclamasse, ele apertaria ainda mais. – Ele matou oito agentes só naquela noite. *E* o próprio parceiro.

– Foi *isso* que contaram pra você? – indagou Danny, incrédula.

– Foi *isso* que ele *fez* – corrigiu o clone.

– Na verdade, não! – exasperou-se Danny, esquecendo-se de que estava tentando fazer com que *ele* se desestabilizasse. De repente, a agente estava quase chorando e não ligava a mínima de demonstrar. – Eu estava *com* ele na noite em que todos os agentes foram atingidos. Eles foram enviados pra matar o Henry. E a *mim*! Enviados pelo *Gemini*. Pensa um pouquinho: Henry salvou a minha vida mesmo sabendo que eu o estava *vigiando*! – ela gritava agora, possessa com a maneira como todas as informações ditas por ela simplesmente quicaram no rapaz enquanto ele fuçava na mochila.

– E *não* que isso importe – ela aumentou o tom de voz –, mas o parceiro dele foi atingido na *Virgínia*, e o restante dos homens morreram em *Savannah*. Henry pode atirar a longa distância, mas não tanto assim. Eu…

Henry-clone se levantou de súbito outra vez.

– Quer saber? – Sem esperar resposta, ele colou um pedaço grosso de fita isolante na boca de Danny, segurando apertado por alguns segundos. – Assim é bem melhor – disse.

– *Pa v'cê* – retrucou ela, dizendo o que queria, tão claro quanto possível.

Ele rosqueou um silenciador no cano da Glock e começou a atirar nas lâmpadas da câmara, espirrando vidro e fragmentos de osso pelo ar. Danny queria dar uns chutes nele por violar um lugar onde os mortos de eras passadas haviam sido colocados para descansar segundo a ideia de que descansariam em paz pelo resto da eternidade, mas não conseguia alcançá-lo.

Ele estava prestes a atirar na última luz quando a granada explodiu.

CAPÍTULO 17

Puxando a máscara para cobrir o rosto, Júnior correu na direção do corredor, o coração disparado num misto de ansiedade, empolgação e confiança. A explosão que tinha detonado seu alvo também detonara o mundo de volta para a órbita correta. Tudo estava em ordem de novo. Assim que terminasse de limpar a bagunça ali, a próxima missão estaria esperando…

Ele parou. Os óculos tinham altíssima resolução e lhe permitiam ver, em vários tons de verde luminoso, o portão de ferro pendurado todo torto em uma das dobradiças, e a cratera que fora aberta no cimento, com inúmeros fragmentos de osso e estilhaços espalhados ao longo da área de alcance da explosão. Mas não havia manchas de sangue e tecidos, partes de corpos, mortos ou sinal do velhote morrendo. Será que o desgraçado tinha disparado a mina de uma distância segura? Não, era impossível. Mesmo com óculos de visão noturna, não teria como Brogan ter visto o detonador, a menos que soubesse para onde olhar – e não tinha como ele saber. Não tinha nem como ele *imaginar*.

A luz explodiu diante do rosto dele, tão cegante que machucou seus olhos. Ele cambaleou para trás, arrancando a máscara e piscando rápido para tentar limpar a visão. Estendeu os braços, balançando-os sem enxergar até que sua mão esbarrasse em um suporte de metal; ele o agarrou e segurou firme. No mesmo instante, sentiu algo se movendo à sua frente.

Quando levantou a Glock, um tiro a arrancou da mão dele, fazendo a palma arder. Sua visão começou a clarear e capturou o vislumbre de um sinalizador vermelho zunindo pelo cimento pouco antes de algo lhe atingir a cabeça. A força da pancada o fez voar e ele aterrissou duramente, a parte de trás da cabeça batendo com tudo no cimento.

Furioso, forçou-se a se levantar, mas alguém pisou com uma bota pesada sobre o peito dele, apertando o plexo solar com o calcanhar de modo que ele mal pudesse respirar. Júnior tentou buscar pedaços de ossos ao redor, o que impeliu a bota em seu peito a apertar mais forte. De algum lugar próximo, outro sinalizador sibilante jogou uma luz avermelhada sobre os arredores. Ele ergueu a cabeça e sentiu a ponta do cano de um fuzil entre os olhos.

Sua visão clareou mais um pouco e encontrou o velhote que não tinha conseguido matar em Cartagena. Não podia acreditar naquilo. Brogan tinha pelo menos *cinquenta anos*. Como alguém tão *velho* podia encarar alguém jovem e bem treinado como ele, e sem ajuda?

Brogan acendeu a lanterna tática Tac Light, jogando a luz direto nos olhos dele, e então prosseguiu para apalpá-lo, revelando tanto a pistola no coldre preso ao tornozelo quanto a faca comando guardada na bainha presa ao antebraço. Pensou na força com que tinha batido a cabeça enquanto observava os movimentos de Brogan, porque era como se estivesse olhando para si mesmo. Porém sabia que *ele* estava esparramado na merda do concreto, recusando-se a deixar a dor na cabeça assumir o lugar dos pensamentos. Então *não podia* estar olhando para si mesmo.

Mas estava.

Não. Júnior fechou os olhos bem forte por um momento. Não estava enxergando direito. Era uma peça que a luz escassa estava pregando.

Brogan deu um passo para trás, pegou um dos sinalizadores e gesticulou com o fuzil.

– Levanta.

Júnior ficou de pé. De uma hora para a outra, estavam cara a cara, e não havia como negar que o rosto que o mirava de volta era o seu próprio. Havia mais rugas nos olhos de Brogan, sua pele não era tão lisa ou firme, os lábios eram mais ásperos. Era como olhar em um espelho que mostrava como seria sua aparência dali a uns trinta anos. E não eram somente os rostos que eram idênticos; as expressões também. Ele perdeu a noção de quanto tempo ele e Brogan ficaram encarando um ao outro, até que Henry o cutucou com a arma e o fez avançar até a Câmara de Quartzo.

A primeira coisa que Brogan fez foi arrancar a fita da boca grande de Zakarewski e libertá-la das abraçadeiras. Aparentemente, seu falatório incessante não dava nos nervos *dele*. Talvez fosse coisa de gente velha.

– Obrigada – agradeceu Zakarewski.

– Obrigado *você* pela dica da granada – disse Brogan.

Júnior ficou de boca aberta, o que os outros dois pareceram achar hilário. Zakarewski arrancou algo da parte de trás de um dos dentes incisivos com o dedo e lhe entregou. A luz na câmara era fraca, mas o rapaz soube que o pequeno objeto na ponta do dedo da mulher era uma escuta.

Ele olhou do objeto para Danny e então para Brogan.

– Ela estava falando com você o tempo todo – assimilou, tentando não parecer impressionado, e falhando.

Brogan deu de ombros.

– Ei, ou você inspeciona a pessoa da cabeça aos pés ou não inspeciona. Ser detalhista vai manter você vivo. – Ele tirou outro sinalizador do bolso e o entregou para Zakarewski. – Sabe como acende um desses?

– Pelo amor de Deus, né, Henry. – Ela revirou os olhos enquanto acendia o sinalizador. Brogan passou a circundar lentamente ao redor de Júnior, tal qual um instrutor físico durante uma avaliação, e era difícil não se contorcer. Que porra, Brogan se parecia com ele, se mexia como ele, até gesticulava como ele.

– Só pra registrar – disse Brogan, depois de um tempo –, não *quero* matar você. Mas vou, se precisar.

Ele tentou se forçar a encarar o velhote, do jeito que seu pai fazia quando estava puto com ele, mas não conseguiu. Talvez seu pai também tivesse muito mais dificuldades de fazê-lo com alguém que fosse sua própria imagem e semelhança.

– O que Clay Verris contou a você sobre mim? – perguntou Brogan.

Júnior apertou os lábios, se recusando a responder.

– Tá, então deixa que *eu* falo *dele* – o velhote continuou. – Acontece que eu conheço o senhor Verris *muito* bem. Como foi que ele começou com você? Caçando? Passarinhos e coelhos, né? E aí, quando você fez doze anos, ele passou pros cervos.

Júnior se recusou a encarar Brogan, concentrado no esforço de manter sua expressão facial congelada em uma máscara de pedra. Mas não podia deixar de pensar que o homem conseguia vislumbrar algo nele – os olhos, talvez a postura ou mesmo a respiração – que lhe indicava estar certo.

– Chuto que você tinha uns dezenove ou vinte anos na primeira vez que ele mandou que atirasse em uma pessoa. Algo nisso tudo parece familiar? Ele também ensinou você a *se debruçar* sobre o próprio medo porque "você é um guerreiro abençoado com grandes dons para defender os mais fracos". Certo?

Júnior se forçou a permanecer imóvel e em silêncio, apesar da raiva crescente dentro dele.

– Mas ele não conseguia parar aquele ruído, né? – disse Brogan.
– Aquela parte secreta de você que sempre o fez se sentir um pouco
diferente de todas as outras pessoas. A parte que fez você se sentir
um esquisito.

– Você não sabe de *merda* nenhuma! – disparou Júnior, incapaz
de se segurar.

Brogan riu.

– Garoto, conheço você como a palma da minha mão. Você
é alérgico a abelhas, odeia coentro e sempre espirra quatro vezes seguidas.

– Todo o mundo odeia coentro – alegou Júnior, ponderando se
Brogan não sabia daquilo.

O velhote continuou falando.

– Você é meticuloso, detalhista, disciplinado, implacável. Você
ama quebra-cabeças. Você joga xadrez, não? E bem, também,
aposto. Mas você tem insônia. Sua mente nunca deixa você dormir
e, quando deixa, ataca você com pesadelos. Tô falando daqueles
pesadelos às três da manhã, do tipo pelo-amor-alguém-me-salva.

Júnior começou a desejar que o teto desmoronasse; qualquer
coisa que calasse o velhote.

– E aí também tem as dúvidas – Brogan continuou dizendo. –
Que são a pior parte. Você as odeia, e odeia você mesmo por tê-las,
porque fazem você se sentir fraco. Um soldado *de verdade* não tem
dúvidas, certo? A única hora em que você se sente realmente feliz
é quando tá deitado de barriga pra baixo, prestes a apertar o gatilho. E, nesse momento, o mundo parece fazer total sentido. Como
acha que sei isso tudo?

– Tô cagando pra como você sabe qualquer coisa – retrucou
Júnior, com desdém.

– Olha pra mim, imbecil! – gritou Brogan. – Olha pra *gente*!
Vinte e cinco anos atrás, seu dito pai pegou o *meu* sangue e me
clonou. Ele fez *você* de *mim*. Nosso DNA é idêntico.

— Ele tá falando a verdade — ratificou Danny, com a voz baixa e determinada.

— Cala a boca! — gritou Júnior. Os dois estavam doidões ou só falando merda? Todo o mundo sabia que Clay Verris o tinha adotado, não era nenhum grande segredo de Estado. Mas o que Henry mencionara sobre o DNA só podia ser um grande monte de bosta. Tinha que ser.

Exceto pelo fato de que explicava por que Brogan tinha o rosto igual ao seu.

Não, era loucura demais. Mesmo que parecessem iguais, aquilo *tinha* que ser loucura. Clonagem não era uma coisa real, não com humanos.

— Ele me escolheu porque sabia que nunca haveria alguém como eu — continuou Brogan —, e sabia que um dia eu ficaria velho e aí você entraria no jogo. Mas ele estava mentindo pra você o tempo todo. Ele disse que você era órfão. E, de todas as pessoas do mundo, por que mandaria você atrás de mim?

— Porque eu sou o *melhor* — informou Júnior.

— Ah, é? — Brogan o chocou colocando o cano da arma encostada em sua orelha. — Você obviamente *não* é o melhor. Pra começar, você é um cabeça-dura do cacete. Mas acho que supostamente era pra ser seu aniversário ou coisa assim. Eu tinha que morrer e você tinha que ser o responsável. Enquanto eu vivesse, o experimentozinho de Clay ficaria incompleto de algum modo. *Esse* é o maníaco pra quem você tá apertando o gatilho.

— Lava a sua boca pra falar dele — esbravejou Júnior, a raiva e a frustração se transformando em fúria. — Você só tá tentando me abalar.

— Eu tô tentando *salvar* você — respondeu Brogan. — Quantos anos você tem, vinte e três? E é virgem ainda, certo? Morrendo de vontade de entrar em um relacionamento e se conectar, mas aterrorizado com a ideia de alguém se aproximar de você, porque...

e se a pessoa vir quem você é de verdade? Se ela visse, como seriam capazes de amar você? Então, todas as outras pessoas são alvos, e você é apenas uma boa *arma*.

A psicanálise de merda enfim o empurrou para além do limite. Júnior agarrou o cano do fuzil de Brogan e o puxou em sua direção, com força. Brogan veio junto e Júnior acertou uma joelhada na virilha dele, fazendo-o largar a arma enquanto caía. Júnior tentou pegá-la, mas Brogan o surpreendeu chutando-a na direção de Zakarewski, então enfiou uma cotovelada na cabeça do garoto. Júnior se esparramou no chão sujo de pedra, fazendo um rolamento rápido para ver que Brogan tinha sacado sua faca comando; ele se ergueu com um salto e a chutou da mão de Brogan.

O golpe doeu, dava para ver no rosto dele. *Vai doer mais ainda*, prometeu Júnior, silenciosamente, enquanto baixava a cabeça e disparava na direção do outro como um jogador de futebol americano, atirando ambos contra uma parede de ossos.

O impacto ergueu nuvens de poeira que espiralaram pelo ar à medida que as prateleiras desmoronavam e ossos, que haviam permanecido intocados por centenas de anos, partiam-se em pedaços e voavam em todas as direções. Era o lugar perfeito para Brogan, pensou Júnior – enterrado sob uma montanha de ossos velhos e esquecidos. Ele empurrou o velho para o lado e sua mão repousou sobre um osso da coxa quebrado, que tinha uma extremidade pontiaguda. Júnior tentou enfiá-lo na garganta de Brogan, e descobriu que ele também havia encontrado um fêmur e tentava fazer a mesma coisa com ele.

Mais ossos se quebraram e se espalhavam enquanto lutava para se sentar sobre Brogan, tentando ficar em vantagem. Em determinadas vezes quase conseguiu, mas, antes que pudesse enfiar o osso quebrado na garganta do velhote, Brogan tirava forças sabe-se lá de onde e o atirava para longe, ou buscava a cabeça dele, ou prendia sua perna e a torcia, obrigando-o a desistir antes que o velhote quebrasse seu joelho. Júnior simplesmente não conseguia obter vantagem sobre ele. Mas pelo menos Brogan não estava conseguindo tirar vantagem dele, tampouco...

– Larga isso! – Zakarewski gritou abruptamente, mirando o fuzil em Júnior, que olhou para o rosto de Brogan, coberto de sujeira e poeira de ossos. O rosto de Brogan; o rosto *dele*. Não dava para negar o fato, de jeito nenhum.

– Larga isso! – Zakarewski gritou de novo, mais alto dessa vez. – Eu *vou* atirar em você!

– *Não atira nele*! – gritou Brogan.

Júnior a viu congelar. *Valeu, velhote*, pensou, com uma careta. Ela realmente *não* atiraria nele, não se Brogan lhe pedisse para não atirar. O rapaz torceu a mão esquerda para fora do aperto do velhote e o socou. Sob aquele ângulo, não tinha a alavanca suficiente para nocauteá-lo, mas a sensação do maxilar de Brogan torcendo para o lado lhe garantiu um momento de satisfação antes que o velhote o surpreendesse com um soco firme na garganta.

Ele caiu para longe de Brogan, rolou e se colocou de pé, esfregando o pescoço e tossindo. Zakarewski o tinha em uma mira limpa; ela poderia acabar com ele facilmente.

Só que ainda assim ela não conseguia – ele podia ver na expressão dela. Independentemente do quanto quisesse, ela simplesmente não era capaz de meter uma bala em alguém que parecia tanto com seu herói. Bom saber, ele pensou, ao passo que Brogan dirigia um ataque de jogador de futebol americano a ele.

Passou por sua mente, enquanto se chocavam contra outra parte da parede, que o ombro de velho de Brogan provavelmente não teria tanto músculo quanto o seu, mas parecia que ele era tão forte quanto e, porra, a parede de ossos era tão grossa que estavam abrindo um túnel nela com seus corpos.

Algum tipo de barreira se quebrou atrás dele e então todos os ossos e prateleiras já eram, tudo já era, até mesmo a poeira. De súbito, estavam caindo para longe e para baixo através de um vazio escuro e, antes mesmo de conseguir pensar no que poderia haver abaixo deles, os dois mergulharam na água, com a inércia empurrando-os mais para o fundo.

Filho da mãe – eles estavam em uma porra de uma *cisterna*.

E então o velhote começou a bater as pernas com toda a força, seus movimentos desesperados e transbordando pânico. Tá – aquele devia ser o problema especial de Brogan com a água; ele morria de medo dela. Júnior sorriu, triunfante. Que belo golpe de sorte – era como se o próprio Destino quisesse Henry Brogan morto.

IN

Quebrar uma parede de ossos e voar através do vazio pegou Henry totalmente de surpresa. Ele mal tivera tempo de averiguar informações sobre as catacumbas, e a maior parte do que conseguira ver pelo celular estava em húngaro.

Não fazia ideia do quão longa a queda seria, ou o que os estaria esperando lá no fundo, mas fez o melhor que pôde para manter o Matador Júnior embaixo de si. Aterrissar sobre ele lhe daria uma chance melhor de sobreviver ao impacto – melhor que a do Matador Júnior, pelo menos.

Exceto pelo fato de que não houve impacto, e eles caíam para sempre.

O pensamento foi fugaz: chegou e foi embora em uma breve fração de segundos, e aquilo era ridículo, puro nonsense. Por outro lado, tinha acabado de quebrar uma parede de ossos no meio da noite lutando mano a mano com seu clone. A barrinha do estranho e absurdo estava mais cheia do que jamais estivera. Mas a possibilidade de aterrissar na água jamais lhe ocorrera.

Todo o pensamento cessou enquanto chacoalhava loucamente os braços e as pernas, tentando emergir até a superfície. Mas, dessa vez, o peso nas pernas não era só absurdo de tão pesado; ele estava vivo e lutando com vigor contra ele, tentando puxá-lo para as profundezas escuras. O sonho não era daquele jeito – os pesos eram sempre objetos inanimados.

O que significava que a experiência não era um sonho. Também não era o inferno – se fosse, o pai estaria lá rindo dele e lhe falando para *se concentrar*, caramba, isso é *fácil*. Não, ele estava acordado e vivo, e, se quisesse continuar assim, teria que *sair da porra da água* NAQUELE INSTANTE.

Henry finalmente se livrou das mãos que o puxavam para baixo e se empurrou para cima. Quando enfim apareceu na superfície, teve um vislumbre de Danny lá em cima, segurando um sinalizador enquanto espiava pelo buraco que ele e Júnior haviam aberto na Câmara de Quartzo. Ele estava prestes a chamá-la quando o moleque surgiu da água e se projetou para cima dele, na tentativa de afundá-lo.

Em vez de resistir, deixou o clone empurrá-lo para baixo com uma força que acabou o jogando para longe. Henry escapou dele e emergiu de novo, procurando um jeito de sair da água. À sua esquerda, avistou uma borda quebrada, os resquícios de um piso ou plataforma. Quando começou a nadar naquela direção, as mãos do Matador Júnior agarraram seu ombro por trás, firmes.

Henry arremeteu a cabeça para trás com força, acertando o clone no rosto e sorrindo quando o moleque gritou de dor e de surpresa. Mantendo-se acima da superfície, virou e deparou com o clone vindo em sua direção com o nariz sangrando profusamente e um fêmur quebrado na mão.

Como *caralhos* ele tinha conseguido agarrar aquilo, se questionou enquanto o clone buscava atingi-lo. Henry ergueu as mãos como se fosse tentar empurrá-lo para longe, então deixou o clone chegar perto o bastante para outra cabeçada violenta antes de nadar até a plataforma.

Ele não gritou dessa vez, mas Henry soube que o golpe devia ter doído muito mais. Suas roupas pesavam à medida que se puxava rumo à plataforma e rolava sobre as costas, sem ar. Algo em seu pescoço ardia; Henry tocou o ponto em questão e seus dedos voltaram ensanguentados. Então, do nada o moleque estava ali com ele, pulando da água para a plataforma aparentemente sem esforço algum.

Henry jogou um braço contra o rosto dele. O clone o rebateu com facilidade e o atacou. O nariz ainda sangrava copiosamente, mas ele nem parecia ligar quando colocou as duas mãos ao redor do pescoço de Henry e apertou.

Henry tentou empurrar as mãos do garoto para longe, brigando para respirar, mas já estava sem ar. Manchas pretas começaram a aparecer em sua visão, e a luz do sinalizador de Danny começou a sumir. Henry agarrou os braços e pulsos do clone, mas era como empurrar barras de aço. Que inferno, em vez de se afogar, ele iria sufocar *do lado de fora* da água como a merda de um peixe. Henry notou vagamente o barulho de um objeto caindo na água, mas estava ocupado demais perdendo a consciência para pensar a respeito.

– Tira as mãos dele! – gritou Danny, de algum lugar à direita de Henry. Ele sentiu as mãos de Júnior soltarem o aperto, mas só por um momento antes que começasse a apertar de novo.

E então, impossivelmente, houve um tiro. Mais impossivelmente ainda, Júnior caiu de cima de Henry.

O ar adentrou nos pulmões de Henry em um arquejo torturante e ruidoso. Podia ouvir o clone ofegando ante o choque e a dor, como se nunca tivesse sido baleado antes. Henry conseguiu se apoiar sobre um cotovelo e viu Danny se deslocando pela água enquanto mirava a Glock na direção do clone.

A mulher podia nadar *e* atirar com uma Glock, maravilhou-se Henry. Se essa habilidade fosse típica dos agentes da DIA no futuro, Henry estava se aposentando no momento certo.

O clone a encarava também, abismado e indignado. Henry meio que esperava que ele gritasse algo como "não é justo, isto é trapaça!", e então se jogasse sobre ela. Mas ele não o fez. Seu nariz não sangrava tanto quanto antes, mas Henry percebeu que havia muito mais sangue na camiseta do rapaz.

Danny avançou pela água até ficar bem ao lado de Henry. Com a mão livre, usou a plataforma para se apoiar e mirou no garoto de novo. Exigiu um esforço físico tremendo, mas Henry estendeu a mão e de alguma forma encontrou forças para empurrar a arma dela para baixo.

Danny o encarou com olhos arregalados, e ele soube que a agente se questionava por que a impedira depois de finalmente conseguir atirar nele.

O Matador Júnior parecia ainda mais chocado.

— Eu não sou *você*! — gritou, subitamente, seu rosto se contorcendo de raiva e dor. — Está me ouvindo, velhote? *Eu não sou você!* — Ele rolou da plataforma para a água.

Com rapidez, Danny se içou para fora da água perto de Henry enquanto ele espiava para dentro da penumbra, esperando ouvir o barulho do moleque subindo para respirar. Por um bom tempo não ouviu nada, o que o fez se perguntar se o tiro havia enfraquecido tanto Júnior que havia se afogado. Havia algo terrivelmente perverso na situação.

Finalmente, ouviu o som baixo de alguém emergindo em certo ponto, bem longe. Ele fitou Danny, que concordou com a cabeça; ela também ouvira. A piscina, ou o que quer que fosse aquilo, era bem maior do que imaginara. E a água era corrente, o que significava que conduziria a algum lugar.

— Acha que ele foi embora? — indagou Henry, depois de um tempinho. Seu peito estava apertado e cada músculo do pescoço estava destruído; doía até para engolir.

— Acho que sim — respondeu Danny.

— Onde o tiro pegou?

— No ombro. — A voz de Danny era calma e equilibrada.

— Então ele vai se recuperar — concluiu Henry, encarando a água. Ele meio que esperava que uma nova ameaça logo brotasse na superfície dela. *Bem quando você acha que está a salvo do seu clone nas catacumbas*. Caramba, ele estava mesmo doidão por causa da falta de oxigênio.

Danny tocou o pescoço dele.

— Mantém a pressão aí em cima e espere aqui — pediu ela, se levantando. Vou ver se a gente consegue sair da cisterna sem ter que subir de novo pras catacumbas.

— Isso é uma *cisterna*? — perguntou Henry, horrorizado.

— Bom, uma piscina coberta é que não é — disse Danny, com um risinho sombrio. — Depois que a gente encontrar a saída, posso chamar o Barão pra vir buscar a gente.

Henry estava abismado.

— Você tem um telefone à prova d'água?

— Não. Tenho um telefone normal em uma proteção à prova d'água — explicou ela, por sobre o ombro, desaparecendo para dentro da escuridão enquanto Henry se perguntava como ela havia passado a perna *daquele jeito* em Júnior.

▌▌

Barão esperara quase vinte minutos em um beco junto a uma entrada de serviço desativada que levava até as catacumbas antes que Henry e Danny aparecessem. Henry tinha um braço sobre os ombros dela, apoiado como um soldado ferido. Já seria curioso o suficiente, mas o que tornava a cena genuinamente esquisita era o fato de que estavam ambos *molhados*. Ele mal podia esperar para ouvir *aquela* história.

— Não é sempre que você vê um cara levar porrada em *dois* continentes consecutivamente. Sobe aí! — Ele abriu a porta do lado do passageiro. Henry se esparramou no assento de trás enquanto Danny pegava a arma. Barão fechou a porta para Henry, então se apressou até a parte dianteira do carro visando saltar para o banco do passageiro. — Pra onde?

Por algum motivo, Danny achou aquilo engraçado; Henry não.

– Geórgia – disse ele, cansado. – É onde Verris está.

N

Dessa vez, estavam voando para longe do dia sucessivo, perseguindo a noite em direção ao oeste enquanto o relógio corria para trás. Barão não cantava, o que fazia Danny sentir falta disso, enquanto Henry resistia às tentativas dela de prestar um atendimento de primeiros socorros.

Ele não tinha muitos machucados novos, mas a agente estava preocupada com o corte no pescoço. Não era assim tão profundo, mas tinha sido infligido com a extremidade quebrada de um osso muito velho e muito sujo em uma cisterna, e essa descrição equivalia a um alto risco de infecção. Henry havia finalmente deixado que ela esterilizasse o ferimento e fizesse um curativo nele. Mas toda vez que ela tentava conferir se não estava inflamado, ele a dispensava.

– Advil? – ofereceu ela, mostrando a embalagem.

Ele deu de ombros. Ela lhe ofereceu dois comprimidos; ele ergueu quatro dedos, então ela entregou mais dois. A regra básica de quando se estava em batalha era que o fato de dobrar a dose dos remédios que não exigiam receita os fazia assumir o efeito de remédios com prescrição. Mas outra regra básica determinava que isso era só um remendo, e que você deveria deixar o campo de batalha o mais rápido possível. Danny não sabia em quem tais regras básicas eram baseadas, mas tinha quase certeza de que não eram em Henry. Ele mandou as quatro pílulas para dentro e as engoliu com uísque. Bom, pelo menos álcool era um desinfetante, pensou ela, e talvez suas propriedades depressivas o colocassem para dormir.

– Tenta descansar um pouco – aconselhou Danny.

Henry não respondeu. Ela hesitou, então decidiu obedecer ao próprio conselho no assento ao lado dele.

CAPÍTULO 18

Clay Verris estava em seu escritório assistindo aos resultados de vários exercícios da madrugada quando a guarda no térreo ligou para informar que Júnior estava a caminho, com sangue nos olhos. Ela também adiantou ao comandante que o filho tinha um ferimento a bala no ombro, embora não parecesse grave.

Verris agradeceu à guarda e fez uma nota mental para colocar uma avaliação positiva no relatório de performance que constava na ficha dela. Ele não gostava de ser perturbado enquanto monitorava os exercícios, a menos que fosse importante. Um guarda menos perceptivo poderia ter concluído que não fazia sentido interrompê-lo para dizer que ele seria interrompido; felizmente, aquela guarda sabia que Júnior *sempre* tinha a prioridade.

Júnior não tinha saído de sua cabeça desde o último embate com Henry Brogan. Verris sabia muito bem que não seria fácil eliminar Brogan, mas ficara surpreso quando o garoto lhe telefonara de Cartagena para informar que o alvo havia escapado.

Então, mais uma vez, a missão terminara de maneira precipitada. Brogan precisava ser neutralizado o quanto antes, e não havia muito tempo para que o garoto o estudasse, assistisse às gravações, se acostumasse com os movimentos dele. Não que Verris de fato quisesse que Júnior olhasse muito de perto, a ponto de reconhecê-lo àquela altura – não enquanto não estivesse pronto para saber a verdade sobre sua identidade.

Originalmente, o plano de Verris era abrir o jogo com Júnior em seu aniversário de vinte e um anos. Mas, quando o dia chegou, ele ainda era novo *demais*. Não era educação e treinamento que faltavam a ele, entendeu Verris, mas experiência.

Educação sempre fora importante na família de Verris. Seu pai sempre dissera que treinamento sem educação significava desperdício de matéria-prima humana. Durante o tempo de fuzileiro naval de Verris, ele tinha constatado o quanto aquilo era verdade. O problema, contudo, não era tanto a matéria-prima humana envolvida, mas sim quem estava no comando. A maior parte dessas pessoas encarava os soldados como um item que deveria ser fornecido e reposto, apenas mais um consumível militar: bucha de canhão. Aquilo sim era desperdício de matéria-prima humana! Deviam estar produzindo *guerreiros*, não carne fresca para açougues como o Vietná ou o Iraque.

Muito tempo antes, Verris concluíra que, assim como a guerra e outros conflitos apresentavam múltiplas facetas, também havia diferentes tipos de guerreiro. Júnior era o guerreiro que Henry Brogan poderia ter sido se tivesse recebido a educação e a orientação corretas, enquanto o pessoal que observava naquela noite era de outro tipo completamente diferente. Quando chegassem ao Iêmen, o mundo todo ficaria atento, em especial os Estados Unidos. Eles veriam que os guerreiros do Gemini eram o futuro novo e melhorado da matéria-prima dos militares, inclusive as mulheres; especialmente as mulheres.

Ele jamais teria sido capaz de conquistar tal objetivo na Marinha, independentemente do quanto galgasse as patentes. Se tivesse permanecido na corporação, eles só o teriam limitado. Então, havia se desligado e começado o Gemini. Ele presumira que Henry com certeza iria querer fazer parte do projeto – o setor privado tinha muito mais a oferecer, começando com um pagamento melhor. Mas Henry escolhera ficar com o trabalho para o governo e deixou que a DIA o recrutasse. Ele sempre teve aquele lance de servir ao país. Era comprometido com o ideal e Verris não havia percebido quanto o comprometimento era forte; Henry nunca tinha agido como um robô que balançava bandeirinhas.

Aquilo não fazia sentido, até Verris considerar que era o tipo de coisa que acontecia quando crianças cresciam sem um pai. Elas tinham que arrumar uma substituição para ocupar esse lugar, e no caso de Henry fora o país. Admirável? Talvez, mas isso significava que Henry jamais seria capaz de alcançar todo o seu potencial. Dada toda a conjuntura, ainda tinha se virado muito bem, superando seu passado carente e se tornando alguém.

Ainda assim, Verris não conseguia deixar de imaginar como Henry teria alcançado muito mais se tivesse obtido o cuidado e o acompanhamento de um pai. Verris prometera a si mesmo que, se um dia fosse pai, estaria presente na vida dos filhos vinte e quatro horas por dia, sete dias por semana.

Conforme o tempo passou, Verris se deu conta de que não iria formar um núcleo familiar convencional. Se quisesse ser pai, teria que adotar uma criança. Não via problema algum na ideia, mas pareciam existir poucos recém-nascidos disponíveis, e a tendência das agências de adoção era preferir famílias com ambos os pais, não uma constituída por um ex-militar que não podia falar o que fazia da vida por ser assunto confidencial.

Então, ouvira falar do trabalho de Dormov, e logo de cara soubera que seria daquele jeito que realizaria seu maior sonho: daria a Henry Brogan uma segunda chance. Ele poderia criá-lo do jeito certo, transformá-lo no guerreiro que deveria ter sido. Ele o treinaria para melhorar seus pontos fortes de maneira a não ser abalado pelos danos psicológicos de uma infância e adolescência vivendo na miséria e sem um pai.

Henry Brogan 2.0 – só os prós dele, nada dos contras.

O caminho não fora completamente tranquilo. Mas Júnior rapidamente se tornava o guerreiro que Henry jamais seria; o garoto alcançaria a perfeição que Henry jamais tivera a oportunidade de alcançar.

Verris queria muito contar a verdade a Júnior, mas o garoto ainda não estava pronto. Júnior era educado e treinado, era um guerreiro. O problema era: ainda havia muito de adolescente nele.

Os psicólogos do Gemini haviam dito que Verris precisava ter paciência. Cada pessoa amadurecia em um ritmo diferente, e em geral os machos das espécies eram um pouco atrasados em relação às fêmeas. Verris teria que esperar para ver, foi o que lhe disseram; teria que dançar conforme a música.

E assim ele fez, mas Júnior ainda não estava pronto aos vinte e três, e Verris não tinha a menor noção do que havia de errado. Não deveria existir nada o segurando. Por fim, Verris entendeu que a solução estava bem debaixo de seu nariz o tempo todo: Henry Brogan.

Júnior nunca desabrocharia enquanto Brogan vivesse.

Era tão óbvio que deveria ter notado muito antes, refletia Verris. Mas não era simplesmente o fato de que Henry precisava morrer – *Júnior* teria que ser o executor. Só então Júnior seria capaz de ocupar seu lugar de direito no mundo como quem e como o que era.

Então, ele seria perfeito.

Henry Brogan tinha problemas e era cheio de falhas. Júnior era uma versão nova, aprimorada e, o melhor de tudo, era filho de Verris. E Verris continuaria garantindo que Júnior soubesse que tinha um pai disponível a qualquer instante. Aquilo faria com que ele *continuasse* perfeito.

IN

Outro soldado teria parado na enfermaria para que seu ferimento a bala fosse examinado e limpado antes de se reportar, mas não Júnior. Ele saberia que Verris já teria sido informado sobre sua segunda falha em lograr a missão; ele não esperaria para dar explicações por si próprio.

Júnior também não bateu à porta, para a irritação de Verris, que interrompeu a transmissão e tirou o som do acompanhamento do exercício. Ele lhes estava assistindo por tempo suficiente para ter uma boa noção de como procederiam. Se determinado evento corresse muito errado, ele saberia.

Mas, meu Deus, a guarda no lobby tinha razão – Júnior estava acabado. Parecia que tinha ido nadar vestido, e depois dormira com as roupas enquanto secavam.

Verris esperou que Júnior se pronunciasse, mas o filho se limitou a ficar parado diante da mesa, encarando-o. Finalmente, se inclinou na cadeira.

– Diz uma coisa pra mim – disse o pai, olhando diretamente dentro dos olhos do filho. – Por que é tão difícil pra você matar esse hom...

– Sabe o quanto eu *odeio* o parque de Big Hammock, pai? – perguntou Júnior.

Alarmes dispararam na mente de Verris. Nunca era um bom sinal quando Júnior começava uma conversa com algo que odiava. A junção bizarra de seu aniversário com a segunda falha em cumprir a missão significava que o garoto se deixara distrair por porcarias irrelevantes. Verris estava tentado a lhe dar um tapa seco e forte no rosto, tal qual se batia em um rádio sem sinal. Mas um bom pai *nunca* batia na cabeça do filho, não fora do campo de treinamento.

Talvez fosse uma tentativa infantil de desviar a atenção de sua falha, ou mesmo negar a própria responsabilidade: *Falhei em matar Henry Brogan porque você me força a ir ao parque de Big Hammock no meu aniversário.*

Júnior já era grandinho para tais atitudes, mas nunca dava para saber o que se passava com gente jovem. O que quer que estivesse acontecendo com ele, Verris sabia que teria que avançar um passo por vez e ver até onde aquilo levaria.

– Desculpa, não entendi – disse Clay, com o cuidado de manter a neutralidade em seu tom.

– Todo ano, desde que eu tinha doze anos, a gente ia caçar perus no dia do meu aniversário. Sempre odiei isso. Tipo, eu era um *órfão*, certo? Como a gente *sabia* quando era meu aniversário? Mas você nunca pareceu perceber o que eu sentia, então a gente continuava indo pra lá.

Pelo menos ele não tinha chorado de dó dos perus, pensou Verris. Havia criado Júnior com a ideia de que aqueles que eram incapazes de matar seu alimento eram fracos demais para lutar pela própria vida ou pela vida de outros. Mas o garoto não estava falando coisa com coisa e, se não começasse a fazer sentido logo, ele teria que acionar os psiquiatras.

Em voz alta, Verris respondeu:

– Tá bom. Ano que vem a gente experimenta ir comer no Chuck E. Cheese's.

– Ah, é? – Júnior inclinou a cabeça para um lado. – E quem é "a gente"? Eu, você e o cara do laboratório que me fez?

Verris manteve a expressão neutra, embora se sentisse como se tivesse tomado um soco na cara.

– Ah.

Ele sabia que, apesar de todos os esforços para proteger Júnior da verdade, sempre houvera a possibilidade de ele descobrir justamente a questão para a qual ainda não estava pronto. Mas Verris sempre achara que, se aquilo acontecesse, seria no complexo do Gemini, onde ele seria capaz de gerenciar a reação do filho pelo menos em algum nível (e também de saber qual língua deveria cortar fora).

Ao longo dos anos, Verris supervisionara a vida de Júnior tão bem quanto conseguia, restringindo seu contato com os demais funcionários. Tinha funcionado muito bem durante a infância e a adolescência de Júnior, que era quando até as melhores crianças ficavam rebeldes e indiferentes. Mas não se provara uma tarefa tão fácil com um adulto, mesmo um condicionado a seguir ordens e a não fazer muitas perguntas irrelevantes. Os outros soldados tendiam a manter distância do filho do chefe de operações, o que ajudava a diminuir a quantidade geral de rumores, fofoca e disse--que-me-disse ao alcance de Júnior.

Aquilo nem sempre era fácil para o garoto. Às vezes, Verris o pegava encarando um grupo de soldados que saíam para beber juntos depois de um exercício. Sempre que uma situação assim acontecia, ele atraía a atenção de Júnior de um jeito mais adequado às suas habilidades e capacidades intelectuais e físicas, e logo o garoto parecia se esquecer de bobagens triviais, como colegas de bar. Protegê-lo até que estivesse pronto para saber a verdade era mais importante do que qualquer outra coisa.

De tempos em tempos, porém, Verris se perguntava se deveria ter contado tudo a Júnior tão logo ele tivesse idade suficiente para assimilar noções básicas de biologia. Talvez, se tivesse crescido ciente de sua identidade, passaria a considerá-la normal e sofreria muito menos depois.

Ou talvez Júnior simplesmente encontrasse outra razão para uma crise existencial. A garotada era boa naquilo.

Mas seus devaneios eram irrelevantes, porque seu filho estava ali, diante da mesa dele, encarando-o, à espera de uma explicação.

— Eu, ahm... sempre achei que você seria mais feliz se não soubesse – justificou Verris, enfim.

– *Feliz?!* – Júnior soltou uma risada curta e seca. – A única hora em que me sinto feliz é quando tô deitado de barriga pra baixo, prestes a apertar o gatilho.

O alarme que disparou na cabeça de Verris soou mais alto dessa vez. Ele tinha ouvido aquelas exatas palavras antes, mas não de Júnior, e nem ferrando era uma coincidência. A realidade era pior do que ele imaginava. Júnior não só tinha falhado em matar Henry Brogan de novo como Henry descobrira de alguma forma sobre o programa de Dormov e usara a informação para mexer com a cabeça de Júnior. Verris não sabia o que era mais perturbador: Henry descobrir sobre o programa ou ter encurralado Júnior por tempo suficiente para contá-lo. E como caralhos tinha descoberto aquilo, para começo de conversa…?

Budapeste. O rato russo, Yuri, amigo de Jack Willis.

Porra, pensou Verris; se tivesse ordenado um ataque aéreo no iate de Willis enquanto ele e Brogan choravam as pitangas como garotinhas, aquela circunstância toda poderia ter sido evitada. Nunca teria que contar a Júnior que ele era um clone, e aquele rito de passagem não seria necessário.

Não.

Teria sido mais fácil, mas havia algo mais a se considerar: a simetria de Júnior superando Henry ao chutar a medalhinha dele. Era tão bonito, tão elegante, tão perfeito. E Brogan não merecia nada menos. A arrogância daquele desgraçado metido, fazendo de conta que era um matador-com-bom-coração, recusando-se a trabalhar com ele no Gemini, como se fosse melhor do que seu antigo chefe de operações. Como se fosse bom demais para o Gemini.

Brogan devia ter entrado em choque quando descobriu sobre Júnior. Havia recusado o convite de Verris, que o tinha conseguido mesmo assim. E não apenas isso; ele tinha *criado* Júnior para trabalhar ali; na realidade o tinha *produzido* para essa finalidade. Se existia alguém bom demais para alguma coisa, esse alguém era Júnior.

Ele era bom demais para a DIA ou para qualquer outra agência governamental de merda.

– Tipo, não foi um *erro*. – Júnior enfiou os dois punhos fechados sobre a mesa e se inclinou para a frente. – Não é como se você tivesse engravidado alguém e depois tivesse tido que virar homem pra me criar. Não, você tomou uma *decisão*. Você fez um cientista criar uma *pessoa* a partir de outra *pessoa*.

– Não, *não* foi isso que…

– Foi *exatamente* o que aconteceu. – Ele se endireitou e observou a si mesmo, espalmando o peito e o abdômen, como se tentasse sentir o quanto era substancial. – E por que, de todos os atiradores no mundo, você tinha que *me* mandar atrás dele?

– Porque ele é seu lado sombrio – respondeu Verris. – Você tinha que superar isso sozinho.

Júnior o encarou.

– Talvez *você* seja meu lado sombrio.

Deus do céu, pensou Verris enquanto sentia um nó se formando no estômago.

– Aquela mentira que você sempre me contou, sobre como meus "pais" teriam me deixado em uma estação dos bombeiros. Eu *acreditei* naquilo. Você sabe como aquilo fazia eu me sentir?

– Foi uma mentira necessária – explicou Verris.

– *Nada* disso era necessário. Você *escolheu* fazer isso tudo comigo! – Júnior fez uma pausa, parecendo perdido e triste. – Você não consegue enxergar como eu *não tô bem*?

Verris estava farto daquilo.

– Bobagem.

Júnior ficou olhando para ele, abismado. O garoto não esperava tal resposta.

– Não se esqueça da pessoa com quem você tá falando, Júnior – continuou Verris, enquanto o garoto ainda estava abalado. – Eu estive no campo de batalha! Vi soldados colapsarem porque exigiam mais deles e eles tinham que ceder. Prometi a mim mesmo que *nunca* deixaria uma coisa dessas acontecer com meu filho, que *nunca* deixaria *nada* na vida extirpar a força e o espírito do meu filho e o deixar abandonado. E nada vai! Você não é esse tipo de pessoa, e *nunca* vai ser; fiz questão de garantir isso. Porque você tem o que Henry Brogan jamais teve: um pai amoroso, dedicado e *presente* que diz todos os dias pra você como você é amado, como você é importante! Meu Deus, garoto, a questão toda é dar a você todas as vantagens de Henry sem nenhuma das desvantagens; todos os dons sem as dores! E foi o que eu fiz!

O nó no estômago de Verris se soltou quando o rosto de Júnior migrou de uma expressão de desprezo e acusação para uma pensativa. Ele sempre fora capaz de conversar com o garoto e amolecê--lo, e graças a Deus ainda era capaz disso. Verris se levantou e deu uma volta ao redor da mesa.

— Vem cá — chamou ele. Júnior obedeceu e ele tomou o filho nos braços. Ele era um pai bom, amoroso e presente, sempre disposto a aconselhar, transmitir sua sabedoria e confortar.

— Eu amo você, meu filho — disse a Júnior, abraçando-o mais forte. — Não se deixe abater.

Ⲛ

Nas bordas de um campo de pouso remoto a quilômetros do complexo do Gemini, Henry e Danny esperavam enquanto Barão se despedia do Gulfstream. Dizer adeus era um dos rituais de Barão. Havia dito a Henry certa vez que sempre tentava partir estando de bem com o avião em que voara. *Porque, se a gente se encontrar de novo*, explicara Barão, *e calhar de ser uma situação de vida ou morte, quero ter certeza de ser bem-vindo na cabine do piloto.*

Henry tinha sorrido e concordado educadamente. Pilotos eram gente supersticiosa. Todos tinham os próprios rituais pessoais.

Até mesmo Chuck Yeager[11] tinha uma rotina de boa sorte na qual pedia um chiclete para mascar a algum funcionário em solo. Qualquer coisa que deixasse Barão feliz e confiante estava ótimo para Henry. (E, só para garantir, ele não tinha mencionado o espelho quebrado no prédio abandonado.)

— Como muitos dos meus encontros, o nosso foi breve e doce. — Barão soprou um beijo na direção do nariz do Gulfstream. — Obrigado, meu amor. Não importa o que acontecer depois daqui, a gente *sempre* vai ter Budapeste.

Danny riu um pouco, mas Henry sentiu um arrepio esquisito; breve, mas intenso o suficiente para arrepiar os pelos do braço. *Um anjo passou por mim*, a mãe dele contava quando aquilo acontecia com ela. Isso o abalou. Talvez estivesse *mesmo* ficando supersticioso depois de velho. Ou talvez estivesse entrando em uma segunda infância e logo começaria a pisar só na parte branca da calçada.

— E agora? — perguntou Barão, quando se juntou a ele e Danny.

— Bom, a gente não pode ficar exposto — disse Henry —, e precisamos de algum meio de transporte terrestre.

— Tenho certeza de que tem um caminhão por aqui em algum canto — disse Barão. — Nunca vi um campo de pouso sem um.

— Quando a gente estava aterrissando, vi um em um celeiro aberto por ali, logo além da linha das árvores. — Henry apontou para o outro lado da pista. — A gente pode se abrigar lá um pouco enquanto pensa nos próximos passos.

Ele devia estar mais do que cansado, Henry pensou enquanto os três cruzavam o campo de pouso juntos, mas de algum modo não estava. Era como se estivesse usando uma reserva de energia que nem sabia existir até aquele instante. Ou talvez fossem os

---

11   Charles "Chuck" Yeager foi um célebre piloto dos Estados Unidos, conhecido por ser a primeira pessoa a quebrar a barreira do som. (N. T.)

resquícios da adrenalina. O que quer que o estivesse mantendo em pé, estava grato por tê-lo. De outra maneira, cairia morto.

E, assim que chegaram ao celeiro, foi o que aconteceu.

IN

Como fuzileiro naval, Henry aprendera a superar o ritmo circadiano e funcionar sempre que precisasse, de dia ou de noite. Mas, por preferência pessoal, era uma coruja. Como todas as crianças, amava ficar acordado até mais tarde, mas Henry tinha uma afinidade especial com a noite. A noite era sempre a hora certa – coisas legais que aconteciam à noite nunca aconteciam de dia, e várias coisas diurnas sumiam quando o sol se punha, como a escola, as tarefas domésticas, as abelhas que tentavam matá-lo.

Infelizmente, havia outras maneiras de levar uma picada.

Assim que Henry sentiu o dardo no pescoço, saltou no lugar, mas já era tarde demais. Sabia do que se tratava e quem o tinha feito. Era sua própria culpa – tinha aberto a boca grande em Budapeste e contado ao garoto como matá-lo.

Bom, o arrependimento permaneceria consigo pelo resto da vida, que provavelmente duraria mais uns dois minutos antes de a garganta se fechar. A menos que a pressão sanguínea caísse rápido – nesse caso, ele pularia a parte de sufocar e iria direto para o infarto.

Mal percebeu quando atingiu o chão. Barão e Danny falavam num ritmo frenético, Barão dizendo algo sobre uma caneta de adrenalina EpiPen e Danny respondendo que aquela não era a mochila de fuga original dele. As mãos de ambos bateram rapidamente por seu corpo à procura de uma EpiPen que Henry pudesse estar carregando consigo, mas a sensação era a de que estavam muito longe, mudos e abafados, e as vozes pareciam estar se distanciando dele.

Henry rolou sobre um dos lados. A versão mais jovem de si marchava para fora das sombras, com a pistola erguida. À esquerda dele, viu Danny se ajoelhar para coletar algo: o dardo.

– Não se mexe! – Matador Júnior disse alto.

Danny ergueu o dardo.

– O que tem nisso aqui? – exigiu ela, tão alto quanto.

– Veneno de abelha – respondeu o clone.

Mesmo em seu estado de semiconsciência, Henry não conseguiu não pensar em como a solução fora esperta. Um dardo era como uma abelha silenciosa – ele não podia derrubá-lo em pleno voo com um boné. Nem mesmo com um boné dos Phillies.

– Você não pode fazer isso! Ele é alérgico! – Danny deu um passo adiante e o clone atirou; dois tiros rápidos, um diante dos pés dela e outro diante dos pés de Barão. Fez de propósito, como um aviso para que não saíssem do lugar.

A visão de Henry começou a escurecer conforme ficava mais difícil respirar. Aparentemente, ele ia mesmo sufocar. Não tão performático como seria ser assassinado com uma moto, mas mais eficaz. Uma vez que começasse, não haveria como lutar contra, atirar na ameaça ou fugir. A menos que alguém interrompesse o choque com uma EpiPen, a cena continuaria até chegar em sua consequência inevitável. O fim. *Game over*.

As manchas escuras na visão se espalhavam enquanto Júnior o olhava de cima. Cacete, o moleque era *exatamente* como ele aos vinte e três anos – não só o rosto, mas também a postura, o jeito como segurava a arma. Henry reconheceu até a mistura de emoções que tomara o rosto de Júnior enquanto observava o alvo morrendo. Clay Verris tinha literalmente o tornado seu próprio pior inimigo. Aquilo era errado em muitos níveis.

Seu pensamento se anuviou quando novos sentimentos tomaram conta dele – uma sensação de perda, de ficar sem amarras, como um barco que era solto de uma doca e começava a flutuar para longe, só que o movimento era para cima.

É isso, então, pensou Henry. Ele estava indo à toda na direção de seu último voo, aquele que não requeria avião. Júnior enfim voltaria para casa e contaria ao papai que tinha acabado com seu eu mais velho.

À distância, Danny dizia: *Por favor,* por favor *não faz isso!* Barão gritava: *Respira, Henry, respira!* Seu velho amigo não sabia que ele já pegava uma corrente ascendente de vento.

Então, alguém o golpeou no braço.

A dor o puxou de volta às margens da consciência. A sensação de flutuar foi embora; ele sentiu o chão duro debaixo dele de novo. Podia respirar mais facilmente agora. Abrir os olhos exigia um esforço tremendo, mas, quando enfim forçou as pálpebras, viu um rosto sobre ele, tão próximo que ocupava a visão inteira. Seu próprio rosto, só que mais novo.

– Epinefrina – disse seu próprio rosto mais novo, com sua própria voz. – E anti-histamina. – Henry sentiu mais uma dor aguda. – Você vai ficar bem.

A respiração de Henry estava quase normal agora. À sua esquerda, Danny chorava de alívio. Ele queria dizer a ela que não chorasse, que não tinha aquilo de chorar no ramo do assassinato, nem mesmo quando alguém estava tentando matar você. Você tinha que engolir, aguentar o tranco, passar por cima. Mas, quando virou a cabeça para o outro lado, notou que o rosto de Barão também estava úmido.

– Ei – disse a Barão.

Barão fez um gesto na direção de Danny.

– Culpa dela.

Danny sorriu por entre as lágrimas enquanto ela e Barão o ajudavam a se erguer. Uns metros adiante, Júnior estava sentado no chão diante dele, as pernas longas dobradas. Henry teve um momento de inveja; sua própria flexibilidade não era mais como costumava ser. Mas ainda estava vivo, graças ao ataque de consciência súbito de seu clone. O garoto parecia um homem que tinha acabado de acordar de um sonho e se encontrado em um lugar desconhecido – estava incerto, desnorteado e perdido. Henry se identificou.

– Desculpa – o Matador Júnior disse depois de um tempo, e Henry soube que ele não estava se desculpando só por tentar matá-lo. Ele estava se desculpando por ser um clone e não saber daquilo, porque o mundo tinha caído sobre sua cabeça, por coisas que mal sabia articular ainda. Henry já tinha visto a expressão antes, no espelho.

– Tá tudo bem – confortou-o Henry. – Essa merda toda foi bem difícil de aceitar.

O garoto o fitou, desconfiado.

– Quer dizer que você veio me matar com veneno de abelha – continuou Henry. – Mas também trouxe o antídoto com você?

O clone encolheu os ombros, desajeitado.

– Você disse que era alérgico; pensei que eu podia ser também, e que devia começar a andar com uma EpiPen, só por desencargo de consciência.

– Você decidiu isso quando, hoje à noite?

Outro encolher de ombros esquisito.

– Pessoal, odeio acabar com a ceninha bonita – disse Barão. – Mas como caralhos você sempre sabe *onde* a gente tá?

Seu eu mais jovem hesitou.

– Você confia em mim? – perguntou para Henry.

A questão provocou uma risada incrédula em Henry.

– Caramba… Você é mesmo corajoso, hein?

– Pois é, de onde será que ele tirou isso? – comentou Danny, entretida.

O clone sacou uma faca de combate de uma bainha no tornozelo e a ergueu em uma dúvida silenciosa.

Henry concordou com a cabeça. Ele *confiava* no garoto. Por mais estranho que parecesse, sentia como se sempre tivesse confiado nele.

O Matador Júnior se ajoelhou, pegou o bíceps esquerdo de Henry e pressionou a faca em um ponto alguns centímetros abaixo da curva do ombro.

— Meu Deus! — exclamou Danny, inquieta; até Barão prendeu a respiração. Henry ficou parado. Não fazia cócegas, mas não era a cirurgia improvisada de campo de batalha mais dolorosa pela qual já passara. Não era nem mesmo a pior coisa que lhe tinha acontecido naquela noite. Danny vasculhava sua mochila de fuga e Henry soube que ela estava procurando algo para servir de curativo. Senhorita Primeiros Socorros ao resgate.

Depois de quase meio minuto, Júnior se sentou e mostrou a Henry um quadradinho preto preso na ponta da faca.

— Eles botaram um chip em você – contou ele. — Lembra aquela cirurgia no seu braço machucado, três anos atrás?

Danny já pintava a incisão com uma substância geladinha que ardia ligeiramente.

— Me sinto uma idiota – disse ela, enquanto envolvia um pedaço de pano ao redor do braço dele e atava um nó. — Devia ter pensado nisso. É tão óbvio.

— Tudo é óbvio agora – complementou Henry, sombriamente. Arrancou o chip da ponta da faca e o atirou na escuridão.

— Verris… – começou Barão.

— *Você* conhece ele também? – O garoto olhou para Barão com uma surpresa genuína.

— A gente serviu como fuzileiros navais com ele… Panamá, Kuaite, Somália – respondeu Barão. — Você consegue levar a gente até o laboratório dele?

O garoto confirmou com a cabeça.

— Claro, mas por quê?

– A gente precisa acabar com ele – disse Henry. – Você e eu, juntos.

O Matador Júnior confirmou com a cabeça.

– Estacionei do outro lado da pista.

N

O coração de Júnior batia disparado enquanto dirigia na direção do complexo do Gemini. Olhou para Henry, a seu lado. Henry era tão seguro de si, tão estável e focado, um homem que sempre sabia o que estava fazendo. Clay Verris *o* havia criado para ser daquele jeito, mas nunca conseguia chegar lá, independentemente do que fizesse.

Como agora – sabia que estava fazendo a coisa certa, se juntando a Henry e aos outros dois. Júnior tinha vivido uma mentira, tinha sido usado e agora se sentia instável e precário. Não tinha certeza do que aconteceria quando chegassem ao laboratório do Gemini. O que faria? Talvez a questão certa fosse: o que poderia fazer?

Tudo era muito claro quando ainda confiava no pai e acreditava nele. Sempre que estava confuso, seu pai vinha para esclarecer as coisas. Não mais. Ele nunca mais seria capaz de procurar o pai atrás de respostas, claridade, reafirmação ou o que quer que fosse. Mas Henry parecia botar fé nele. Ele sabia, mesmo que Henry nunca tivesse dito nada.

Ele queria perguntar o que Henry esperava dele, o que fariam não só quando chegassem ao laboratório, mas depois, para o resto da vida. Mas o que se ouviu dizendo foi:

– Você cresceu na Filadélfia, né?

Henry ergueu as sobrancelhas, um pouco surpreso com a pergunta.

– Em Hunting Park. Um lugar chamado de "O Fundão".

– O Fundão? – Júnior franziu as sobrancelhas, incerto do que pensar sobre a informação. A vida de Henry era algo completamente além de suas experiências. Permaneceu em silêncio durante alguns segundos, então decidiu que precisava saber. – Quem foi minha… nossa… mãe?

– Helen Jackson Brogan – replicou Henry, com orgulho na voz. – Ela foi a mulher mais forte e capaz que já conheci. Teve dois empregos por quarenta anos. – Pausa. – E me batia *pra cacete*.

– Você fazia por merecer? – perguntou Júnior, genuinamente curioso.

Henry deu uma risadinha.

– Geralmente, sim. Será que ser nervoso, estúpido e nunca dar uma chance pra nada significa fazer por merecer? Não sei. – A voz dele assumiu um tom pensativo. – Meu… nosso… pai não era lá grandes coisas. Ele me abandonou quando eu tinha cinco anos. – Pausa. – Nunca fui capaz de ignorar a sensação de que, quando minha mãe olhava pra mim, ela *o* via. Então fui embora e me juntei aos fuzileiros navais, cresci, fiz uns amigos… Amigos de verdade, não os punks das Badlands cujas maiores conquistas depois de adultos eram conseguir liberdade condicional. Achei alguma coisa em que eu era bom, e até ganhei umas medalhas. Na época em que saí dos fuzileiros com as medalhas brilhantes penduradas no pescoço, ela já tinha partido. E eu virei… *isto*.

Júnior não tirava os olhos da estrada escura à sua frente, mas pôde sentir o olhar de Henry recaindo sobre si.

– Você devia sair dessa enquanto ainda é tempo – Henry lhe aconselhou.

– É tudo o que sei fazer – respondeu Júnior.

– Não, é tudo o que ele *ensinou* pra você – disse Henry. – Se parar agora, ainda pode ser alguma outra coisa.

Júnior deu uma risada curta e sarcástica.

– Tipo o quê? Médico? Advogado?

– *Marido* – corrigiu Henry. – *Pai*. Todas as coisas pras quais esses trabalhos dão uma desculpa pra você não ser. Você pode ser melhor do que isso.

Júnior foi tomado por um desejo intenso de que aquilo fosse verdade, mesmo que jamais tivesse imaginado ter outro tipo de vida. Nunca se vira fazendo qualquer outra coisa, jamais pensara no que gostaria de ser. Tratava-se de um problema de imaginação; seu pai tinha dado duro para abafá-la.

– E, já que a gente tá falando sobre isso – disse Henry –, qual é a porra do seu nome?

– Sempre foi Júnior. De Clay Júnior – adicionou ele, em reação à expressão incrédula de Henry. – Só que não tenho mais certeza sobre isso também.

– Outra razão pra cair fora – reforçou Henry.

Júnior soltou um respiro profundo enquanto pegava a saída para Glennville. Ele *ia* cair fora – não só porque Henry tinha recomendado, mas também porque, depois daquilo, não teria escolha. E aquela seria a parte fácil.

N

As luzes estavam acesas na Winn-Dixie – o gerente sempre chegava bem mais cedo a fim de se preparar para o dia. A biblioteca pública na outra esquina ainda estava escura, assim como o colégio um pouco para cima. Mas os semáforos já estavam funcionando normalmente; o do primeiro cruzamento ficou vermelho assim que ele o viu. Nunca conseguia vencer os semáforos em Glennville.

– Este é o meu lar – informou ele.

Henry olhou ao redor.

– Cidade legal. – Os outros dois no banco traseiro concordaram com murmúrios.

Júnior soltou o tipo de respiração curta que não era exatamente uma risada. Glennville estava meio acabada e em declínio desde que se conhecia por gente. Era um lugar triste e ultrapassado que não oferecia futuro algum, só os resquícios de um passado indistinguível. A cidade já teria sumido da existência se o Gemini não estivesse por perto para servir como respirador artificial. O Gemini mantinha Glennville viva porque isso interessava a Clay Verris. A cidade era uma ótima camuflagem.

— Não vai ser fácil entrar – avisou Júnior.

— Você é a nossa entrada, cara – disse Henry. – Com você, a gente pode entrar andando pela porta da frente.

Júnior deu uma risada curta e quase silenciosa.

— É? E aí?

— A gente vai até ele, juntos – respondeu Henry. – Você e eu. Se ainda existir um resquício de humanidade nele, vai escutar.

Júnior franziu o cenho.

— E se não tiver?

Henry deu de ombros.

— Aí a gente arrebenta ele. Juntos. Você e eu.

Ainda estavam parados no semáforo quando o telefone no bolso da camisa de Júnior tocou. Ele o pegou e mostrou a tela: PAI.

— Por falar no diabo… – disse Henry, espantado.

No banco de trás, Barão se inclinou para a frente em um rompante:

— Ah, deixa eu atender? Por favorzinho, me deixa atender! Quero ser quem vai contar pra ele que somos todos melhores amiguinhos agora.

Por um momento, Júnior ficou tentado; então, levou o telefone à orelha.

— Alô?

— Tá com o Brogan? – perguntou Verris, a voz urgente.

— Por que eu estaria com *ele*? – respondeu Júnior, improvisando para soar inocente, e não como se o homem que ele devia matar estivesse sentado ao seu lado. – Você me enviou para dar um AMF nele, não?

– Não interessa – disse Verris. – Só *corre*.

– Ahn?

– *Corre*! – gritou Verris. – Se afasta dele! *Agora*! Por favor, Júnior! Só quero a sua segurança!

Júnior riu, ligeiramente espantado.

– Por quê? Porque sou o seu experimento favorito? – A luz do semáforo mudou de vermelho para verde e ele engatou o jipe.

– Não, porque sou seu pai e amo você, filho. Corre! – No mesmo momento, Júnior vislumbrou um flash claro de luz à sua frente e imediatamente soube que estava encrencado. Todos estavam.

Soltando o cinto de segurança, ele abriu a porta.

– Todo o mundo, pra fora! – gritou, e saltou.

IN

Assim que Henry viu o flash, soube antes mesmo de ouvir o grito de Júnior que estava do lado errado de uma RPG – uma granada lançada por foguete.

– *Saltem*! – gritou Henry. Ele despencou para fora do jipe, rolando várias vezes sobre o asfalto e parando não muito longe de Danny, que já estava com a arma em mãos. Antes que pudesse enxergar Barão, o RPG atingiu o carro.

O som da explosão foi impiedoso. Henry cobriu os ouvidos, sentindo o chão chacoalhar quando a onda de choque o atingiu; teve um vislumbre de Danny sendo arrastada para trás, deitada de barriga para baixo, quando a explosão a atirou para fora da estrada. Ele usou um braço para se proteger dos pedaços de asfalto e sujeira voando na direção dele. A explosão abriu uma cratera na rua e girou o jipe no ar várias vezes, como se fosse um brinquedo frágil; estava completamente engolido pelas chamas. Apertando os olhos por causa da luz e do calor, Henry viu as duas portas do lado do passageiro balançando abertas, mas só uma do lado do motorista.

Então, superando o fedor de metal derretido e pneu queimado, *o cheiro* o atingiu em cheio, se enfiando pelo nariz dele.

– Barão! – Henry saltou de pé e correu na direção do jipe em chamas, mas o calor era forte demais; o calor e o cheiro, horrível, nojento e familiar demais da época nos fuzileiros. Um cheiro que dizia que Barão não tinha escapado como eles.

E agora Danny puxava seu braço, dizendo que ele precisava se afastar, ela sabia, ela sabia, mas ele tinha que ficar longe dali.

– Você foi atingida? – perguntou a ela.

A agente negou com a cabeça e continuou tentando puxá-lo para longe dos destroços em chamas. Henry examinou os arredores, os olhos ardiam com a fumaça quando enfim avistou Júnior de pé do outro lado da rua.

Na luz do fogo, Henry pôde ver a tempestade de emoções cruzando seu rosto – horror, medo, culpa, descrença, traição. Não havia sido o chip de Henry que denunciara onde estavam – Júnior o havia removido. Henry sentiu o coração se quebrar de novo, por Júnior, por Danny, por si mesmo e por Barão.

Os olhos de Júnior encontraram os seus por um longo momento. Algo como uma poderosa corrente de energia fluiu entre ambos, mantendo-o parado sob a luz terrível do jipe que queimava. Henry não conseguia se mexer, não conseguia falar; tudo o que conseguia fazer era observar.

Você deveria ter fugido, pensou Henry, mirando Júnior, e era quase como se Júnior *realmente* fosse ele mesmo mais jovem e fosse possível dizer ao Henry Brogan de vinte e três anos que ainda não era tarde demais para tomar um rumo diferente. *Você deveria ter corrido pela sua vida – sua vida real, não o que quer que seja isso. Você deveria correr e nunca olhar para trás.*

E então, como se Júnior estivesse ouvindo os pensamentos de Henry, virou-se e correu para dentro da escuridão.

CAPÍTULO 19

Danny soluçava ao puxar o braço de Henry, na tentativa de afastá-lo do jipe que ainda queimava no meio da Avenida Principal.

— Henry, eu sinto muito! Eu sinto muito, mas por favor, *por favor*! A gente precisa ir!

Henry empurrou as mãos dela para longe, torcendo o braço para se soltar.

— É minha culpa, eu que trouxe ele pra isso. — Ele limpou os olhos, que ardiam por causa da fumaça. O fedor de pneus queimados misturado com *aquele* cheiro lhe revirou o estômago. — Falei pra você ir pra casa, cara… — Ele parou quando ouviu o som de outro veículo se aproximando.

— *Henry*! — berrou Danny, praticamente no ouvido dele. — A gente precisa ir *agora*!

Os faróis de um veículo do Gemini atravessaram o fogo e a fumaça. Enquanto chegava mais perto, Henry viu que havia diversos soldados do Gemini pendurados para fora, prontos para ação. Montada no centro dele, havia uma metralhadora M134 Minigun.

Mas foi o som dos tiros e do vidro se quebrando atrás dele que o colocou em ação. Danny havia atirado na vitrine de uma adega e o arrastava até lá. Deu um jeito de o jogar para dentro assim que o veículo parou. Os soldados saltaram de lá e se espalharam pela rua, mirando.

Ele e Danny se jogaram no chão quando todos abriram fogo ao mesmo tempo.

Garrafas explodiram, espalhando vidro e bebidas em todas as direções; prateleiras se partiram e cederam, as portas das geladeiras racharam e se estilhaçaram, enquanto todo o conteúdo era desintegrado.

Ainda com as cabeças baixas, os dois rastejaram de barriga até a parte de trás do lugar, quase esfregando o chão com a cara. Tiros de metralhadora destruíram as prateleiras, arrancando pedaços de *drywall* e madeira que se juntavam à bebida e aos cacos de vidro espalhados pelo chão. Se aquilo continuasse, pensou Henry, o time do Gemini iria acabar cortando a construção no meio. Ele e Danny precisavam sair dali antes que o prédio desmoronasse sobre sua estrutura.

Ele olhou para Danny e tirou um pedaço de papel molhado do rosto dela. Talvez o álcool desinfetasse os cortes recém-infligidos por causa das garrafas quebradas. Talvez ele pudesse refletir sobre outras ideias absurdas para evitar se perguntar como conseguiria conviver com a própria consciência depois do que tinha acontecido a Barão.

Henry envelopou seu luto por Barão em um pacotinho e o estocou junto ao luto por Jack Willis e por Monroe. Ele tinha que se concentrar para fazer tudo o que pudesse a fim de evitar que o mesmo destino não sucedesse a Danny Zakarewski, a agente exemplar que não tinha nenhum demérito, recentemente disfarçada de estudante de biologia marinha. Ela havia se alistado para servir ao país e, em vez disso, estava servindo a si mesma como se fosse uma torrada. Ela não tinha pedido nada daquilo. Talvez estivesse inclusive desejando ser uma estudante de biologia marinha; Henry certamente estava.

Ela se virou para ele e abriu um sorrisinho enquanto continuavam a avançar. Ele lhe prometeu silenciosamente que de jeito nenhum deixaria a vida dela acabar no chão de uma loja de bebida alvejada; garantiria que os dois saíssem vivos dali. Danny poderia ir para casa em busca de viver uma vida completa, enquanto ele viveria o suficiente para atirar na porra da cara do porra do Clay Verris.

Finalmente chegaram ao estoque. A porta dos fundos era feita de metal pesado. Sim, aquela era uma cidadezinha pequena, falou – porta de segurança no lado de trás da casa, nada na fachada. Henry se perguntou se o proprietário tinha algum tipo de seguro que cobrisse ações de terrorismo doméstico – era provável que não. A maioria das corretoras de seguro não cobria danos por guerra ou pelos chamados atos de Deus. Sem dúvida, o Gemini se encarregaria daquele dano todo e também consertaria a nova cratera na rua. E provavelmente não seria a primeira vez.

Henry ouviu mais prateleiras caindo no andar de vendas, assim como os rangidos e gemidos dos pilares que não haviam sido projetados para aguentar artilharia pesada, e não aguentariam o peso por muito mais tempo. Ele tentou alcançar a maçaneta da porta e uma rajada de tiros de metralhadora quase arrancou sua mão fora. Arriscou dar uma espiada rápida para trás e viu que apenas o Jipe estava parado lá fora. Os soldados provavelmente contornaram a edificação e montavam guarda na porta traseira. Os putos sabiam exatamente onde eles estavam, e queriam mantê-los ali. Se a construção não desmoronasse e os enterrasse vivos, os soldados fariam uma emboscada para quando saíssem, ou entrariam e acabariam com eles.

Henry transmitiu suas hipóteses para Danny em uma combinação de sussurros e linguagem de sinais, então tentou alcançar a maçaneta mais uma vez. De novo, teve que puxar a mão de volta para evitar as balas que afundaram no metal.

Quando tentou uma terceira vez, porém, nada aconteceu. Henry teve que sorrir. Disparar quatro mil tiros por minuto era letal, mas consumia munição rápido. Enquanto os caras lá fora recarregavam, Henry conseguiu abrir a porta, e ele e Danny escapuliram para o beco atrás da loja, ainda abaixados.

|\||

De onde ele estava, no telhado de cascalho da Loja Maçônica que ficava bem no meio do centro de Glennville, Clay Verris ouvia os relatórios de status em seu comunicador enquanto mantinha um olho na ação em curso no nível da rua. Usando binóculos, observou que os soldados haviam se movido para o beco atrás da loja de bebidas, prontos para recepcionar Henry e Zakarewski se eles encontrassem uma maneira de sair dali. Verris não achava que conseguiriam, não sem levar pelo menos uns arranhões da M134.

A porta dos fundos da loja de bebidas se abriu, mas Verris não conseguia ver muita coisa – Brogan e Zakarewski rastejavam pelo chão. Caso se levantassem, os soldados dariam um oizinho. Seria um momento meio Butch Cassidy e Sundance Kid, só que não tão cinematográfico...

Seu triunfo antecipado morreu; sob o som da música a 4 mil rpm da M134, ele ouviu o som das sirenes. A polícia provinciana de Glennville estava indo ao resgate. Levavam as viaturas para casa; era o tipo de coisa que se fazia em cidadezinhas pequenas. Depois que a delegacia de Glennville fechava, às nove, as ligações de emergência eram encaminhadas para o telefone residencial do delegado Mitchell. Ele devia estar tocando sem parar, com moradores em pânico informando que a Terceira Guerra Mundial tinha acabado de estourar na Avenida Principal.

A intenção de Verris era chamar o delegado assim que o avião de Henry Brogan aterrissasse, mas a crise adolescente atrasada de Júnior o tinha distraído. Era crucial impedir que Mitchell e o restante de seus policiais tipo Barney Fife[12] entulhassem seu campo de batalha. Se um deles se ferisse, autoridades do Estado abririam investigação, e quem sabia onde *aquilo* acabaria. Na melhor das hipóteses, seria um inconveniente.

Verris apertou um botão no comunicador que usava.

– Delegado Mitchell? Aqui é o Clay Verris. Preciso que as suas unidades fiquem onde estão. Estamos enfrentando uma célula terrorista com instalações para armas biológicas.

– *Merda* – disse Mitchell, em uma violação direta dos regulamentos da FCC[13] abordando a linguagem aceitável em frequências policiais. Não que Verris fosse fazer uma reclamação.

– As autoridades federais foram notificadas e já estão a caminho – disse ele ao delegado.

– Entendido. Mantenha-me informado, Clay – disse o delegado.

– Sim, senhor – disse Verris, com sua melhor voz estou-só-fazendo-o-meu-trabalho. – Informaremos vocês o mais cedo possível. Obrigado.

Ele desligou antes que Mitchell pudesse se empolgar contando como estava grato pelo fato de o Gemini estar em cena para salvar Glennville dos terroristas do mal, ou para lhe dizer que seus homens poderiam ajudar de qualquer maneira, embora esse último fosse altamente improvável. Se quisesse manter os civis longe do seu pé, tudo o que precisava dizer era "instalações para armas

---

12 Bernard "Barney" Fife é um personagem de The Andy Griffith Show, um programa de televisão americano. É o vice-xerife de Mayberry, uma cidadezinha pacata da Carolina do Norte. (N. T.)

13 *Federal Communications Commission*, ou Comissão Federal de Comunicações, é uma agência independente do governo dos Estados Unidos que regula padrões de comunicação, incluindo restrições contra indecência ou obscenidades. (N. T.)

biológicas" e eles sumiam num passe de mágica. Nem mesmo ponderavam se poderiam observar. Ninguém em sã consciência queria ficar por perto de gente com ebola – e se eles espirrassem e você estivesse na direção do vento? Mitchell provavelmente estava escondido debaixo da cama com um galão de quarenta e cinco litros de desinfetante de mãos e um barril de noventa litros de bourbon Savannah.

E aí: onde raios estava Júnior?

IV

Henry e Danny estavam deitados no chão no meio de alguns latões de lixo revirados enquanto soldados do Gemini atiravam neles, mantendo-os no lugar. Talvez Verris planejasse chegar e finalizá-los com as próprias mãos, já que Júnior não faria o trabalho. De qualquer modo, só de ouvir o som, Henry foi capaz de descobrir a posição de cada atirador. Ao identificá-las, comunicou-as a Danny em linguagem de sinais e ficou grato em ver que ela compreendia sua intenção.

Danny e ele fizeram a contagem regressiva juntos, silenciosamente: *Três, dois, um.*

Valendo.

Eles se levantaram, de costas um para o outro, e miraram nos alvos. Três, dois, um.

E é por isso que uma metralhadora não substitui alguém que realmente saiba atirar, Henry comentou em silêncio para os soldados do Gemini ao passo que Danny e ele corriam pelo beco até a próxima construção, que era muito maior do que a loja de bebidas e muito mais substancial, não tão fácil de destruir com uma M134. Henry atirou no cadeado, mas, assim que abriu a porta, houve outro tiro. Danny gritou de dor e caiu de joelhos com um buraco irregular e sangrento em uma das coxas.

Henry olhou para trás, na direção da loja de bebidas, e viu que um dos soldados tinha se arrastado e se apoiado em um latão de lixo e agora mirava, prestes a atirar de novo.

Henry soltou um grito de ódio indistinguível e atingiu em cheio a cabeça do cara antes de arrastar Danny pela porta.

IN

O ombro de Júnior doía demais. Rolar de dentro do jipe tinha reaberto parcialmente o ferimento à bala. Ele devia aquilo à médica de mãos de alface que lhe atendera no avião.

Ele tinha dito a ela que apenas arrancasse a porcaria da bala e fechasse o buraco, mas ela insistira que ele tirasse a roupa e colocasse um aventalzinho de hospital. Ele não tinha a menor intenção de deixar seu pai vê-lo em um *aventalzinho de hospital*. A médica continuara a discutir com ele sobre higiene disso e esterilidade daquilo, e ele enfim havia ficado tão frustrado que acabou por remover a porcaria da bala sozinho, com sua faca de combate. Então tinha dito a ela que, se ela não quisesse fechar a incisão, ele poderia cuidar daquilo também, usando uma agulha de costura e um pouco de fio dental.

Por um instante, Júnior achou que a médica daria um chilique com ele; em vez disso, ela soltou um suspiro resignado e o mandou tirar a camiseta – só a camiseta, ele poderia colocá-la de novo depois – antes de se deitar. Apesar de ter usado cola em vez de pontos, ela injetou lidocaína no ombro dele, antes que a pudesse impedir. Deu nele mais algumas outras injeções que alegou serem antibióticos, mas Júnior sabia que tinha algo a mais nelas; podia sentir o efeito dos analgésicos.

A médica provavelmente pensava que tinha feito um favor. Mas, na verdade, os remédios tinham desgraçado seu controle sensorial. O efeito dos analgésicos tinha começado a passar e suas técnicas usuais de controle da dor não estavam funcionando tão bem. E claro que ela não dera pílulas extra para depois, esperando que ele corresse para o hospital tão logo aterrissasse, como se fosse uma florzinha civil que precisava ser hospitalizada por um mero ferimento no músculo!

De um jeito ou de outro, o rapaz provavelmente não devia ter subido até o telhado da Loja Maçônica fazendo parkour, não com o ombro daquele jeito. Mas sabia que o pai estaria lá em cima assistindo a tudo, e era o único jeito de chegar até o homem sem um guarda-costas lhe avisando de antemão.

Não era uma questão de a dor ser forte demais – ele tinha dado um jeito de fazer o melhor possível, então agora a sensação se tratava mais de um ruído de fundo do que uma sirene disparada. Mas isso o tinha deixado de péssimo humor, azedo demais para tolerar a merda do tipo eu-te-amo-filho daquele que alegava ser seu pai. Especialmente não depois daquele RPG.

Só a visão de Verris de pé ali olhando para Glennville lá embaixo como se fosse um general heroico supervisionando uma batalha em busca de decidir o destino do mundo fez Júnior querer meter a mão nele.

Foda-se, pensou, e sacou a arma.

– Pare os seus homens, pai – disse ele. – *Agora*.

Verris se virou, vislumbrou a arma na mão de Júnior e pareceu positivamente deliciado.

– Você fez a coisa certa – disse Verris, alegremente. – Se afastar de Brogan…

– Eu fiz a coisa *covarde*! – berrou Júnior. – E isso me dá *nojo*!

O homem que alegava ser seu pai chacoalhou a cabeça.

– Eu estava exigindo muito de você – disse ele, em um tom conciliador e sensato. O pai o estava *manipulando* de novo; aquilo fez Júnior querer socá-lo. – Agora eu percebo. Mas não significa que você…

– Ele merecia mais do que um míssil atirado no carro dele, pai! – gritou Júnior, nervoso. – Todos eles mereciam!

– Não interessa o que ele merece. Ele tem que morrer – disse Verris, a voz incansavelmente sensata, mas com um leve tom que sugeria que Júnior estava começando a testar sua paciência.

– *Você vai ou não vai parar aqueles palhaços?* – exigiu Júnior. Seu ombro pulsava como se fosse um segundo coração, bombeando uma dor raivosa por todo o seu corpo.

– Não – respondeu seu pai. – Mas *você* pode. Tudo o que tem a fazer é disparar este fuzil e assumir o comando. – Ele abriu os braços; havia um rádio em sua mão esquerda.

Mas. Que. Porra? Júnior olhou de Verris para o rádio e de volta para Verris. O pai estava o incitando a atirar *nele? Matá-lo?* Júnior achava que teria que lutar contra Verris e o subjugar. Mas *matá-lo?* Era aquilo que o pai *realmente* queria? Não fazia o menor sentido.

Ao longo dos anos, Verris fora ríspido, rígido, irredutível, dominador, tirânico e às vezes impiedoso, mas suas posturas sempre fizeram sentido – um tipo bem deformado de sentido, é claro, como o existente no desejo de que ele matasse Henry. Aquilo era bem insano – todo o lance de clonagem era uma loucura –, mas Júnior sempre fora capaz de acompanhar o pensamento do pai. Não naquela hora, no entanto; não estava entendendo porra nenhuma.

Verris abriu os braços um pouco mais: *Eu sou o alvo, atire em mim.*

– E aí? – incitou ele.

Júnior jamais fizera qualquer coisa que não fizesse sentido, e não seria naquela hora que começaria. Ele guardou a arma no coldre.

A expressão esperançosa de Verris se dissolveu em decepção. Júnior decidiu que poderia viver com aquilo. Se aquela era a ideia de ser um bom pai, só Deus sabia o que o homem pensava que um mau pai fazia.

Mas ele podia mostrar a Verris que um bom soldado podia fazer a coisa certa sem atirar em seu chefe de operações. Júnior se aproximou do outro devagar e tentou pegar o rádio que ele ainda segurava para o lado.

Verris pareceu se movimentar impossivelmente rápido enquanto se desviava de Júnior, colocava a mão livre na parte de trás de sua camiseta e puxava com força, jogando-o no chão de cascalho do telhado.

– Acho que não – disse, dando um passo para longe dele, levemente, quase como se estivesse dançando.

Júnior saltou de pé, ignorando o ombro que berrava e a sensação do sangue escorrendo pelo ferimento, que havia aberto um pouco mais.

– Um pai amoroso, dedicado e *presente* – disse Júnior, transformando a frase numa acusação.

Verris disparou para a frente e deu um cruzado de direita forte que fez os dentes de Júnior tremerem. Ele cambaleou uns passos para trás, mas conseguiu se manter de pé. Antes que fosse capaz de erguer os punhos, porém, Verris gingou de novo e envolveu o pescoço dele com as duas mãos. Júnior fez a mesma coisa.

Era como agarrar um monte de cobras oscilantes feitas de cartilagem e músculo, todas lutando para se livrar do aperto. O homem estava em uma condição excepcional e ainda era forte demais – seus dedos eram como faixas de metal. Se não pudesse se soltar, seu pai amoroso, dedicado e *presente* iria destruir a garganta dele, e talvez jogá-lo de cima do telhado.

Sua visão começou a escurecer. Se ele caísse, Verris subiria em cima dele e seria o fim. Felizmente, seu equilíbrio ainda funcionava – deixou as mãos caírem ao lado do corpo, então pisou forte no pé de Verris enquanto socava simultaneamente os dois braços do homem para cima, soltando o aperto. Seu pai cambaleou para trás e seus olhos se encontraram.

Sentiu isso, não sentiu?, pensou Júnior. *Vem pra cima de mim de novo que vai sentir mais ainda.*

Mas Verris não foi para cima dele. Deu uma risada curta e virou ostensivamente de costas, visando mirar a rua lá embaixo de novo, mostrando-lhe que estava ocupado demais para perder mais tempo ensinando uma lição que ele já deveria ter aprendido.

Júnior abaixou a cabeça e arremeteu na direção dele. Os dois caíram pesadamente no chão, os corpos cavando uma trincheira rasa no chão de cascalho. Júnior sentiu uma pontada aguda de dor no ombro e cerrou os dentes, se negando a gritar. Verris se revirou debaixo dele, o agarrou e enfiou o dedão dentro do ferimento.

Ele se projetou para longe de Verris, que voou para cima de Júnior no mesmo instante, tentando agarrar seu ombro de novo. Júnior o empurrou, rolou para longe e começou a ficar de pé quando a lateral do corpo explodiu em uma agonia que fez o mundo desaparecer em um branco momentâneo. Por um segundo, achou que o pai havia usado a máquina de choque nele, então entendeu que tinha sido socado com força nos rins.

Júnior caiu e Verris cutucou seu ombro ferido com o dedão de novo. O sangue saturou a bandagem e ensopou sua camiseta enquanto o ferimento abria um pouco mais, mas Júnior ainda se recusava a gritar. Ele bateu de volta no ombro de Verris, forçando-o a endireitar o braço e soltá-lo. Júnior o agarrou, planejando aplicar uma chave de braço, mas a outra mão de Verris subiu e lançou um punhado de cascalho e sujeira no rosto dele.

Esfregando os olhos freneticamente, Júnior chutou forte com ambos os pés onde achou que Verris estava, atingindo apenas o ar. Ignorando outro ímpeto de dor no ombro, rolou para longe e começou a se levantar, mas Verris o agarrou pelo cangote de novo. Sua cabeça atingiu o cascalho, o que abriu a pele em vários pontos diferentes. Júnior se sentou, sentindo o sangue escorrer pela nuca. Verris deu uma cotovelada em seu rosto e tudo escureceu quando o maxilar se deslocou para o lado.

Quando sua visão clareou, estava deitado de costas e o pai dedicado e amoroso estava presente sobre seu tórax, socando seu rosto como se quisesse moê-lo.

– ... tentando... – *soco* – ... fazer você... – *soco* – ... virar homem...

Melhor pai do ano, refletiu Júnior, e foi fundo buscar a força de que precisava para mostrar a Verris que já estava cansado daquilo.

Júnior esticou as pernas para cima, enroscando a direita ao redor do pescoço de Verris à procura de alavancá-lo para longe. Tropeçando nos próprios pés, Júnior identificou o fuzil que havia derrubado antes. Em um movimento contínuo, ele o içou e o girou sobre o calcanhar para encontrar o bote de Verris quando plantou a coronha da arma bem do meio da face sorridente do pai.

Verris cambaleou, desnorteado, mas permaneceu de pé. Júnior virou o fuzil e apontou o lado certo na direção dele.

– E aí? – estimulou Verris. – Vai em frente. Você tem o seu alvo bem na mira! *Atira*!

Ele merecia, pensou Júnior. Porra, Verris literalmente *pedia* por aquilo – e, mesmo assim, ele não era capaz.

Por que caralhos não? O que o impedia?

Que se foda. Júnior virou o fuzil de novo e enfiou a coronha na cara de Verris mais uma vez. Verris despencou no cascalho sem fazer qualquer som. Júnior pendurou o fuzil no ombro, correu até a beira do telhado e desceu de parkour até a rua.

IN

Assim que o moleque foi embora, Verris se levantou. Aquele último golpe o deixara meio atordoado, mas não tinha sido desferido com força total. Pouco antes do impacto, Júnior amenizara a pancada. O moleque não era capaz nem de golpeá-lo com toda a força, o que diria atirar nele. Obviamente, seu papel como pai ainda não tinha terminado.

Verris se virou para a esquerda. Outro soldado do Gemini estava sozinho no telhado vizinho. Usava um traje de corpo inteiro feito com a geração mais recente de Kevlar, o rosto coberto por uma versão mais compacta da máscara de gás com óculos de visão noturna acoplado que Júnior tinha. Ali estava o soldado com o qual os comandantes militares sonhavam, mas nunca imaginavam que pudesse existir de fato – o guerreiro perfeito. E era o momento ideal para soltá-lo no mundo. Verris concordou com a cabeça, então fez um gesto na direção da rua.

O soldado mascarado saltou da beira do telhado e foi descendo pela parede com a mesma facilidade com que um atleta correria pela rua. Atingiu o nível do chão e continuou, os passos tão longos que mal pareciam tocar o pavimento. Quando chegou à loja de ferramentas, correu por fora da construção até subir no telhado, sem diminuir o ritmo.

Verris sorriu. Todos aprenderiam – ou, no caso de Júnior, reaprenderia – uma lição naquela noite. E veriam quem sobreviveria a ela.

IN

Para uma cidade pequena, Glennville tinha uma bela de uma loja de ferramentas, pensou Henry, enquanto concluía o torniquete em Danny. Era improvisado – um avental rasgado com uma chave de fenda como trava, amarrado por um pedaço de corda. Uma loja daquele tamanho provavelmente tinha um kit de primeiros socorros com um torniquete de verdade, mas não havia tempo para procurá-lo.

Ele posicionou Danny de pé e a ajudou a mancar para longe da porta. Havia pelo menos mais uma saída traseira, assim como uma doca de carregamento – mais do que os dois seriam capazes de defender. Tinham que encontrar um lugar para se esconderem até que ele pudesse levar Danny a um hospital. Isso supondo que saíssem dali vivos, é claro, hipótese que Henry categorizava como extremamente difícil, mas ainda possível. Mas aí Danny tinha sido atingida na coxa, e o fato havia mudado tudo.

Henry bateu o olho nela; sabia por experiência própria que um torniquete doía demais, mas ela não fazia nenhum som exceto uma inspiração curta aqui e ali.

No fim de uma longa prateleira de vasos de planta e sacos de terra, Henry viu uma escadinha com rodízios.

– Descansa um pouquinho – disse Henry.

Ele a ajudou a se sentar na escadinha, então se agachou para espiar à esquerda e à direita do corredor que cruzava a frente deles. A loja parecia vazia – não via ou ouvia algo que dissesse o contrário –, mas Henry tinha certeza de que não estavam sozinhos. Se estivesse no comando, teria colocado alguns caras por ali. Ele e Danny não tinham exatamente se esgueirado em silêncio, então quem quer que estivesse ali provavelmente tinha uma bela ideia da localização deles. Que merda.

Será que Danny e ele conseguiriam chegar até o departamento de armamentos antes que os caras do Gemini os alcançassem? Não haveria nenhuma arma militar sofisticada por lá, mas arrancar o joelho de alguém com uma pistola era uma defesa efetiva, mesmo que um pouco desajeitada. Ele deveria ir até lá sozinho...

Não. Uma ideia muito melhor seria levar os dois até lá. Danny tinha mais chance de sobreviver escapando do que permanecendo ali no balcão da Remington.

– A gente devia continuar indo – pontuou Danny, e começou a se levantar.

– Fica aí – sugeriu Henry. – Eu ando, você só desliza. – Ele segurou os ombros da agente para fazê-la deslizar sobre a escada até o outro lado do corredor.

— Talvez a gente devesse achar um carrinho de compras — disse ela, com uma risadinha trêmula.

— De jeito nenhum — respondeu Henry. — Sempre pego os que estão com a rodinha ruim. Fico doido.

Ela emitiu mais uma risada vacilante quando chegaram a outro corredor transversal e pararam de novo enquanto Henry o inspecionava. Ainda nada. Cruzaram o corredor até a seção de cabos e materiais elétricos. Uma placa plástica em uma prateleira mostrava o desenho de uma lâmpada com um balãozinho de fala que dizia: Sempre mantenha os pés na terra!

— Que zen — comentou Danny, entre os dentes cerrados.

— Se é o que você diz… — Henry a fez parar no meio de uma fileira e os dois ouviram um guincho muito fraco, o som de um solado de borracha no chão limpo de ladrilhos.

Henry empurrou a cabeça de Danny para baixo, de modo a deixá-la curvada sobre as pernas, e atirou através da prateleira ao lado deles. Fragmentos de plástico e borracha voaram para todos os lados quando as prateleiras caíram e ele ouviu dois corpos atingindo o chão. Espiou através dos restos das prateleiras; eles já eram. Ele os tinha atingido antes mesmo que pudessem atirar — boa notícia. A má notícia, porém, era que tinham acabado de informar a todo o mundo nas vizinhanças imediatas que era ali onde Danny e ele estavam.

Danny tentou se levantar, mas Henry a empurrou para baixo de novo, dessa vez com mais delicadeza.

— Você os ouviu chegando? — perguntou ela. Ele negou com a cabeça. — Talvez eles já estivessem por aqui, esperando.

— Então por que não pegaram a gente antes? — disse Henry.

Danny deu de ombros.

— Sei lá, por que não ia ser desafio o suficiente?

O sangue de Henry se transformou em água gelada. A ideia podia não ser tão absurda quanto Danny tivera a intenção de fazer parecer. Ninguém fora do Gemini sabia o que Verris realmente estava armando, o que fazia com os soldados sob seu comando. Produzir um soldado melhor era muito diferente de criar uma armadilha melhor, e a maneira como Verris alcançaria aquilo não seria nada bonita.

– Henry? – Os olhos de Danny estavam arregalados e tensos, mais preocupados com ele do que com o ferimento na própria coxa. Seu rosto estava pálido e ela oscilava na escadinha. Se não recebesse atendimento médico logo, ele a perderia, e ela sabia daquilo tanto quanto ele. Ela devia estar bem assustada, mas continuava encarando a bronca enquanto dava uma de durona.

Ele poderia ter feito bom uso de uma parceira como ela, pensou Henry. Monroe era bom – *tinha sido* bom, ele se corrigiu com uma pontada de dor –, mas Danny Zakarewski era uma verdadeira arma de destruição em massa.

– Quantas rajadas você ainda tem? – perguntou Henry.

Ela pareceu pedir desculpas.

– Cinco ou seis.

– Tá, a gente vai fazer o seguinte – disse Henry, enérgico, e a empurrou até o fim da prateleira, onde ela pudesse ver o próximo corredor transversal através de um expositor de fusíveis. – Você fica aqui e vigia o ponto de estrangulamento ali. Eu vou achar um jeito de a gente sair daqui...

Danny pegou o braço dele e o apertou surpreendentemente forte.

– Desculpa, mas você não vai a lugar *nenhum* se eu não for junto. – Ela tirou a bandoleira do fuzil do ombro, o apoiou no chão e sacou sua outra arma. – *Não* vou deixar você morrer lá fora sozinho.

Henry sentiu uma onda de afeição por ela. Ela realmente era especial – a porra de uma leoa.

– Mas você pode conferir meu torniquete de novo. Ia ser uma boa – acrescentou ela.

Foi o que ele fez. Ainda estava apertado. Ela não estava perdendo mais sangue, mas isso não deixaria as coisas menos doloridas. Precisavam dar o fora dali antes que a dor fosse demais para suportar.

— Danny, me perdoa — pediu ele, de súbito.

— Pelo quê? — perguntou ela, surpresa.

— Por arrastar você pra tudo isso.

— Eu que estava vigiando *você* — lembrou ela, com uma risadinha trêmula.

Se ela não estivesse ferida, Henry a teria puxado para um abraço de urso.

— De qualquer forma, me perdoa — reforçou ele, verificando o machucado dela.

— *Eu* não me arrependo — disse ela.

Foi a vez de Henry ficar surpreso.

— Sério? Fala sério, se você tivesse que fazer tudo isso de novo, se a gente estivesse de novo lá na marina e eu tivesse perguntado se você queria me encontrar no Pelican Point, você ainda teria aceitado?

— Ah, nem ferrando — disse Danny com outra risadinha vacilante. — Não sou idiota também. Só não me arrependo de ter feito o que fiz, só isso. — Ela riu de novo. — Agora, vamos abrir nosso caminho a tiro pra gente poder ir beber alguma coisa logo.

O sorriso de Henry foi fugaz; ele ouviu uma porta abrir na parte de trás da loja, embora não tivesse certeza se tinha sido a mesma pela qual haviam entrado ou outra, a que ele teria encontrado se Danny o tivesse deixado ir. Ele apertou a mão dela, que apertou de volta. Ele prestou atenção e ouviu um barulho muito baixo, quatro ou cinco soldados se disseminando pelo espaço. Danny deu um puxão forte no braço de Henry e seus lábios formaram a ordem: *Abaixa!*, antes de rolar da escadinha para o chão pouco antes de os soldados abrirem fogo de três locais diferentes.

Propagandas explodiram e prateleiras estouraram em fragmentos, caíram umas sobre as outras, afundaram – aquele definitivamente estava sendo um dia péssimo para o varejo em Glennville. Henry puxou Danny para trás junto dele; a agente estava tendo dificuldades para evitar que a perna ferida se arrastasse no chão. Havia cinco atiradores e eles continuavam vindo, varrendo tudo à sua frente com disparos de armas automáticas. O som em si já era um martírio, castigando os ouvidos, a cabeça e todo o corpo dele enquanto três atiradores se aproximavam de Henry e de Danny. Ele precisava escapar de lá, pensou desesperadamente, enquanto retribuíam os tiros; precisava levá-la a um hospital antes que ela desmaiasse, antes que a porcaria do torniquete esmagasse tanto a perna dela que seria necessário amputá-la.

Infelizmente, ele tinha acabado de atirar sua penúltima bala.

De súbito, um dos soldados do Gemini caiu, seu sangue gorgolejando do pescoço. *Boa, Danny*, pensou, e se virou para acompanhar dois dos soldados restantes, que estavam diante dele. Se tinha só um tiro sobrando, faria com que valesse por dois. Henry mirou; sua última bala atravessou o olho de um dos soldados do Gemini e continuou avançando até atravessar o olho do que estava atrás. E então, tanto a arma dele quanto a de Danny começaram a fazer *clique-clique-clique*.

Henry respirou fundo.

– Você foi uma ótima parceira, Danny.

Ela concordou com a cabeça, então seu rosto se contorceu de dor. A mão dela encontrou a de Henry e eles as apertaram, assistindo enquanto os dois soldados restantes avançavam na direção deles. Tinham parado de atirar naquele momento, mas os fuzis estavam erguidos e prontos. Será que estavam só economizando munição, agora que ele e Danny estavam sem? Ou será que deveriam esperar até que Verris chegasse lá?

Danny merecia muito mais do que aquilo, pensou Henry. Se ainda existisse justiça no mundo, a vida dela não acabaria antes mesmo de ter começado de verdade...

Abruptamente, houve duas novas rajadas de metralhadora vindas *de trás* dos caras do Gemini. O queixo de Henry caiu quando os soldados desabaram no chão, tão rápido que provavelmente nem perceberam que tinham morrido. Mas demorou mais uns segundos antes que ele registrasse Júnior como o responsável por abater os combatentes do Gemini; Júnior, que agora vinha até o local onde ele e Danny apenas esperavam para morrer em meio aos destroços de uma loja de ferramentas, e lhes entregava mais munição.

As mãos de Henry recarregaram sua arma de maneira automática, sem ajuda do cérebro; ótimo, pois ainda estava perturbado demais para pensar. Tinha acabado de deparar com a morte vindo na sua direção para então se afastar outra vez, e tal confronto sempre o deixava abalado.

– É... obrigado – disse a Júnior, depois de um tempo.

– Isso aí que ele disse – adicionou Danny, soando igualmente abismada.

Júnior fez uma careta.

– Desculpa ter fugido.

– Tá sendo uma noite difícil. – Henry deu uma risadinha fraca. – Onde tá o...

– Você tá bem? – Júnior perguntou para Danny, vendo sua perna.

– Ah, tô indo – disse ela. – Com a minha *outra* perna.

Henry sentiu o coração desacelerar e a respiração ficar mais calma. Ele tinha um trabalho a fazer e alguém para proteger.

– Quantos mais estão lá fora? – perguntou.

– Não sei – respondeu Júnior.

– E cadê o Verris?

– Fora de serviço.

– Mas vivo? – perguntou Henry.

Júnior concordou com a cabeça, parecendo envergonhado.

– Tá – disse Henry. – Então vai ter mais deles vindo. Me ajuda a levantá-la…

Danny ergueu as duas mãos e balançou a cabeça enfaticamente.

– *Não*. Não consigo mais correr. *Você* consegue? – Ela lhe estendeu a faca de combate, depois de sacá-la da bainha no tornozelo.

Henry olhou para Júnior, que concordou com a cabeça. Os dois homens pegaram os fuzis e se deitaram de barriga para baixo, Henry virado para os fundos da loja, Júnior mirando na direção das seis horas, e Danny ficou de olho na direção das três e das nove. Em um breve momento de silêncio, Henry deu dois tapinhas na coronha do fuzil, ao mesmo tempo em que Júnior fazia a mesma coisa, só que três vezes. Então, fitaram um ao outro, surpresos.

Danny bateu nas costas de ambos e gesticulou para a loja ao redor deles: *Atenção*. Henry abriu um sorrisinho, se preparando para encarar o que quer que viesse pela frente.

Acontece que o que veio, veio *por cima*.

▌N▐

Houve um estrondo seguido de uma chuva de vidro quebrado. Protegendo o rosto com uma mão, Henry olhou para cima para ver uma figura escura descendo por um cabo, atirando enquanto descia. Henry, Danny e Júnior se espalharam para três direções diferentes; Henry vislumbrou as solas das botas de Danny enquanto ela mergulhava atrás de um estande de ferramentas, mas Júnior sumiu completamente. Júnior tinha mais chances de sair vivo dali, pensou Henry. Danny talvez conseguiria sobreviver com a ajuda de Júnior; mas, mesmo que conseguisse, o ferimento na coxa poderia acabar matando-a de qualquer forma.

Nesse meio-tempo, o agressor ia apenas atrás dele.

Balas o perseguiram por todo o corredor e também enquanto Henry dava a volta na ponta de uma longa série de prateleiras, onde parou de súbito. Ele observou enquanto o cara atirava através das prateleiras em busca de atingi-lo caso Henry se apavorasse o suficiente para correr até a outra extremidade. Então, o matador passou por cima dos destroços, atirando em um arco largo ao redor do próprio corpo. Henry aproveitou o barulho para chegar por trás dele sem ser notado e disparou uma rajada contra as costas do soldado.

O matador estremeceu um pouco, virou na direção de Henry, e devolveu o favor repetidas vezes. Henry avançou agilmente pelo corredor e saltou por cima dos destroços de outra série de prateleiras; seus pés caíram sobre alguns fragmentos de plástico e escorregaram. Conforme caía para a frente, Henry mergulhou e deu várias cambalhotas rápidas enquanto balas arrancavam pedaços de concreto do contrapiso.

Os tiros cessaram e Henry o ouviu derrubar o fuzil. Na breve pausa antes de o atirador sacar sua outra arma, Henry saltou de pé e se viu na seção de tintas e vernizes. Pegou algumas latas pequenas e as atirou na direção do homem à medida que corria. Apesar da precisão da mira de Henry, parecia que o atacante mal notava os objetos de metal quicando em seus ombros, peito e até na cabeça.

Henry tentou varrer um monte de latas de uma das prateleiras, esperando fazê-lo tropeçar, mas o cara simplesmente marchou por entre elas, chutando-as para o lado.

Vou precisar de uma lata maior, pensou Henry, enquanto se apressava na direção de uma prateleira contendo galões. Mas eles eram muito mais difíceis de jogar, e o cara continuava atirando enquanto os empurrava para o lado. Abruptamente, houve uma rajada de metralhadora diferente, vinda de trás do atirador. Ele tropeçou, cambaleou um pouco e se virou para atirar em Júnior, trocando rajadas com ele até que os dois ficassem sem munição.

Tá, amigão, pensou Henry, *vamos ver se você só tem talento atirando com uma arma que nem precisa mirar.*

Ele acelerou de volta à seção de material de pintura bem a tempo de ver que o cara tinha chegado até Júnior e estava usando a cabeça do rapaz para entortar um galão de dezoito litros de impermeabilizante. Henry correu e deu um salto, se jogando na direção do cara com os pés erguidos, o mesmo movimento que tinha usado para roubar a moto em Cartagena. Com a diferença de que o soldado dobrou os joelhos e se inclinou para trás num ângulo que seria impossível de ser mantido, sem cair, por qualquer pessoa. Mas, de alguma maneira, ele conseguiu. Henry passou voando por ele e pousou em Júnior.

Henry rolou para o lado, mas não rápido o suficiente. Um chute direto errou sua cabeça, mas acabou pegando seu ombro; Henry se contorceu, sentindo algo se quebrar ao passo que caía esparramado de barriga para baixo. Ele se ergueu meio tropeçando, girando os ombros à procura de avaliar se o objeto quebrado era importante. A mobilidade não estava tão prejudicada, mas doía desgraçadamente. *Tudo* doía desgraçadamente naquele momento, mas pelo menos tudo doía igual, nada pior do que o resto. A boa notícia era: tudo doeria desgraçadamente mais no dia seguinte.

Se ele sobrevivesse até lá.

Henry sacou a faca, e com o canto do olho enxergou Júnior fazer a mesma ação. O soldado mascarado delineou um movimento rápido e surgiu com facas em ambas as mãos. Aquela porra de máscara; quando não dá para ver o rosto do oponente, a luta é meio cega. Ele tinha que chegar perto o suficiente para arrancar a máscara daquele maldito. Parecia uma versão mais compacta da máscara de gás com visão noturna de Júnior. A parte da visão noturna ele podia entender, mas será que o cara realmente esperava ser atingido por algum tipo de gás?

Ele fez uma finta para um lado, depois para o outro, dando golpes breves no ar. Júnior fingiu dar uma estocada e bateu com os pés no chão em um movimento de falso bote com a intenção de distrair o oponente; só que o oponente mascarado não caiu na artimanha. Encarar duas pessoas armadas com facas não parecia perturbá-lo nem um pouco – sua postura não mostrava nenhuma tensão defensiva, nenhuma rigidez. Era como se tivesse certeza de que Henry e Júnior seguravam facas de brinquedo. Henry decidiu fazê-lo mudar de opinião.

Ele deu um passo para trás, então deu uma corrida breve para a frente. Viu o cara mascarado se preparar, ainda mantendo Júnior afastado enquanto se preparava para enfiar a arma na garganta de Henry. No último instante, porém, Henry caiu de joelhos e passou escorregando por debaixo do braço dele. Era algo que secretamente tinha vontade de tentar desde que vira um golpe parecido em um filme.

O chão não era de ladrilho, porém, só cimento tratado com determinado tipo de selante – uma superfície pouco ideal para um escorregão rápido. Henry sentiu o cimento rasgar as calças e ralar um pouco da pele. Acabou não sendo exatamente um movimento clássico de luta – um instrutor de Krav Magá provavelmente não aprovaria –, mas ele deu um jeito de cortar a coxa do matador mascarado sem ser atingido.

Para a surpresa de Henry, o cara não emitiu nenhum som ao fitar o corte na perna – nenhum grito de dor, nada como uma arfada ou um grunhido; o ferimento poderia muito bem ter sido aplicado na perna de outra pessoa considerando o tanto que pareceu afetado. Um calafrio percorreu a espinha de Henry, mais intenso do que o arrepio de um anjo passando por ele. Quem caralhos tinha treinado aquele cara, o ator de *Sob o domínio do mal*? O Exterminador do Futuro?

Júnior se aproveitou do lapso de atenção momentânea do agressor para cercá-lo por trás. Ciente da intenção de Júnior, Henry se levantou e tentou manter o cara focado nele conforme Júnior atropelava as ruínas em preparação para um salto por trás, com os dois pés erguidos. Mas, inacreditavelmente, meio segundo antes do instante em que Júnior o atingiria em cheio, o cara *se abaixou*. Enquanto Júnior voava por cima do adversário, este fez a perna disparar para cima – a perna *ferida* – e atingiu Júnior com força na parte debaixo das costas.

Henry chacoalhou a cabeça de leve, incerto sobre a cena que acabara de presenciar. Júnior rolou enquanto o lutador mascarado ia atrás dele e deu um jeito de se jogar em uma cambalhota para trás, escapando por pouco de um soco em cheio nas partes baixas.

Ah tá, vai ser esse tipo de luta então, pensou Henry; como se houvesse algum outro tipo. O corte na coxa ainda não estava diminuindo o ritmo do cara. Ele também tinha perdido uma das facas, mas Henry não achava que esse fato daria qualquer tipo de vantagem a Júnior. Por sua vez, Júnior saltou de pé e imediatamente disparou na direção do cara com seu ataque de jogador de futebol americano. O soldado ergueu uma perna e, em vez de atingi-lo e subjugá-lo no chão, Júnior enfiou a cara no joelho dele.

Henry se jogou para a frente em busca de escorregar de novo, dessa vez em um movimento digno de uma partida de beisebol, com a intenção de varrer as pernas do homem e derrubá-lo. Mas, antes que pudesse alcançá-lo, o cara deu um *mortal*, saltando no ar de um modo que, de alguma forma, pareceu mais casual do que exibido. Ele pousou logo atrás de Henry e chutou seu ombro de novo.

Durante alguns segundos, o mundo se tornou um clarão branco enquanto o nervo das costas de Henry gritava de uma maneira que quase se assemelhava a um grito humano. *Cala a boca*, ordenou Henry antes de se obrigar a levantar. Já deu de tintas, verniz e impermeabilizante, pensou; talvez desse mais sorte na seção de ferramentas elétricas. Se conseguisse encontrá-la.

Ele se atirou em uma corrida cambaleante. Logo à frente, encontrou um estande de lâminas de serra circular. *Vamos ver se consigo arrumar um frisbee*, pensou Henry enquanto um sorriso malicioso se espalhava pelo seu rosto.

Então, algo grande e duro passou raspando no topo da cabeça dele e ele se arrebentou no cimento, ralando as palmas das mãos e os joelhos. Mas que *porra*...

Henry se virou para ver o cara atirando outro galão de tinta na direção dele, e rolou para longe antes de ser atingido em cheio no rosto. E *ainda assim* o cara continuou indo para cima dele, como se matar Henry Brogan fosse seu único objetivo de vida.

Ele ouviu de novo as palavras de Júnior para ele: *Minhas ordens são para matar você.*

Será que Clay Verris tinha um batalhão inteiro de soldados dedicados – não, *programados* – para matá-lo? Então, como se as circunstâncias tivessem que ficar ainda mais absurdas, ele olhou para cima e avistou Danny quase diretamente acima dele, em um mezanino. Ele nem notara que havia um segundo andar – e como caralhos ela tinha chegado até lá em cima com a perna machucada? O rosto da agente estava mais brilhante e pálido do que nunca. Será que estava doida por causa da perda de sangue? Que raios ela achava que estava fazendo?

Como se tivesse ouvido o pensamento dele, ela ergueu um botijão de gás sobre o guarda-corpo, mirando direto no matador. Assim que o botijão o atingiu, ela atirou no matador. O gás explodiu, envolvendo-o em chamas.

Essa é por Barão, seu desgraçado, pensou Henry, enquanto os registros do sistema de combate a incêndio se abriam.

Contudo, em vez de cair e morrer como um assassino normal, o cara mascarado *saiu andando* das chamas, ainda engajado em matar toda e qualquer pessoa que visse pela frente.

Henry ficou boquiaberto e seu coração disparou loucamente à medida que investigava para um lado e para o outro, em desespero. Ele estava em uma loja de ferramentas gigantes e tinha dado um jeito de acabar em um beco sem saída, sem armas e incapaz de pegar qualquer uma dos milhares de coisas que poderia usar como arma.

É, *definitivamente* estava na hora de se aposentar. Exceto pelo fato de que não parecia que viveria o suficiente para...

Seu olhar pousou no extintor de incêndio. Ah, ótimo, seria de grande ajuda. Só que não para ele.

Mas o item logo ao lado poderia ser.

Ou poderia não ser, mas ele empurrou o pensamento para longe. Aquilo era o que ele tinha – um instante atrás, não tinha nada. Ele agarrou o objeto e se espremeu contra a parede. O botijão de gás tinha sido um ótimo truque, esperto demais, e, se estivessem lutando contra qualquer outro assassino, teria funcionado. Henry decidiu que descobriria por que não tinha funcionado, mesmo que tivesse que morrer.

Ah, Deus, aquele cheiro, *aquela porra de cheiro*; seu estômago se revirou como um saca-rolhas e ele sentiu o gosto de bile na garganta. Estava farto daquele cheiro infernal; se o assassino não o pegasse, ele poderia muito bem vomitar até a morte.

Não, ele não sentia cheiro *nenhum*, disse a si mesmo enquanto avançava além da parede e balançava a machadinha de incêndio tão forte quanto podia, enfiando-a no peito do assassino.

As pernas do cara vacilaram e ele caiu de costas no chão. De algum modo, Danny estava no andar de baixo de novo, deslizando sobre a escadinha de rodízios na direção de Henry ao mesmo tempo em que Júnior aparecia. O cheiro horrível parecia ainda mais forte, mesmo que o cara no chão não estivesse mais queimando. Ele lutava para respirar, mas bizarramente não havia gemidos ou gritos. Ele não estava sequer se revirando de dor.

A chuva que caía lá dentro parou. Henry olhou dele para Júnior.

— Vou falar uma coisa sobre seu velho: ele sabe como treinar um soldado. – Ele se ajoelhou e arrancou a máscara do cara.

Tudo parou.

O moleque no chão os encarou, a expressão atordoada, como se estivesse vendo algo além da própria compreensão. Havia várias coisas que ele não entendia, pensou Henry; conceitos e realidades que a pessoa precisava ver para entender, situações que só alguém com muitos anos de experiência poderia compreender. Aquele cara era novo demais. Danny e Júnior eram crianças perto de Henry, mas o rapaz em questão era *realmente* uma criança – não parecia ter mais de dezoito anos. Só que era ele mesmo, Henry Brogan, aos dezoito anos. Ou Júnior aos dezoito anos. Ou ambos.

Henry tinha certeza de que Verris não teria parado em um clone só, mas não sentiu qualquer prazer em descobrir que estava certo. Júnior parecia ter sido atingido com força na cabeça por um martelo de guerra. Uma coisa era saber algo em termos abstratos, mas outra completamente diferente era ver a prova deitada no chão com a porra de uma machadinha enfiada no peito.

Bem-vindo ao meu mundo, Júnior, pensou Henry. *Só fica mais bizarro daqui em diante.*

Subitamente, um intenso sentimento de proteção com relação a Júnior e Danny o varreu, dando lugar à culpa por ter falhado em mantê-los seguros. Henry ponderou se era assim que os pais se sentiam quando tinham que levar os filhos para o pronto-socorro depois de caírem ou quebrarem um osso.

Ou talvez fosse mais como a mãe dele tinha se sentido quando saltara na piscina municipal, na Filadélfia, para salvá-lo do afogamento.

Ela não via o pai dele toda vez que olhava para ele, Henry entendeu de súbito – *ele* via. E sua mãe não tinha conseguido salvá-lo de seu pensamento errôneo do mesmo jeito que o salvara do afogamento. Era uma questão que sempre dependera dele, e ainda dependia.

Tudo isso passou pela mente de Henry num piscar de olhos. Um terapeuta teria considerado aquilo um grande momento de revelação – mas ele não estava no consultório de um terapeuta, e sim em uma loja de ferramentas toda alvejada, com dois clones seus, um dos quais tinha sido queimado vivo e agora morria com uma machadinha enfiada no peito, além de uma agente prestes a entrar em choque por causa de um ferimento à bala.

Porra, aquilo tinha que ser um recorde da maior quantidade de crises simultâneas durante a primeira semana de aposentadoria.

Danny estava inclinada sobre o clone moribundo, analisando todos os seus ferimentos com uma incredulidade aterrorizada. Senhorita Primeiros Socorros, pensou Henry; mesmo que ela ainda tivesse sua mochila de fuga com ela, não teria encontrado nada capaz de ajudar o garoto.

– Você não tá sentindo *dor*? – perguntou ela para o clone.

O clone moribundo olhou de Danny para Henry com uma expressão confusa, e então para Júnior. Obviamente Verris não tinha lhe contado o segredo da família. Henry se perguntou como Verris o chamava – Júnior 2.0? A Grande Próxima Coisa?

E como ele chamava a si mesmo?

Bom, eles jamais saberiam. Os olhos do clone se fecharam, e sua respiração simplesmente parou. Como se ele tivesse morrido em paz, em casa, na cama, e não nas ruínas de uma loja de ferramentas com queimaduras por todo o corpo e uma machadinha no peito.

Por um longo momento, todos permaneceram em silêncio. Precisava cuidar deles, pensou Henry, fitando a expressão chocada de Danny e Júnior. Dependia dele ajudá-los a superar aquilo e então deixar tudo para trás, embora não tivesse a mínima ideia de como fazê-lo. Não houve qualquer instante de seu treinamento, formal ou informal, que tivesse lhe ensinado como proceder quando seu clone tentava assassiná-lo, mas você acabava o matando antes.

– Não sei por que você tá tão bravo comigo. Você foi a inspiração pra tudo isso.

Júnior se virou do clone morto no chão para encontrar seu pai dedicado, amoroso e *presente* se aproximando deles com um andar leve e casual. Era como se tivesse passado na loja para pegar umas ferramentas para seu projeto atual e calhasse de estar levando uma arma semiautomática consigo.

— Você tá bem, meu filho? — Verris perguntou a Júnior.

Júnior arregalou os olhos. Que porra Verris esperava que ele dissesse? "Claro, pai, mas acho que preciso de um abraço?"

Mas Verris já tinha se virado para Henry.

— Entendeu de onde tirei a ideia? — indagou ele. — Foi em Khafji. — Verris sorria conforme depositava a arma em uma prateleira próxima, uma que ainda estava de pé. — Observando você indo de casa em casa, desejando poder ter um *pelotão* inteiro de soldados tão bons quanto você, pensando se isso seria possível. Você devia ficar lisonjeado.

Henry soltou uma risada única e desprovida de humor.

— *Você* devia ficar *morto*.

Verris riu, como se Henry tivesse feito uma piadinha.

— Você viu o que eu vi: amigos sendo enviados para casa em caixotes de madeira, ou sofrendo com ferimentos drásticos. E as atrocidades. Por que deveríamos aceitar isso se as coisas podem ser de um jeito melhor?

Mantendo os olhos em Henry, ele se aproximou de Júnior.

— E olha o que criamos — continuou, gesticulando na direção de Júnior tal qual um apresentador de programa de auditório mostrando o grande prêmio; a cena fez Júnior ter vontade de espancar a cara dele até que a cabeça descolasse do pescoço. — Ele tem coisas de *nós dois* nele. Você não acha que o seu país *merece* uma versão perfeita de você?

— Não *existe* uma versão perfeita de mim — disparou Henry. — Ou *dele* — gesticulou na direção de Júnior —, ou de *qualquer pessoa*.

— Não? — Verris olhou para o clone morto, assumindo uma expressão triste. — *Ele* estava indo para o Iêmen; o soldado perfeito para o serviço. Em vez disso, e graças a você, o lugar dele vai ter que ser assumido por alguém que tem *pais*. Alguém que sente dor e medo, emoções que a gente tinha *eliminado* desse soldado, alguém com tantas fraquezas quanto os terroristas que estamos tentando matar. Vai me dizer que isso é melhor?

Ele ouviu de novo as palavras de Júnior: *Você fez uma* pessoa *de outra* pessoa.

Exceto pelo fato de que uma *pessoa* tinha pais. Uma *pessoa* sentia dor e medo. Se Verris tivesse mesmo eliminado tais sentimentos daquele soldado, isso ainda faria dele uma *pessoa*?

— Você tá falando sobre *pessoas*, Clay — acabou dizendo Henry. — Ferrando com a humanidade delas pra chegar na sua ideia de soldado perfeito.

Verris concordou com a cabeça, como se pensasse que Henry enfim estava entendendo tudo.

— Por que não? Pensa em quantas famílias americanas a gente pode poupar. O filho ou a filha de ninguém mais vai morrer. Os veteranos nunca mais vão voltar pra casa com transtorno pós-traumático e se suicidar. A gente poderia manter o mundo inteiro a salvo sem qualquer tipo de luto de verdade. Quem a gente estaria machucando?

— Você *o* machucou — argumentou Henry, gesticulando na direção do homem morto no chão. — Assim como machucou o Júnior. Como *me* machucou. Você não pode *usar* as pessoas e descartá-las depois: tirar a *humanidade* delas, deixá-las sem nada…

— Henry… — Verris chacoalhou a cabeça, parecendo decepcionado com o fato de que a matéria-prima de seu projeto magnífico não entendia nada, no fim das contas. — Essa é a coisa mais *humana* que já fizemos.

Júnior já estava farto daquilo.

– Quantos outros de mim existem por aí? – exigiu saber.

– *Nenhum*. – Verris pareceu surpreso com a pergunta. – Você é *único*, Júnior.

Júnior e Henry trocaram olhares; o rapaz deu a Henry um acenar de cabeça quase imperceptível, para mostrar-lhe que não estava comprando nenhuma palavra, e Henry repetiu o gesto.

– *Ele* era só uma arma. – Verris fez um gesto de desdém na direção do rapaz morto. – *Você* é meu *filho*, e eu amo você tanto quanto qualquer pai já amou um filho.

Henry estava certo, pensou Júnior enquanto sacava a Glock; Verris *devia* estar morto.

– Nunca tive um pai – disse para Verris. – Adeus, Clay…

Mas então a mão de Henry estava sobre a sua, o toque gentil, mas firme, fazendo-o baixar a arma. Júnior o fitou, abismado. Henry balançou a cabeça.

– Mas que porra a gente faz com ele? Entrega pras autoridades? – Júnior borbulhava de raiva por dentro, prestes a explodir. – Você sabe que não vão julgá-lo, e que não vão fechar o laboratório dele. A gente precisa acabar com isso agora!

– Olha pra mim – pediu Henry.

Ele não queria, não queria olhar para nada. A única coisa que queria era ver o rosto de Clay Verris quando puxasse o gatilho.

– *Olha pra mim*. – A voz de Henry era calma, até carinhosa, e Júnior lhe obedeceu. – Se atirar, vai quebrar uma coisa aí dentro de você que nunca mais vai ter conserto.

Júnior mirou fundo nos olhos de Henry; eram idênticos aos seus, mas ainda assim Henry havia visto muito mais coisas, *sabia* muito mais coisas. Só então começou a entender como *não sabia* de nada. Mas de uma coisa tinha certeza: Henry nunca mentira para ele. Clay Verris, no entanto, tinha mentido sobre tudo, até mesmo sobre sua identidade verdadeira.

– Não – reforçou Henry. – Deixa pra lá. Dá isso pra mim.

A mão de Henry ainda pesava sobre a dele; firme, mas com gentileza. Não em uma tentativa de superá-lo, mas de ensiná-lo. Ajudá-lo. Toda a resistência se esvaiu de Júnior e ele baixou a arma.

– Você não vai querer esses fantasmas – continuou Henry conforme pegava a Glock da mão do rapaz. – Acredita em mim.

Então, Henry se virou para Verris e atirou.

Verris caiu com um buraco certeiro bem acima das sobrancelhas, e um ferimento muito pior na parte de trás da cabeça, por onde a bala saiu levando consigo boa parte do cérebro e metade do crânio.

Júnior encarou Henry, de olhos arregalados, incapaz de se mexer ou de falar.

Mas não era preciso verbalizar nada. Henry apontou com o polegar para a porta de trás. Júnior concordou com a cabeça e eles carregaram Danny para fora.

CAPÍTULO 20

Esperando no balcão do Copper Ground, Janet Lassiter estava mais do que irritada, à beira de um chilique.

Todo dia havia uma crise nova com a qual tinha que lidar, algum tipo de incêndio que a agência e/ou Clay Maldito Verris queriam que ela apagasse com uma mera arminha de água e meio baldinho de areia – e, quase sempre, a arminha de água estava carregada com gasolina, e a areia na verdade era pólvora.

Ainda assim, ela sempre dava um jeito de resolver a situação e continuar com toda a porra do show rolando normalmente, quando podia apenas ligar dizendo que estava doente. Ou do nada decidir tirar todas as sessenta e quatro semanas de férias que tinha acumulado. Ela poderia até mesmo ter pedido demissão de uma vez, ido embora e nunca olhado para trás. Pra não falar em uns AMF! Serviriam muito bem para todo o grupo infeliz deles, incluindo o pessoal do Gemini. Mas não, ela continuava indo trabalhar todo dia, sem faltar. A boa, velha e segura Janet Lassiter, a salva-vidas da piscina dos serviços secretos de inteligência, onde não havia parte rasa e todo o mundo estava sempre se afogando.

E alguém parecia admirar aquilo? *Porra* nenhuma. O tempo todo que estivera no cargo, o mais próximo de um agradecimento tinha sido… Bom, ela nem lembrava mais. O serviço tinha engolido sua vida e lhe presenteado com intestino preso, gengivite e pressão alta, sem falar dos prazeres infinitos de trabalhar no clube do bolinha, com Clay Verris como chefinho.

Assim, com tudo o que Lassiter tinha que aguentar, um *latte* toda manhã era *mesmo* pedir demais? Fazia dez minutos que estava esperando seu *latte* de leite de soja – *dez minutos*, o que a faria se atrasar. Ela já tinha pagado, mas não ia falir se simplesmente fosse embora dali e entrasse em outro lugar. A barista estúpida provavelmente chamaria o nome dela três vezes, depois beberia o troço ela mesma.

Mas que merda, ela não *queria* ir a nenhum outro lugar. O Copper Ground era uma merda de um antro de hipsters, mas ela não se importava tanto com isso porque o café era realmente gostoso, eles sempre tinham leite de soja e, o mais importante de tudo, o lugar era perto do escritório e sua localização era mais conveniente do que a de qualquer outro estabelecimento. Mas era o terceiro dia consecutivo que ela precisava esperar tanto que saía de lá atrasada.

Quando reclamou, alegaram estar trabalhando com menos funcionários do que o normal, e que sentiam muito pela inconveniência. *Inconveniência*? Eles não tinham a menor ideia do que de fato era uma inconveniência. Que merda, aquilo era *café*. Ela *precisava* de café para ajudá-la a encarar outro dia cheio de circunstâncias que todo o mundo dizia que não podiam ficar piores, mas que continuavam ficando piores mesmo assim. O que caralhos era tão difícil no processo de preparar um copo de uma merda de um bom café? Aquilo não era ciência espacial, porra. Que inferno, não era nem mesmo *administrado pelo governo*.

– Ei! – chamou ela, ao passo que a barista começava outro pedido que ainda não era o seu.

– Pois não? – A mulher ergueu os olhos com um perfeito sorriso corporativo no rosto.

– Cadê meu *café*?

– Já tá saindo! – replicou a barista com um perfeito sorriso corporativo, enquanto entregava um copo para outro cliente. *De novo*.

– Tá, mas *quando*? – exigiu Lassiter.

O sorriso corporativo da barista vacilou um pouco.

– Só tem mais um pessoal antes de você, daí vou ter prazer em...

– Meu Deus do céu. – Lassiter se virou, furiosa. Não tinha jeito, pensou; se tinha que esperar, então pelo menos esperaria sentada. Ela deu alguns passos na direção da mesa de sempre, então congelou no lugar.

Uma mulher... uma *vadia* estava sentada na cadeira *dela*, diante da janela *dela*, olhando para a visão *dela* do centro bagunçado de Savannah. Todos os clientes regulares da manhã sabiam que aquele era o lugar *dela*. Quem aquela maldita achava que era?

Então ela se virou e Lassiter descobriu.

– Surpresa: eu sobrevivi. – A agente Zakarewski lhe lançou um sorriso de duzentos watts, de alguém que não sofria de gengivite, intestino preso ou pressão alta. – Foi mal.

⫿

Na opinião de Del Patterson, a melhor coisa sobre os bares de Washington era o nível de percepção dos bartenders. Eles sabiam quando você não queria falar sobre o jogo, ou reclamar sobre os filhos, sobre a ex ou sobre o trabalho (sobre o qual Del nem sequer podia falar). Eles se limitavam a servir bebidas, garantindo que os clientes estivessem sempre abastecidos e deixando-os ir ao inferno em seu próprio ritmo. Ir ao inferno era um processo muito longo, e os bartenders de Washington sabiam que era melhor não interromper a criação de certa inércia.

Quando a lata de Coca-Cola surgiu no balcão à sua frente, Patterson soube que tinha que estar vendo coisas – uma maldita alucinação provocada pelo peso na consciência, que tinha escolhido o momento mais merda para surgir e cutucá-lo. O homem fechou os olhos. *Tarde demais, minha filha*, retrucou para a própria consciência. *Agora dá o fora e não volte sem um mandado judicial.*

Mas, quando abriu os olhos, a lata ainda estava lá, e ninguém mais, ninguém menos do que Henry Brogan estava sentado na banqueta ao lado dele. Não se tratava de uma alucinação – por mais pesada que estivesse a consciência de Patterson, ela não tinha aquele alcance todo.

– Você sabe que é melhor não – disse Henry, puxando o copo de uísque para si.

Patterson deu uma risadinha curta, sem humor.

– Surpreso de saber que você se importa.

– Bom, um monte de assassinos *tentaram* me matar durante o seu turno – respondeu Henry, dando uma risadinha. – Mas não significa que quero ver você se matando de tanto beber.

É, aquele era o Henry, pensou Patterson, se sentindo pior. O cara mais cheio de integridade e decência, qualidades que Patterson tinha quase certeza de que eram inatas. Não tinha ideia de como a DIA conseguira botar as mãos em alguém como Henry, mas tinha quase certeza de que todos os envolvidos queimariam no inferno, incluindo ele próprio.

– O laboratório do Gemini foi desmontado – contou Patterson. – O programa de clonagem virou lenda.

– E o Júnior? – perguntou Henry. Sua voz era leve, mas detinha um tom que sugeria que muita coisa aconteceria caso ele não gostasse da resposta.

– Júnior está intocável – disse Patterson. – Ninguém nunca mais vai encher o saco dele. E a gente conferiu: não tem mais clones.

Henry concordou com a cabeça.

– E você?

Patterson balançou a cabeça de maneira evasiva, segurando a vontade de mandá-lo parar de ser tão decente.

– O pessoal dos Assuntos Internos me ligou. Recebi algumas acusações. Mas, se eu detonar a Janet, posso fazer um acordo.

– Ela mereceu – atestou Henry.

Patterson concordou com a cabeça, melancólico. Começou a falar algo, pensou melhor, tentou dizer outra coisa e mesmo assim foi incapaz de encontrar as palavras. Ele respirou fundo.

– Sinto muito, Henry – desculpou-se enfim, e fez uma careta com o quanto aquilo soou lamentável.

Mas, para a sua surpresa, Henry estendeu a mão e disse:

– Se cuida, Del.

Porra, Henry ia destruí-lo com tamanha decência, pensou Del, enquanto apertava a mão do outro.

– Você também. – Ele pousou a outra mão sobre a de Henry por um instante. – E, ahm… boa aposentadoria.

CAPÍTULO 21

Sentado em um banco no meio do campus de City College, Henry pensou: *Que bela diferença seis meses fazem.*

Não era uma frase digna de entrar em uma canção – era sensível demais, realista demais, desprovida de drama lírico. Mas pessoas não viviam em canções. Era preciso tempo para se recuperar, até que os ossos colassem e os machucados se curassem, que as feridas sumissem e os medos fossem embora. Vinte e quatro breves horas não davam conta. Até mesmo seis meses poderiam não ser suficientes para uma recuperação total, mas era um bom começo.

Outro bom começo era o nome no passaporte que segurava: Jackson Verris. Henry ficara inicialmente surpreso com a decisão do garoto sobre manter o sobrenome. Mas, depois de pensar melhor, entendeu que não era assim tão surpreendente. Ter um péssimo pai não era uma coisa tão rara. Pessoalmente, Henry chutava que o percentual de péssimos pais girava em torno de uns cinquenta por cento, mais ou menos, e esperava não estar subestimando. Tinha conhecimento de causa em matéria de pais péssimos, e tinha sido Henry Brogan por toda a vida. Você é quem você é. Ele não era o próprio pai, e Jackson Verris não era o pai dele.

Era como dizia o poeta: o que há em um nome? Provavelmente a mesma coisa que havia em uma vida – aquilo que se colocava nela.

Tá, já estava ficando emotivo demais, pensou Henry, e guardou o passaporte de novo no envelope de papel pardo junto ao resto da papelada. Talvez fosse o ambiente o estimulando a ser intelectual, embora City College não fosse exatamente uma torre de marfim. Desde Budapeste, no entanto, Henry adquirira muito mais respeito consciente pelo ensino superior; era algo que queria para Júnior. Correção: para Jackson.

– E aí – saudou uma voz familiar atrás dele.

– Ei, você – respondeu Henry, enquanto Danny se sentava ao lado dele. – É bom vê-la. Parabéns pela promoção. Ouvi dizer que a DIA tem planos grandiosos pra você. Acha que dá conta?

– Depois de você? – riu Danny. – Tenho certeza de que dou conta de qualquer coisa.

A mulher tinha algumas rugas extras ao redor dos olhos, notou Henry; algumas por causa das risadas, outras de preocupação, fazendo-o se lembrar de Jack Willis. Embora ele tivesse certeza de que as coisas seriam muito melhores para ela.

– E você? – perguntou Danny. – Como *você* tá indo?

– Acabei de voltar de Cartagena – contou ele. – Dei um jeito no inventário do Barão, espalhei as cinzas dele no Caribe. Tudo o que quero fazer agora é algum bem pro mundo, sabe? Só preciso descobrir como.

Danny deu um tapinha no braço dele.

– Você vai chegar lá. Como anda dormindo ultimamente? – Ela ainda sorria, mas sua voz assumiu um tom sério; combinava com as rugas de sorriso-e-preocupação.

– Melhor – disse Henry, com sinceridade.

– Sem fantasmas?

– Sem, faz um tempo – disse ele. – Parei de evitar os espelhos, também. – Ele começava a ficar desconfortável. Danny falara que, depois do que tinham passado juntos, não havia constrangimentos entre eles. Sem dúvida ela estava certa, mas Henry ainda achava difícil abordar determinados tópicos; e, independentemente do quanto fossem próximos, ele provavelmente seguiria achando isso.

Mas, antes que ficasse preso ali, à procura de uma oportunidade de mudar de assunto, o assunto mudou sozinho.

– E por falar em espelhos... – disse ele, olhando para além da agente com um sorriso.

Danny se virou para ver Júnior – quer dizer, Jackson – vindo na direção dele com seus amigos, um cara e duas moças. Os três pareciam estar a caminho de outro lugar; pararam e discutiram algo de um modo breve, provavelmente sobre o local onde se encontrariam mais tarde. A completa normalidade da cena fez a garganta de Henry apertar e seus olhos se encherem de lágrimas. Ele não se importava em falar sobre emoções, mas tinha sido submetido a muitas delas nos últimos tempos. A maior parte tinha sido boa, mas nem sempre era fácil lidar até mesmo com as boas.

Quando eram especialmente intensas, a memória de estar batendo os braços e as pernas no fundo de uma piscina de súbito tomava sua mente. Seu pai o tinha jogado na piscina porque a água era simples, e as coisas simples eram tudo o que seu pai conhecia. Se o homem estivesse imerso nos sentimentos de Henry, *ele* teria se afogado.

Júnior – não, *Jackson*, Henry tinha que se lembrar de que era *Jackson* agora – informou aos amigos que os veria mais tarde e acenou conforme se aproximava de Henry e Danny. Assim que Henry se levantou, o garoto o envolveu em um abraço entusiasmado, depois repetiu a ação com Danny; seus movimentos eram leves e casuais, não resguardavam qualquer tipo de constrangimento.

Henry esperou que eles parassem de se abraçar, então lhe estendeu o envelope de papel pardo.

– O que é isto? – perguntou Jackson.

– "Isto" é você – respondeu Henry. – Certidão de nascimento, cartão do seguro social, passaporte. Ah, e tem também sua análise de crédito. No fim, você tem uma bela classificação de crédito. E curti o nome que você escolheu.

– Valeu. Jackson era o nome da minha mãe – informou o garoto, como se ele não soubesse.

– Pois fique sabendo que ela foi *minha* mãe primeiro – respondeu Henry.

O garoto revirou os olhos.

– Tá, tá.

Henry soltou um falso bufar de ultraje.

– Ei, não venha com "tá, tá" pro meu lado, garotinho. Não quando estou prestes a te apresentar um ótimo lugar pra almoçar. – Ele começou a empurrar o rapaz na direção da sua lanchonete preferida. – Fica só a meio quarteirão depois do campus; você vai adorar.

N

O Jackson Verris novinho em folha sentia como se sua cabeça girasse. Sair em missões era fácil, se comparado àquilo. Parecia que ele tinha que fazer malabarismos com centenas de coisas diferentes na cabeça – tinha que se lembrar de onde encontrar os amigos mais tarde, como se inscrever para as matérias que queria cursar, em que lugar do campus as aulas seriam ministradas, quais os dias e as horas, onde ele tinha colocado a lista de livros didáticos para comprar, e agora ele tinha um envelope de papel pardo cheio de informação sobre si. Como as pessoas davam conta de tudo? Talvez fosse para isso que usavam seus telefones; anotavam todos os temas em que tinham que pensar nos celulares, e essa era a razão de estarem sempre olhando para eles. Mas, então, como se lembravam de carregar o celular por aí, para início de conversa, ou como se lembravam de onde o tinham colocado? Jackson não sabia ao certo se um dia iria pegar o jeito da chamada vida normal. Às vezes, tudo o que conseguia se lembrar era de que seu nome era Jackson Verris agora, e não Júnior.

– Então – disse Danny, cutucando as costelas dele com o cotovelo –, você já decidiu seu curso?

Pelo menos, uma questão que ele era capaz de responder.

– Tô tendendo pra engenharia.

– Engenharia? – Danny o encarou como se nunca tivesse ouvido loucura maior.

– Não é? – concordou Henry, então se virou para o rapaz com a mesma expressão. – *Dá ouvidos* pra ela. Se eu fosse você... que eu sou, né, de um jeito ou de outro... eu faria ciência da computação.

– Ah, nem ferrando – rebateu Danny, fazendo sua melhor imitação de Henry. – Guarda isso pra pós. Você vai querer começar com algo de humanas...

– Não, pera... *não* dá ouvidos pra ela – disse Henry.

– Não, não dá ouvidos pra *ele* – provocou Danny, imediatamente. – Você precisa de uma base nos clássicos...

A situação começava a sair do controle.

– Então, gente... – disse Jackson.

– *Com licença* – Henry falou para Danny –, que eu estou tentando falar comigo mesmo aqui...

– Isso, você tá falando sozinho, é isso mesmo – respondeu Danny. – Mas com certeza não tá falando com *ele*...

– *Gente* – ele tentou de novo.

– Fiz um monte de bobagem quando era mais novo – dizia Henry.

– E agora você precisa deixar ele fazer as próprias bobagens – Danny comentou, neutra.

Jackson parou onde estava. Demorou alguns segundos até que Danny ou Henry percebessem. Eles se viraram para eles, bestificados.

– Todo o mundo sossega o rabo! – ordenou ele. A expressão em seus rostos dizia que não estavam esperando aquela reação. – Eu vou ficar bem – adicionou, um pouco mais calmo.

Um sorriso largo se espalhou no rosto de Henry.

– Bom, se *você* tá bem, *eu* tô bem.

Danny fez um sinal de ok com as duas mãos e os dois riram. Mas, mesmo enquanto ria, o rapaz queria abraçar Henry, dividir que fora ele quem tinha dito a única coisa que Jackson queria – *precisava* – ouvir, e não o soubera até aquele momento.

Como Henry lidava com aquilo? Talvez fosse só porque ele e Henry eram tão parte um do outro. Mas também podia ser porque eram uma família. Uma família consistia em pessoas que se importavam umas com as outras, que ajudavam umas às outras – não porque um deles queria algo em troca, mas porque as pessoas se importavam umas com as outras, ajudavam umas às outras, amavam umas às outras.

Por um momento, sentiu um ímpeto quase irresistível de compartilhar tudo aquilo com Henry, contando como Henry tinha lhe dado tudo o que ele queria, antes mesmo de ele perceber o que era. Mas sabia que Henry não ficava confortável falando sobre emoções – não porque fosse reprimido ou caladão, mas simplesmente porque era Henry. Falar sobre sentimentos não era uma característica dele, e nunca seria. Não em muitas palavras, pelo menos.

Mas tudo bem. Os eventos recentes o tinham convencido a ficar esperto com qualquer pessoa que tivesse que dizer constantemente que o amava. Era a mesma coisa que reclamar demais.

Ele sorriu para Henry, então suspirou e chacoalhou a cabeça.

– O que foi? – perguntou Henry.

Ele suspirou de novo.

– Não acredito que daqui a trinta anos vou parecer… – Ele fez um gesto na direção de Henry. – *Você*.

– Tá me *zoando*? – Henry colocou as mãos na cintura, fingindo indignação. – Você deveria se sentir sortudo, rapazinho! Você deveria se sentir muito *sortudo*!

Os três caíram na risada e retomaram a caminhada.

– Pra começo de conversa – falou Henry, em um tom professoral exagerado. – Eu faço exercício todo dia. *Todo dia*. Vai, vai nessa, ri mesmo… espera até você chegar aos cinquenta e quero ver você arrastando sua bundona folgada numa esteira…

– Cinquenta e um, né? – Danny se meteu.

– Não me interrompa, mocinha! Vou colocar você de castigo – ralhou Henry, chacoalhando o dedo na direção dela. – Tá, além disso… e presta atenção porque isso é muito importante: eu escovo os dentes, passo fio dental e uso enxaguante bucal, e meus dentes são *perfeitos*. Sério, tenho *zero* cáries, queridinhos. *Zero*.

É, pensou Jackson Verris, levaria um tempo para se acostumar à vida nova, mas ele não tinha dúvida de que valeria toda a pena.

FIM

TIPOGRAFIA   ADOBE CASLON PRO

IMPRESSÃO   IMPRENSA DA FÉ